DU CÔTÉ DE CODA

Marie Sexton
ANTHOLOGIE

EN PASSANT PAR PARIS

DU CÔTÉ DE CODA

Marie Sexton
ANTHOLOGIE

EN PASSANT PAR PARIS

Publié par
DREAMSPINNER PRESS

5032 Capital Circle SW, Suite 2, PMB# 279, Tallahassee, FL 32305-7886 USA
www.dreamspinnerpress.com

Du côté de CODA en passant par PARIS
Copyright de l'édition française © 2017 Dreamspinner Press.
Titre original : The Letter Z & Paris A to Z
© 2012 Marie Sexton.
Première édition : août 2012
Traduit de l'anglais par Domitile Malin.

Illustration de la couverture :
© 2012 Anne Cain.
annecain.art@gmail.com
Les éléments de la couverture ne sont utilisés qu'à des fins d'illustration et toute personne qui y est représentée est un modèle

Édition imprimée en français : 978-1-64080-509-5
Première édition française : novembre 2017
v 1.0

Édité aux États-Unis d'Amérique.

TABLE DES MATIÈRES

LA LETTRE Z

Marie Sexton

À Sean, qui m'a emmenée à Las Vegas
sans se plaindre une seule fois
des quatre autres hommes sur nos talons

PROLOGUE...

TOUT ÇA, c'est de la faute de Jared.

Je ne dis pas que je ne l'aime pas, hein. Comment ne pas l'aimer ? Il est super mignon. Il sourit tout le temps, il ne râle jamais. Putain, tout le monde l'adore. C'est le meilleur ami de Zach, probablement, et il est presque marié au mien, de meilleur ami. Alors il vaut mieux que je l'aime aussi, non ? Le truc, c'est qu'il est trop bien. Et je sais, surtout après ce qui s'est passé au Nouvel An, qu'il croit que moi non. Alors, comment ne pas avoir envie de lui foutre mon poing dans la gueule parfois ? Pas que je ne le ferais jamais. Déjà, Zach saurait pas quoi faire, mais Matt, oui. Et aussi con que je sois, je ne veux pas qu'il soit furax contre moi. Je ne suis peut-être pas une mauviette, mais je ne doute pas que Matt pourrait me botter le cul les yeux fermés. Alors quand Jared me sourit, j'y réponds direct et je la boucle.

N'empêche, je sais qu'il a un truc contre moi depuis le Nouvel An.

Je ferais mieux de commencer par ça...

... ANGELO

Matt et Jared ont organisé une soirée pour le Nouvel An. Ça a commencé quand Matt a dit qu'ils devaient continuer à participer à la vie de la communauté et maintenir une image positive. Mais ouais bien sûr. Jared n'était pas trop motivé, mais c'est là que Lizzy en a entendu parler, alors vous pouvez facilement deviner ce qui s'est passé après ça. Et bien sûr, si Matt et Jared font une soirée, il faut que Zach et moi on soit là aussi.

Il y a quelques flics et leurs femmes, tout un tas de profs, des amis de Lizzy et aussi de Brian. Dès qu'on passe la porte, Zach se met à râler.

— Qu'est-ce qui ne va pas ? je lui demande.

— Je déteste les soirées. Je ne connais personne, ici.

Je ne peux pas m'empêcher de rigoler.

— Qu'est-ce que tu racontes, Zach ? On connaît tout le monde.

— Mais non !

— Ce sont tous des clients.

— Ah bon ?

— Mais ouais.

— Qui c'est, elle ?

Il montre une dame de l'autre côté de la pièce.

— Susan Dahlinger. Elle travaille à la pâtisserie du supermarché. Elle aime les films d'action.

— Et elle ?

— Ann Farraday. Prof au lycée avec Jared. Elle aime les films étrangers. La seule de la ville à en louer, en plus.

— Et lui ?

— Frank Jacobsen. C'est le mécanicien du garage sur Fifth Street. Il aime aussi les films d'action, mais sa femme préfère les drames. La moitié du temps, ils trouvent un compromis en louant des comédies romantiques. Ils doivent se dire que comme ça, personne n'est content.

Quand je me tourne vers Zach, la façon dont il me regarde me fait sérieusement rougir. Comme si je venais d'une autre planète ou, je ne sais pas, comme si j'étais un ange, comme il dit, et qu'il est juste émerveillé.

— Comment tu arrives à faire ça ? me demande-t-il.

4

Je n'ai pas de réponse. Je fais juste attention, et pas lui.

Jared débarque et m'entraîne avec lui. Il s'est mis dans la tête que maintenant que je lis plus, je devrais participer à un club de lecture. Il me présente à quelques personnes : la prof d'anglais du lycée et une autre qui est infirmière. Je ne suis déjà pas convaincu par ce putain de club et il m'en trouve un où il n'y a que des bonnes femmes ? Parfois je me dis qu'il ne me comprend pas du tout. Et puis il y a des moments comme ça, où il le prouve.

Alors je suis là pendant que ces deux dames me parlent, et c'est là qu'il entre.

Je sais de suite que ce type n'est pas de Coda. Déjà, parce que je ne l'ai jamais vu dans le coin. Ensuite, parce qu'il est homo. Et je ne veux pas dire homo comme moi, Matt, Jared ou même Zach. Je veux dire homo avec H majuscule et rose pétant. Il est plus petit que Jared, mais plus grand que moi. Il est maigre avec des cheveux bruns. Il ne porte pas non plus le genre de fringues qu'on trouve beaucoup à Coda. Il est un peu habillé comme un punk rocker des années 80, sauf que c'est plus élégant. Comme la version friquée de Sid Vicious. Il a clairement de l'argent. Il est un peu efféminé. Et une dernière chose : il est grave sexy. Je le vois, et le premier truc auquel je pense, c'est combien j'ai envie de lui retirer ses fringues de gosse de riche.

Il entre et il parle à Jared, dans le genre il flirte avec lui comme un fou, et Jared n'y fait pas attention. Pas comme s'il le rembarre. Plus comme s'il a l'habitude de se faire draguer par ce type et qu'il ne le prend pas du tout au sérieux. Je me demande ce que Matt va penser de tout ça. Là-dessus, le type se retourne et me regarde.

Alors je ne crois pas du tout au coup de foudre amoureux. Mais au coup de foudre sexuel, ouais. Et c'est exactement ça. Un instant, il me regarde de haut en bas, et puis il sourit. Ce n'est pas n'importe quel sourire : c'est le genre de sourire qui invite. Je ne doute pas un instant qu'on pense tous les deux à la même chose.

Mais je suis avec Zach.

Tout ce truc de 'relation', c'est encore nouveau pour moi.

Ma première fois avec un gars, c'était juste avant que j'aie seize ans. Lui et moi on a passé quelques semaines à se faire jouir à peu près tous les soirs avant que sa mère nous surprenne. Je ne l'ai jamais revu après ça. Onze ans plus tard, j'ai rencontré Zach, et on est ensemble depuis quelques mois maintenant. Mais durant ces onze ans entre Bobby et Zach, je n'ai jamais eu de relations du tout. Tous les coups que j'ai tirés, et je ne vais pas mentir, il y en a eu un paquet, étaient rapides et sans intimité. Surtout des mecs rencontrés dans des boîtes de nuit. Deux fois quand j'étais plus jeune, même pas encore vingt ans, j'ai couché trois fois avec le même type. Mais il y a quelque chose au bout de cette troisième fois qui fait croire aux gens que tu vas commencer à discuter. Dans les deux cas, c'est à ce moment-là qu'ils se sont mis à vouloir savoir comment je m'appelle, d'où je viens. Tous ces trucs que je n'avais pas envie de partager. Alors après ça, j'avais une règle : pas plus de deux fois avec le même. Quelques années plus tard, j'ai décidé que même ça c'était trop.

Jusqu'à Zach, bien sûr.

Je sais qu'il y a le cul et qu'il y a l'amour et que si tu as du bol, il y a les deux. C'est comme ça avec Zach. Et ces derniers mois, j'ai appris combien c'est mieux. Alors jusqu'ici, je n'ai jamais eu de regret. Mais là d'un coup, j'ai envie de tirer un coup rapide et sans intimité, une dernière fois.

Le nouveau venu parle à Lizzy, maintenant, mais il ne me lâche jamais longtemps des yeux. Je le sens qui me regarde. Et à tort ou pas, savoir qu'il me mate cela m'excite. Plus je me dis de ne pas y penser, plus je me retrouve à le regarder.

Finalement, je cherche autour de moi et je tombe sur Zach. Il est dans la cuisine à discuter avec Matt et il ne me lâche pas des yeux. Je traverse le salon bondé vers lui. Matt s'en va avant que j'arrive. Je m'appuie sur le comptoir à côté de Zach, dos au type que j'essaie de ne pas remarquer.

— Tu t'amuses bien ? me demande-t-il.

Il y a quelque chose de bizarre dans la façon dont il le dit. Pas accusateur. Plus comme s'il se moque de moi. Quand je le regarde, il sourit.

— Ouais, je réponds.

— Qui c'est ?

— Qui ça ? je demande alors que je crois savoir.

Toujours avec cette sorte de sourire, il me jette un regard perçant et il dit :

— Le type avec qui tu flirtes.

Je me sens devenir écarlate. Je fixe le sol.

— Je ne sais pas.

— Il te regarde encore.

Il n'a pas l'air fâché ni jaloux. Il a surtout l'air de trouver tout ça marrant.

— Il est mignon.

— Si tu le dis, je réponds.

6

Mais je n'arrive pas à le regarder en face.

— Angelo, dit-il de cette voix signifiant que je fais l'idiot, tu crois que depuis le temps je ne sais pas reconnaître quand tu es excité ?

Là, je ne peux vraiment pas le regarder en face. Je me sens minuscule. Je suis embarrassé et j'ai honte. Je me sens coupable. J'aime Zach tellement fort. La dernière chose au monde que je veux, c'est le blesser.

Je suis sur le point de lui dire que je suis désolé quand d'un coup il déclare :

— Vas-y, Ang.

Quand je relève la tête, ses yeux sont sur moi.

— Quoi ? Je demande bêtement.

D'habitude, ce n'est pas moi qui ai du mal à suivre quand Zach et moi on parle, mais là je me sens carrément à l'ouest.

— Vas-y, répète-t-il en me souriant. Amuse-toi bien. Mais reviens-moi quand tu as fini.

Un instant, je reste là, complètement abasourdi. Est-ce qu'il dit bien ce que je crois ? Il est sérieux ? Ou bien c'est un genre de test ? Ce n'est pas le genre de Zach, mais je me pose quand même la question.

— Je ne peux pas, j'arrive enfin à répondre.

Ça a l'air de le surprendre. Il me regarde, de cette façon bien à lui, comme s'il cherche une réponse et que s'il me scrute assez, elle apparaîtra sur mon front ou je ne sais pas. Et peut-être que cette fois c'est le cas parce que soudain il a l'air de piger un truc.

— On ne peut pas en discuter ici, dit-il tout bas. Viens.

Il me prend la main et me traîne dans la maison jusque dans le jardin. Il fait froid, dehors il n'y a que quelques femmes qui fument sur la terrasse. On les dépasse, jusqu'à la table de pique-nique de Matt et Jared. Il s'assoit dessus pour se mettre à ma hauteur. J'ai du mal à le regarder dans les yeux

— Angelo ?

Il attend que je croise enfin son regard, puis il dit :

— Je sais que tu as envie de lui. Je sais qu'il a envie de toi. Alors, c'est quel est le problème ?

Là, j'ai vraiment l'impression que c'est un piège.

— Je suis avec toi, Zach.

Il m'attrape par un passant de la ceinture. Il m'attire vers lui.

— Ça ne me dérange pas.

J'y réfléchis un instant. On n'a jamais vraiment discuté d'exclusivité. J'ai juste cru qu'on l'était.

— T'es en train de me dire que ça ne te dérange pas si je couche avec d'autres types ?

— Non.

Il me regarde avec intensité, alors je sais que ce qu'il va dire ensuite, c'est important.

— Ce que je te dis, c'est qu'ici, ce soir, tu peux coucher avec lui.

— D'accord.

En fait, ça me soulage que ça ne va pas être une relation complètement ouverte. Mais pas à cent pour cent monogame non plus. Une zone floue entre les deux. Et c'est là que je comprends ce que ça peut vouloir dire.

— Je ne peux pas faire la même chose pour toi. Ce n'est peut-être pas juste, Zach, mais je ne te partage pas.

Il me sourit.

— Ça m'étonnerait que tu aies jamais à le faire.

— Tu ne seras pas jaloux ?

Je le vois y réfléchir un instant. Puis, au lieu de me répondre, il me pose une question :

— Est-ce qu'il pourrait se passer quelque chose avec lui qui ferait que tu me quitterais ?

Je n'ai même pas à y réfléchir.

— Non !

Je l'attrape et je l'embrasse violemment. Je passe les bras autour de son cou, je sens les siens autour de ma taille.

— Je ne te quitterais jamais !

— Mais tu as quand même envie de lui ?

Je n'ai pas à lui donner de réponses. Il la voit dans mon regard et la façon dont je rougis encore.

— Ce n'est rien, Ang'. Je ne peux pas t'empêcher de désirer des gens. Et encore moins empêcher les gens de te désirer. Je pourrais te ramener à la maison et canaliser toute cette énergie vers moi. Mais franchement, ajoute-t-il en haussant les épaules, je crois que tu sais comment séparer le sexe, de tes émotions.

Bien sûr que oui. Je l'ai fait pendant onze ans. Il m'enlace et m'embrasse.

— Laisse lui avoir cette petite part de toi, Ang. Tant que le reste m'appartient.

— Je t'appartiens entièrement.

8

C'est la vérité. Parce que même si je baise ce type, je n'ai pas l'intention de lui montrer qui je suis vraiment.

— T'es sûr ? Je demande à Zach.

Il sourit.

— Certain Ang.

Et puis il prend l'air tout sérieux.

— Vas-tu le ramener à la maison ?

— Pas question.

Je n'ai jamais ramené personne chez moi. Je ne vais certainement pas commencer maintenant.

— On reste ici.

— D'accord.

Il m'embrasse sur le front et se lève.

— Amuse-toi bien.

Je reste dans le jardin quelques minutes de plus, à me geler le cul et penser à Zach. J'espère vraiment qu'on le regrettera ni l'un ni l'autre.

Je retourne à l'intérieur et je repère le type tout de suite. C'est aussi assez clair qu'il me cherchait. Il me sourit encore, ce sourire que je sais être une invitation, et il indique le couloir. La chambre.

Cette fois, je réponds à son sourire.

Il m'attend au début du couloir et quand j'arrive, il me prend par la main et m'y entraîne. Jared sort de sa chambre au moment où l'on y arrive et il nous rentre presque dedans.

— Où est-ce que vous allez ? me demande-t-il en nous regardant tour à tour.

— Dans la chambre, répond le type avec qui je suis. Ça ne te gêne pas, n'est-ce pas, mon chou ?

C'est la première fois que je l'entends parler. Sa voix est légère et mélodieuse, un petit peu féminine. Il a le ton moqueur, presque rieur. Comme si le monde entier est une blague et il est le seul à la comprendre.

— Qu'est-ce que vous avez l'intention de faire quand vous y serez ? demande Jared.

Le type rigole.

— Mon chou, tu es tellement adorable quand tu fais l'idiot.

Il me tient toujours la main, mais il passe son bras libre autour de la taille de Jared et se presse contre lui.

— Et si tu venais aussi ?

Jared l'ignore, comme il l'a fait des millions de fois. Ses joues s'empourprent et il me regarde dans les yeux.

— Et Zach ?

— Quoi, Zach ? je demande.

Pas parce que je ne sais pas ce qu'il veut dire, mais parce que ça m'énerve qu'il croie qu'il doit s'en mêler.

— As-tu pensé à ce qu'il se passera s'il l'apprend ?

— Il le sait déjà.

— Il le sait.

— Mais ouais. Il est dans la cuisine. Va lui demander si tu ne me crois pas.

— Tu ne devrais pas…

Mais le type le coupe.

— Mon chou, tu sais combien j'adore quand tu fais ton provincial, mais franchement. Nous sommes tous des adultes consentants.

Il dépasse Jared et entre dans la chambre, m'entraînant avec lui. Je ferme la porte, je m'appuie contre le battant et il se rapproche de moi.

— J'ai cru que tu allais me faire attendre toute la nuit, dit-il en me souriant.

Je ne peux pas m'empêcher d'y répondre.

— Moi aussi.

— Je ne veux pas te poser de problème avec ton petit ami. Disais-tu la vérité à Jared ?

— Je ne mens pas. Il a dit d'accord.

Son sourire se fait un peu plus sexy.

— Parfait.

Il s'appuie sur moi et m'embrasse sur la mâchoire. Sa langue passe sur mon oreille. Mon pouls s'accélère et je suis déjà presque complètement dur. Je pense à ce que je veux lui faire. Mais il murmure à mon oreille :

— Est-ce qu'il aimerait nous rejoindre ?

Juste quelques mots, mais, pour moi c'est comme une gifle. Je sais pas trop quoi en penser. Peut-être que ce serait mieux. Mais là, j'imagine Zach toucher un autre homme et je sais que je n'y arriverais pas. Il n'est peut-être pas du genre jaloux, mais moi, oui. Je le repousse juste un peu pour qu'il voie mon visage.

— Tu ne peux pas avoir Zach !

J'ai l'air plus fâché que je le voulais.

Il me fait juste un grand sourire.

— Je ne le désire pas, mon chou. Je proposais pour toi.

Il se penche pour m'embrasser. Je m'écarte sans même y penser. C'est exactement comme dans les boîtes de nuit. Mêmes règles. Ne pas les laisser m'embrasser. Ne jamais les laisser me baiser. Il a l'air un peu surpris, mais n'insiste pas. Il me prend la main et m'entraîne jusqu'au lit. Il ouvre le tiroir de la table de chevet. Pas celle du dessus, comme je l'aurais fait si je cherchais du lubrifiant. Il va direct au second et sort un tube, fouille un peu plus au fond et ressort avec quelques préservatifs.

— Tu as couché avec Jared, je dis, surpris.

Il me sourit par-dessus son épaule.

— De nombreuses fois, mon chou.

Là, tout se met en place et je me rends compte à quel point je suis con de ne pas l'avoir compris plus tôt.

— C'est toi, Cole.

— Eh bien ! lance-t-il d'un air séducteur, battant des cils avec un sourire malicieux. Ma réputation me précède.

Il y a quelque chose d'un peu moqueur dans sa flamboyance. Je ne peux m'empêcher de sourire.

— Qu'est-ce que tu fais ici ?

Il pose une main sur ma hanche. Mon cœur s'emballe rien qu'à ce petit contact.

— Je suis dans le Colorado pour le week-end. Je n'avais pas parlé à Jared depuis l'année dernière, alors j'ai décidé d'appeler, au cas où.

— Au cas où Matt et lui auraient rompu ?

— On ne peut pas me reprocher d'avoir essayé, n'est-ce pas, mon chou ? Jared m'a quand même invité à la soirée. Je me suis dit que peut-être son grand flic grognon et lui seraient partants pour un plan à trois.

J'éclate presque de rire à cette idée, celle de Matt laissant quiconque toucher Jared.

— Jamais de la vie.

— Oh, tant pis, dit-il en se rapprochant de moi. Tu es là, moi aussi…

Il passe les bras autour de moi et m'embrasse dans le cou.

— J'espère que Jared ne t'a rien dit qui te ferait changer d'avis maintenant, me murmure-t-il, ses lèvres frôlant mon oreille.

Je secoue la tête.

— Ce n'est pas Jared qui m'a parlé de toi. C'est Matt.

Il s'écarte pour me regarder et ses yeux pétillent un peu.

— Je suis sûr que cela a dû être une conversation intéressante.

11

— Il m'a dit qu'il t'avait choppé avec Jared, avant qu'ils se mettent ensemble.

Il sourit seulement.

— Franchement, dis comme ça, cela fait tellement mauvais genre. Lorsque Matt est arrivé, nous avions remis nos vêtements et tout.

Il retire mon tee-shirt et se presse contre moi.

— Dis-moi, mon chou, est-ce qu'on va discuter toute la nuit ?

— Je n'espère pas.

Il se marre.

Il glisse les mains dans mon dos, puis autour de ma ceinture.

— Je ne fais pas le passif, je dis.

C'est probablement un peu brutal, mais autant le dire maintenant.

— Ce n'est pas un problème, mon chou, répond-il, puis il m'embrasse à nouveau la mâchoire.

Je passe les bras autour de lui, sous son tee-shirt. Il a la peau douce et lisse sous mes doigts. Il déboutonne mon pantalon et une main glisse le long de mon ventre, dans mon boxer. Avec un gémissement, il me mordille le cou tandis que je donne un coup de hanches dans sa main. Il a les doigts tendres, il explore avec douceur, descend le long de ma verge

La conversation est officiellement terminée. À l'exception de Zach, je n'ai jamais autant désiré quelqu'un depuis longtemps. Je retire son tee-shirt et je le pousse brutalement sur le lit. Il lève les yeux avec surprise, je vois bien que ça lui plaît que je sois un peu plus agressif. Je grimpe sur lui. Je n'arrive pas à décider par où commencer. Il est plus maigre que Zach, autant que moi. Nos corps sont presque identiques, en fait. On pourrait être frères. Sa peau est magnifique, juste un peu plus claire que la mienne, et il a le torse complètement imberbe. Je passe les mains sur ses flancs et sur son ventre souple. Il enroule les jambes autour de mes hanches et se presse contre moi. Je referme la bouche autour d'un de ses tétons. Il gémit et plonge les doigts dans mes cheveux. Pour le moment, ça va.

On se frotte l'un contre l'autre tandis que j'excite un premier téton, puis le second. Il fait mine de me toucher à nouveau le sexe, mais j'écarte ses mains et lui plaque les bras au matelas. Clairement, il aime ça. Il ferme les yeux, gémit et se cambre contre moi.

Je descends plus bas et je déboutonne son pantalon, il soulève les hanches afin que je puisse le descendre. Je suis surpris de découvrir qu'il n'a pas de poils pubiens. Il s'est complètement rasé. Je n'ai jamais été avec quelqu'un comme ça avant et c'est grave sexy. Il a même une odeur différente des autres types. Pas musqué. Quelque chose de plus doux et propre. Putain, c'est chaud ! Je passe un long moment à faire courir mes doigts et ma langue sur cette peau lisse. J'aime particulièrement aspirer ses bourses imberbes. Il respire bruyamment, gémit doucement, les doigts dans mes cheveux. J'écarte ses mains.

— Ne me touche pas la tête pendant que je fais ça.

— Très bien, mon chou.

Il met les mains sur mes épaules.

Je fais le tour de son gland de la langue avant de descendre le long de sa queue, jusqu'au bout. Il a le souffle coupé. Il agrippe les draps, il se cambre vers moi. Un instant, j'ai l'impression qu'il va déjà jouir. Mais là il lâche dans un souffle :

— Oh, mon Dieu, tu es doué !

Il ne dit plus rien après ça, mais heureusement qu'il y a de la musique dans l'autre pièce, parce qu'il n'est pas non plus vraiment silencieux.

Je ne vais même pas essayer de deviner combien de pipes j'ai taillées tout ce temps, mais je suis presque sûr que je n'en ai jamais donné une pareille. Je suis partout à la fois. Je lui agrippe les fesses, pour l'aider à s'enfoncer plus profondément dans ma bouche. Je fais aller et venir mes doigts dans sa raie. Je suis tellement excité que je ne suis même pas sûr qu'il aura besoin de me toucher. Je pourrais facilement jouir rien qu'à me frotter contre le lit en le suçant. Et je le ferais, si je n'avais pas encore mon pantalon.

Je sens enfin ses muscles se tendre et il gémit :

— Attention, mon chou !

Ça me fait littéralement rigoler, ce qui n'est pas facile avec la queue d'un type à moitié enfoncée dans ta gorge. Il crie en jouissant et je le laisse bien au fond de ma bouche jusqu'à la fin.

Après, je remonte pour le regarder dans les yeux. Il a les paupières mi-closes et il me sourit paresseusement.

— Et maintenant, je peux t'embrasser ?

— Non.

Il hausse légèrement les épaules. Il passe les doigts le long de mon torse, dans mon pantalon, et enroule les doigts autour de ma verge.

— Tu veux la même chose ? me demande-t-il tout bas.

Sa prise se raffermit.

— Ou préfèrerais-tu me baiser ?

13

La seule idée de le mettre à genoux devant moi me coupe le souffle. Mon érection saute un peu dans sa main. Il me sourit.

— J'espérais que tu répondrais ça.

Je me redresse pour qu'il se débarrasse complètement de son pantalon. Je ne retire pas le mien. Je le descends juste assez pour qu'il ne me gêne pas. J'enfile un préservatif et je mets du lubrifiant. Il se met à quatre pattes et me regarde par-dessus son épaule.

Je dois avouer que là, je perds complètement la boule. Je fais que regarder son cul, juste en face de moi, comme une offrande. J'ai peur de le toucher. Je sais que je vais perdre le contrôle.

— Qu'est-ce que tu attends ?

J'ai la bouche sèche et j'essaie de me lécher les lèvres.

— Je ne suis pas sûr de pouvoir être doux.

On ne dirait même pas ma voix. Je n'arrive pas à croire que j'aie à ce point envie de lui.

— Pas besoin, mon chou.

Il y a du rire dans sa voix. Il me fait un clin d'œil.

— Je ne suis pas aussi fragile que j'en ai l'air.

Il agite les fesses d'un air provocateur. J'attrape ses hanches, je pousse contre lui. Ce premier moment où je franchis son entrée me défait presque. Il s'appuie contre moi, s'enfonçant jusqu'au bout. Je m'arrête là, enfoui en lui jusqu'à la garde, savourant simplement la pression autour de ma verge.

— Vas-y ! me siffle-t-il.

Le reste de mon sang-froid s'envole en fumée. Avant de comprendre, je le prends vite et brutalement, et il se donne autant. Il respire vite. Notre peau claque et le lit craque et je m'en fous si le monde entier sait ce qu'il se passe à cet instant. Je sais qu'il aura mal demain et qu'il aura probablement des bleus sur les hanches où je le tiens, mais je ne peux rien faire pour m'arrêter. Il y a quelque chose chez lui qui me rend dingue. Je pense à ce que j'ai ressenti à lui tailler une pipe. Toute cette peau lisse et glabre, et son odeur, c'est bon. Je lâche, je le serre fort contre moi pendant que je jouis.

Quand j'ai fini, il s'écarte. Il se laisse retomber sur le dos et me sourit. Je m'allonge près de lui, sans le toucher et on essaye tous les deux de respirer à nouveau normalement.

Après un instant, il dit :

— Je ne connais toujours pas ton nom.

Bien sûr, l'une de mes règles est de ne jamais le leur donner, mais là bizarrement, c'est différent.

14

— Angelo.

— Angelo.

Il soupire.

— Je ferais mieux de sortir de là. Le grand méchant petit ami de Jared va m'arracher les jambes s'il me trouve dans son lit. Peu importe avec qui je suis.

J'ai comme l'impression qu'il a raison. Et je ne veux pas penser à ce que Matt me dirait. Je me lève, lui tends la main et l'aide à se relever. On s'habille en silence. Je le suis à la porte. Il commence à l'ouvrir, puis la referme soudain et se tourne vers moi.

— Elle a disparu, non ? dit-il avec surprise.

— De quoi ?

— Toute cette tension. Je n'avais pas désiré quelqu'un comme ça depuis longtemps. Mais maintenant…

Il haussa les épaules.

— C'est fini.

Il a raison. Quoi que j'aie ressenti avec lui, ça disparaît déjà, comme une allumette qui s'enflamme violemment d'abord, mais s'éteint bien trop tôt. Maintenant, on dirait n'importe quel autre type. Comme si l'on pouvait traîner ensemble indéfiniment et plus jamais baiser.

— On dirait bien.

Il sourit un peu.

— Ton petit ami doit être quelqu'un de très intelligent.

Il posa la main sur mon bras.

— Prends soin de toi, Angelo.

Puis il s'en va. Il retourne à la soirée. Je le vois rejoindre Jared, qui regarde vers moi, l'air de vouloir me mettre son poing dans la gueule.

Je m'en fous. Je n'ai pas à m'inquiéter de ce qu'il pense.

Je vois Zach dès que je rentre dans la cuisine. Appuyé contre l'évier, il parle avec Lizzy. Son regard se pose sur moi dès que j'entre. Il est curieux, rien de plus. Pas fâché. Pas jaloux. Pas triste. Tant mieux, parce que je peux plus revenir en arrière et je ne sais pas ce que j'aurais fait s'il avait flippé maintenant.

Je prends un soda dans le frigo et je le bois à moitié d'un coup. Je refuse de le rejoindre avec le goût de Cole sur la langue. Puis je me tourne vers lui et il me sourit.

Je le rejoins et je m'appuie contre lui. Son corps est si sécurisant et familier. Je passe les mains sur son torse, l'embrasse sur la mâchoire. Il tremble un peu, puis se détend et passe les bras autour de moi. Désormais, je ne veux que lui. Je ne sais pas si ça a un sens, mais à cet instant précis, j'ai plus envie de lui que jamais. Si on était seul, je serais déjà en train de le déshabiller.

Je l'enlace à la taille et je dois me mettre sur la pointe des pieds pour murmurer à son oreille :

— Comment es-tu devenu si intelligent ?

Il rit.

— Je ne sais pas si c'est vrai. Jared a passé vingt minutes à me dire combien j'étais bête.

Je le regarde droit dans les yeux.

— Il a tort.

— Tu crois ?

Je hoche la tête.

— Je le sais.

Il me sourit et je commence à promener les mains sur lui. Il y a beaucoup de gens ici qui peut nous voir, mais je m'en fiche. Je mets une main à l'arrière de sa tête et le tire vers moi pour l'embrasser. J'adore la façon dont sa langue passe sur ma lèvre inférieure et la façon dont l'une de ses mains remonte jusqu'à ma nuque. J'adore que ce soit familier. Je sais qu'il va le faire, mais ça m'excite chaque fois. Comme il se doit.

— Zach, je dis tandis que ses lèvres sont toujours contre les miennes. Ramène-moi à la maison.

Il s'écarte juste un peu et maintenant il a l'air inquiet.

— C'est parce que tu te sens coupable ? demande-t-il tout bas.

Je secoue la tête.

— Non.

Et c'est vrai. Peut-être que je devrais, mais ce n'est pas le cas. J'inspire profondément, je me force à le regarder dans les yeux et je le dis. D'habitude, les mots se coincent dans ma gorge, mais ce soir, c'est plus facile que jamais.

— Parce que je t'aime, Zach.

L'éclat et le bonheur dans son regard n'ont pas de prix.

— Je ne peux même pas te dire à quel point.

Je l'embrasse encore.

— Ramène-moi et je vais te le montrer à la place.

Il me sourit.

— D'accord.

J'avais peur que le retour à la maison soit bizarre, mais non. Quand on arrive, je l'entraîne dans la chambre. On se déshabille, je l'enlace et je dis :

— Fais-moi l'amour, Zach.

Il sourit.

— Tout ce que tu veux, mon ange.

Il me repousse sur le lit. On prend notre temps. Il me touche partout, m'embrasse sur le ventre, le torse, dans le cou. Puis il passe la main dans mon dos, sur mes fesses, ses doigts pressent contre mon anneau.

Et soudain, il s'arrête. Il se retire et me regarde avec surprise.

— Tu n'as pas… ?

Il laisse la question en suspens, mais je sais ce qu'il demande. Je suis toujours passif avec Zach, non pas parce qu'il s'y attend, mais parce qu'avec lui c'est ce que je préfère. C'est le truc le plus intime au monde. C'est là que je me sens le plus proche de lui. Ça ne me surprend pas qu'il croie que j'ai fait la même chose avec Cole.

— Tu es le seul depuis longtemps, Zach. Presque cinq ans.

Je lui fais baisser la tête et je l'embrasse, les bras serrés autour de son cou. Je passe la langue sur ses lèvres.

— Ça aussi, Zach, je dis avec les lèvres toujours sur les siennes. Seulement toi.

Et je vois dans ses yeux que ça le touche énormément. Il me prend la main et m'embrasse la paume.

— Je t'aime tellement, Angelo.

— Et ça surtout, Zach. Seulement toi. À jamais.

— Je sais.

— Tout va bien, hein ? Entre nous ?

Il me sourit.

— Angelo, tout est parfait.

Et puis il le prouve.

DEUX MOIS plus tard, Zach et moi nous sommes dans notre séjour, en train de faire un puzzle. C'est ce qu'on fait la plupart des soirs après dîner. Je bois une bière et Zach un verre de vin. On allume de la musique, on a cette playlist complètement ridicule qu'on a faite juste pour ça, une moitié sa musique et l'autre la mienne. Si vous n'aviez jamais cru que Asa et Cocoon ne pourraient pas cohabiter avec Pantera et KoRn sur un lecteur MP3, Zach

17

et moi on doit être là pour prouver le contraire. Et s'il se trouve que je connais absolument toutes les paroles de la moitié des chansons d'Ellis, je ne vais pas plus l'admettre à Zach qu'il ne reconnaît écouter mon CD de Green Day quand il fait le ménage. Ne me demandez pas pourquoi. C'est comme ça, c'est tout.

Alors on est assis là comme toujours à bosser ensemble sur le puzzle quand Matt et Jared se pointent. Ça fait quelques jours qu'on ne les a pas vus, alors je suis content de voir Matt, moins de voir Jared. Ce qu'il s'est passé entre Cole et moi n'a rien changé du tout entre Zach et moi, mais ça a clairement fichu en l'air mon amitié avec Jared. Ce n'est pas comme s'il jouait les connards. Pas vraiment. Mais en quelque sorte, il est un peu plus réservé avec moi et les sourires qu'il me fait ne sont pas complètement sincères. J'essaie de faire comme si rien ne s'était passé, comme si je ne savais pas qu'il était encore un peu fâché. Mais même maintenant, après deux mois, c'est encore bizarre entre nous. Je sais que ça emmerde Zach et que ça perturbe Matt qui ne sait rien de ce qu'il s'est passé, mais je ne sais pas comment faire pour que nos relations reviennent à la normale.

Ils entrent et Zach sort de la cuisine avec des bières pour chacun, on s'assoit tous dans le salon. Je vois que Jared est très excité.

— Quoi de neuf ? Je lui demande.

— La semaine prochaine, ce sont les vacances de printemps, lâche-t-il tout d'un coup.

Bien sûr, ça a du sens que pour lui. Il est prof, alors ça veut dire qu'il ne travaille pas pendant une semaine.

— Et ? je demande, parce qu'il y a forcément autre chose.

— On devrait aller à Las Vegas.

— La semaine prochaine ? Fait Zach.

— Oui ! J'ai trouvé un hôtel vraiment pas cher, et si l'on prend la voiture au lieu de l'avion, ça ne nous coûtera pas grand-chose. Si le temps est beau, ça ne fait que douze heures de route et à nous quatre on peut facilement faire le trajet en une fois.

— Il faudrait que je ferme le vidéo club.

Le sourire de Jared s'agrandit.

— Non, même pas ! On peut partir tôt le lundi matin et rentrer pour jeudi soir.

Ce qui veut dire que Zach et moi on ne ratera aucun soir où l'on diffuse des films à l'arrière du vidéo club.

— Et pendant la semaine, on a réglé le problème. Nous…

Matt lui donne soudain une tape à l'arrière de la tête. Jared prend l'air un peu embarrassé, mais continue :

— J'en ai déjà parlé à Lizzy et aux mamans. Elles ont dit qu'elles s'occuperaient de tout.

Quand on était à Denver, Zach et moi on faisait tout au vidéo club. Mais maintenant qu'on projette aussi des films les soirs de week-ends, ça fait un paquet d'heures pour deux personnes. On a des employés à mi-temps qui aident pendant le week-end, pendant les séances, mais ça fait quand même une longue semaine. Alors il y a quelques mois, Lizzy a proposé d'aider. Elle s'est dit que ça lui plairait de bosser quelques heures par semaine, juste pour faire autre chose que la maman vingt-quatre heures sur vingt-quatre et bien sûr, Zach a accepté. Mais je ne sais pas pourquoi, après ça la mère de Jared, Susan, a décidé qu'elle aimerait bien filer un coup de main aussi. Et puis Lucy, la mère de Matt, a voulu tenir compagnie à Susan.

Aucune d'entre elles n'a des heures régulières, elles se pointent juste quand ça les arrange. À mon avis, elles aiment bien traîner et papoter avec les gens qui viennent au vidéo club. Zach a essayé de les payer, mais il n'y a que Lizzy qui prend le temps de donner ses heures de travail. Franchement, c'est une organisation un peu ridicule et au début je n'aimais pas du tout qu'elles soient là. Lizzy parle trop et je ne suis pas à l'aise avec les deux mères. Mais ça fait économiser de l'argent à Zach et ça nous libère de temps en temps.

Jared est toujours là, à sourire jusqu'aux oreilles, en attendant notre réponse. Matt a l'air clairement plus amusé par son enthousiasme que par l'idée d'aller à Las Vegas, mais au bout du compte il fera ce que veut Jared. Zach y réfléchit, mais je n'arrive pas encore à savoir s'il veut vraiment y aller ou pas.

Et moi ? Je me sens comme un gosse qui a découvert que cette année le père Noël passe deux fois. Je suis tellement excité que je n'arrive pas à tenir en place. Je ne suis jamais allé à Las Vegas. En fait, je ne suis jamais allé nulle part, sauf quand j'étais en CE2 et que ma famille d'accueil m'avait emmené à Yellowstone. En dehors de ça, je ne suis jamais sorti du Colorado. Jared aurait pu dire qu'il voulait aller dans le Kansas s'asseoir au milieu d'un champ de maïs à la con et j'aurais été partant. N'empêche, ça me gonfle d'avoir l'air d'un gamin enthousiaste, alors je fais de mon mieux pour me la jouer cool et faire comme si ce n'était pas grand-chose.

— Oui, peut-être, répond Zach, mais d'un ton sceptique.

Puis il se retourne vers moi. Mon air indifférent ne doit pas être aussi bon que je le crois, parce que dès que nos regards se croisent, il sourit, puis il dit à Jared :

— Ça marche.

On part le lundi matin à 5 heures. Zach et Jared sont tous les deux grognons et ils râlent qu'il est trop tôt. Matt et moi on fait la sourde oreille. On les met à l'arrière du Bronco de Jared et avant même qu'on ait fini notre première tasse de café, ils se rendorment.

C'est Matt et moi qui finissons par conduire le plus. Je commence. Puis il me remplace. Zach et Jared se réveillent et l'un d'entre eux sort un jeu de rami de voyage.

— Fais attention, Zach, prévient Matt en jetant un coup d'œil dans le rétroviseur. Jared triche.

Je rigole, parce que Jared a tellement l'air d'un boy scout. Matt plaisante forcément. Mais là, il me regarde et confirme :

— Je suis sérieux. Il triche.

Jared lui balance la capsule de son soda et pour une fois, le touche.

— Hé ! On ne dérange pas le conducteur ! Cingle Matt. Tu veux finir dans le fossé ?

Et en plus, je crois qu'il est à moitié sérieux là aussi, alors cette fois je ris pour de bon.

— Franchement, dit Jared innocemment. Matt m'a surpris une fois à tricher et il n'arrête pas de le rappeler.

— Tu veux dire que tu n'as triché qu'une seule fois ?

— J'ai dit que tu ne m'avais surpris qu'une fois.

— Vous voyez ! s'exclama Matt victorieusement. On ne peut pas lui faire confiance.

— C'est quoi, ça ? Je demande. La leçon du jour ?

— Bien sûr, répond Jared. Accomplie grâce à la lettre T.

— T comme 'tricheur' ? dit Matt.

— T comme 'trop intelligent' !

On finit par échanger et Matt et moi on se retrouve à l'arrière. Il s'appuie contre le siège et s'endort en cinq secondes. Il y arrive toujours. Je crois qu'on l'apprend à l'école des flics. Moi je n'arrive pas à dormir. Pas qu'il y ait grand-chose à voir, mais le moindre truc est nouveau pour moi. J'ai l'impression que si je ferme les yeux, je vais rater quelque chose.

On arrive à Las Vegas, et heureusement que je ne conduis pas, parce qu'on aurait forcément eu un accident. Mes yeux vont me sortir des orbites.

J'essaie de tout regarder à la fois. On trouve notre hôtel et on attend notre tour à la réception.

— J'ai une réservation pour deux chambres, chacune avec un lit king-size. Est-ce que c'est ça ? demande la dame sans même ciller devant le fait que l'on soit quatre hommes.

— Oui, répond Jared.

— Non, répond Zach.

Matt et Jared tournent tous les deux d'un coup la tête vers nous de surprise. Je détourne la tête pour qu'ils ne me voient pas rougir. Mais Zach ne rougit pas, lui.

— Il nous faudrait deux lits dans la nôtre.

Nos chambres sont au même étage, même pas tout à fait proches l'une de l'autre. On prend nos sacs et on se retrouve au rez-de-chaussée.

— Dîner d'abord, déclare Jared. Qu'est-ce qu'on devrait faire après ça ?

— Je n'ai pas de préférence, répond Zach. Quoi que veuille Angelo.

Je peux que hausser les épaules.

— Je ne sais même pas ce qu'il y a à faire.

On se tourne vers Matt. Il hausse aussi les épaules.

— Les fois où je suis venu, mes amis et moi on a passé notre temps à jouer ou à des clubs de strip-tease.

— T'es sérieux ? Je demande.

— Bien sûr. Pourquoi venir à Vegas, sinon ?

Je secoue la tête et je dis en plaisantant :

— Tu m'écœures, Matt !

Il me fait son demi-sourire à la con, un sourcil haussé et réplique :

— Qu'est-ce qu'il y a de mal à jouer ?

Je suis bien obligé de rire.

— Je ne joue jamais quand je viens ici, dit Zach. Je n'ai pas les moyens.

— Je ne joue pas non plus, ajoute Jared.

— Vous savez pourquoi, n'est-ce pas ? Déclare Matt à Zach et moi. C'est parce qu'à Vegas, il ne peut pas tricher.

Jared sourit sans rien répondre.

On sort sur le Strip. Au premier carrefour, il y a un tas de types qui distribuent de petites cartes. L'un d'entre eux m'en met une sous le nez et j'entends Zach dire :

— Tu n'en veux pas.

Mais c'est trop tard. Je l'ai déjà prise, et quand je la retourne, je manque la lâcher à nouveau.

— Non, mais ça ne va pas ? Je m'exclame. On ne peut pas distribuer des photos de nanas à poil !

— Apparemment, me répond Jared, on peut.

Je la tends à Matt.

— Je crois que c'est à toi qu'ils voulaient la donner.

Il rigole.

Ils décident d'aller dîner à New York, New York. Jared veut un hot dog. Zach et Matt se moquent de lui, d'avoir voulu venir jusqu'ici juste pour un hot dog, mais il refuse de changer d'avis. Je me fiche royalement de notre destination et ce qu'on va manger. Tout est nouveau, pour moi. Je suis tellement occupé à regarder autour de moi que je ne fais pas attention où je marche. Je n'arrête pas de rentrer dans les gens et j'ai complètement perdu le fil de la conversation des autres. Je sais qu'ils se moquent un peu de moi. Au point où j'en suis, je m'en fiche complètement. Au bout d'un moment, j'attrape Zach par l'arrière de sa veste et je le suis comme un petit gamin, les yeux écarquillés et incrédules.

— C'est des montagnes russes ? Je demande quand on arrive à New York, New York.

Je n'ai pas l'occasion d'en faire beaucoup, mais j'adore ça.

— On peut faire un tour ?

— Putain ouais ! s'exclame Jared, mais Zach n'a pas l'air convaincu.

— On ferait mieux d'y aller avant de manger.

Il a déjà l'air un peu pâle. Alors on commence par les montagnes russes. Je fais presque une crise cardiaque quand je vois le prix, mais on y va quand même. Deux fois. Puis on va dîner et boire quelques verres.

— Et maintenant ? Demande Jared.

— Le Bellagio, déclare Zach en me regardant. Maintenant qu'il fait nuit, je veux qu'Ang voie les fontaines.

Je ne sais pas de quelles fontaines il parle ou en quoi elles peuvent être à ce point intéressantes, surtout dans le noir. Mais je les suis vers le nord et l'on s'arrête au Bellagio. Il y a un petit lac artificiel devant et tout le monde s'appuie à la balustrade de pierre et fixe ce lac. J'essaie de comprendre pourquoi il est si génial. Enfin, oui, l'hôtel est plutôt cool, mais je me dis que celui derrière nous avec la Tour Eiffel qui a l'air plus intéressant. Et je me demande si la fontaine dont il parle est dedans.

Comme s'il lisait dans mes pensées, Zach dit :

— Attends un peu.

Alors j'attends.

J'aurais dû me douter que Zach savait de quoi il parlait.

Les fontaines commencent et je suis éberlué. C'est cette chanson à la con de Titanic. Je l'ai toujours trouvée gnangnan. Ça me fait mal de l'admettre, mais ces fontaines pourraient me faire changer d'avis. Il y a des jets d'eau avec de la lumière à l'intérieur et l'on dirait qu'ils dansent. Je ne sais pas comment quelque chose d'aussi simple peut être aussi beau, et pourtant si. Même quand ça se termine, je continue à fixer le lac. Je me tourne vers Zach qui me sourit.

— C'est ce que je préfère à Vegas, je déclare.

— Tu n'as vu que ça.

— M'en fiche. C'est quand même ce que je préfère.

On finit par retourner à la chambre. Je me débarrasse de mon boxer et de mon tee-shirt et je m'allonge sur l'un des lits. Les autres ont tous dormi sur la route, mais pas moi. Je suis épuisé.

À la maison, la plupart des nuits je m'endors encore dans mon propre lit. C'est pour ça que Zach en a demandé deux. Il s'assurait que j'ai de l'espace si j'en avais besoin. C'est à l'heure de me coucher que cet oiseau à la con dans ma poitrine fait le plus chier. À un moment dans la nuit, je me réveille toujours et je rejoins Zach dans sa chambre, comme un gamin qui se réfugie dans le lit de ses parents quand il a peur. La moitié du temps, je ne me souviens pas de l'avoir fait. Parfois, je reviens de mon job au supermarché tellement crevé que je ne me déshabille même pas. Je m'effondre sur le lit et je m'endors tout habillé. Puis je me réveille au bout d'un moment et je laisse une piste de vêtements dans le couloir qui mène de mon lit au sien. Il émerge toujours assez pour m'attirer contre lui. Il tient parfaitement contre moi. En général, on se rendort quelque temps. Une heure ou deux plus tard, il m'arrive de le réveiller en me pressant contre son aine ou en lui faisant une pipe. Ou il me réveille en m'allongeant sur le ventre et en s'enfonçant en moi. Peu importe la façon dont ça se passe, c'est mon moment préféré de la journée. On fait l'amour presque tous les matins.

Je suis allongé là, à moitié endormi. Zach allume la télévision, s'assoit sur mon lit et commence à me frotter les pieds. C'est un autre truc que personne n'avait encore jamais fait pour moi avant Zach. Je n'avais aucune idée combien cela pouvait être bon. Si je n'avais pas déjà eu les yeux fermés, ils me remonteraient dans les orbites. Il masse le droit, puis le gauche, tandis qu'il regarde l'écran. Puis il remonte ses doigts de mes orteils à mes genoux. Une seconde plus tard, je sens ses lèvres frôler l'intérieur de ma cheville. Je n'ouvre pas les yeux, mais je souris.

— Qu'est-ce que tu fais ?

— Je crois que j'adore tes pieds, dit-il doucement.

Je ne peux que rire.

— T'es trop bizarre.

— Peut-être, mon ange. Mais pas à ce sujet.

Il m'embrasse à nouveau la cheville et commence à remonter. Il a presque atteint mon genou quand je m'endors.

MATT...

COMME D'HABITUDE, je me réveillai avant Jared. Et comme d'habitude, je me retrouvai accroché au rebord du matelas alors qu'il était étalé sur le ventre en plein milieu, à prendre la majorité de la place.

Pour sa défense, j'avais tous les draps.

Il me tournait la tête. Sa peau était d'un or pâle, ses bras et ses épaules parsemées de légères taches de rousseur. Son corps était fort, mince et absolument fantastique. J'envisageai de le laisser dormir, mais pas plus d'un instant.

Jared et moi allions rarement jusqu'à la pénétration. Cela me rendait encore un peu mal à l'aise, surtout quand c'était moi qui le faisais. En fait, je ne l'avais pas pris depuis cette soirée dans notre salon, juste avant Noël, un peu plus d'un an auparavant. Ce n'était pas que je n'avais pas aimé, bien sûr que si, mais après je ne m'étais pas senti bien. Dans ma tête, cela me semblait mal. Jared était fort, solide et masculin. Il était plus petit que moi, mais il était sacrément vigoureux et il me bottait le cul en VTT sur n'importe quel sentier de montagne. Bizarrement, le prendre me donnait l'impression de l'avoir utilisé et humilié. Je savais qu'il ne comprenait pas, mais il n'insistait pas. On se pelotait beaucoup et quand il le demandait, je le laissais me prendre. Mais en général, on ne s'embêtait pas avec ça. Il y avait beaucoup d'autres manières de jouir.

Je manœuvrai de l'autre côté de son bras et de sa jambe écartée. J'embrassai son épaule et le tatouage entre ses omoplates. Je passai la main dans son dos et entre ses jambes. Il émergea un peu, suffisamment pour se mettre sur le flanc, dos à moi.

— Tu es réveillé ? murmurai-je.

— Mmmmmmmh, fut sa seule réponse.

Il me taquinait toujours en disant que 'Tu es réveillé ? ' Était ma version des préliminaires. Jared n'était pas vraiment du matin, même quand il s'agissait de sexe.

Je l'enlaçai, l'attirant tout contre moi. Je glissai ma verge érigée dans le creux chaud entre ses fesses rondes et ses jambes. J'adorais me frotter entre ses cuisses solides et musclées. Il se lova dans mes bras avec un soupir tandis que je me pressais contre lui. Je glissai une main sur son ventre. Il ne bougea pas, mais gémit doucement lorsque je dénichai son érection matinale. Je commençai à la caresser lentement tout en allant et venant entre ses jambes. Il se pressa contre moi et posa une main par-dessus la mienne pour m'inciter à aller plus vite. J'enfouis le visage dans ses boucles en désordre. Même là, ses cheveux avaient l'odeur du vent du Colorado. Mes lèvres trouvèrent son épaule. Je commençai à l'embrasser, mais il ne fallut pas longtemps pour que cela devienne plus agressif, et je l'entendis gémir à nouveau en réaction. Je continuai à le caresser tandis que mes va-et-vient s'accéléraient.

Il jouit le premier, mais je le suivis de près. Je le gardai dans mes bras un instant, lui embrassant les épaules et la nuque.

— Non, soupira-t-il profondément.

— Non quoi ? demandai-je.

— Non, je ne suis pas réveillé.

J'éclatai de rire et sortis du lit. Il tira les draps par-dessus lui et s'enfouit dedans.

— Tu vas coller aux draps, le taquinai-je.

Il ne répondit pas et avant même que je revienne avec une serviette pour l'essuyer, il s'était rendormi profondément.

Je pris une douche et appelai Angelo. Je savais que Zach ferait la grasse matinée et qu'Ang serait réveillé et rongerait son frein en attendant de sortir de l'hôtel. Nous nous retrouvâmes à l'ascenseur et partîmes chercher du café, je l'emmenai dans l'un des casinos les moins chers. Nous jouâmes un peu au blackjack et je lui appris le craps. Il termina avec trente-cinq dollars de bénéfice et décida que cela suffisait.

Nous finissions à peine de petit-déjeuner lorsque Jared et Zach appelèrent. Nous les retrouvâmes et décidâmes d'aller traîner à l'hôtel-casino Caesar's Palace jusqu'à l'heure du déjeuner. Jared et moi suivîmes Zach et Angelo. Zach avait le bras autour de ses épaules, Ang avait la main dans la poche arrière du pantalon de Zach. Chaque fois que Zach lui disait quelque chose, il se penchait et soufflait dans ses cheveux. Angelo lui souriait et parfois, Zach l'embrassait. C'était un degré d'intimité que Jared et moi affichions rarement en public. Même à Las Vegas, certains se retournaient sur leur passage. La distance entre nous sembla grandir tandis que nous marchions. Sans le vouloir, Jared et moi nous éloignions d'eux. Je ne savais pas trop lequel d'entre nous en était la cause.

— Ils s'en fichent complètement, hein ? dis-je.

— Zach n'y pense même pas, répondit Jared. Tu sais comment il est. Il ne se rend probablement même pas compte que les gens le regardent. Angelo le sait, mais tu as raison, lui, il s'en fiche.

— Ça te dérange ?

— Qu'ils se comportent comme ça ?

— Que moi non.

Il me sourit.

— Non. Pas du tout.

Une fois arrivé dans le centre commercial Forum Shops du Caesar's Palace, nous nous retrouvâmes à changer de place. Je me retrouvai, je ne sais pas comment, à marcher près de Zach. Jared et Angelo étaient à quelques pas devant nous. Je regardai la foule autour de moi, cherchant des hommes accompagnés d'autres hommes.

— Qu'est-ce que tu fais ? me demanda Zach.

— J'essaie de trouver d'autres couples, avouai-je avec un sentiment d'embarras. Je n'y avais jamais pensé, mais maintenant, chaque fois que je vois deux hommes ensemble, je me demande si c'en est un.

Je voyais bien qu'il trouvait ça drôle.

— Pas toi ? lui demandai-je.

Il haussa les épaules.

— Je n'y fais pas attention.

Ce que j'aurais probablement deviné, si j'avais pris le temps d'y réfléchir. Zach ne faisait jamais vraiment attention à ce qu'il se passait autour de lui.

— Quels sont tes critères de jugement ? demanda Jared, clairement amusé.

— Les vêtements.

— Tu crois que ça suffit ? demanda Angelo.

— Eh bien, il est possible que le repère sur lequel je me base ne soit pas neutre. J'ai tendance à croire que tous les types mieux habillés que Jared sont gays.

Angelo me fait son sourire en coin.

— C'est la moitié des types de Vegas, Zach y compris.

— Oui, mais Zach est gay.

— Ouais, mais genre, ces deux types….

Il indiqua deux hommes en costume.

— Ils sont mieux habillés que nous tous et ils sont hétéros.

— Ils portent des badges avec leur nom.

— Et alors ?

— Ils sont là pour une conférence. Ils sont obligés de porter ces costumes, alors ça ne compte pas.

— D'accord, petit génie. Alors sur quoi te bases-tu ?

Je haussai les épaules, cherchant du secours auprès de Zach.

— Les chaussures, dit-il.

— Les manteaux, ajoutai-je.

— Les chapeaux, renchérit Zach.

Jared et Angelo se regardèrent d'un air amusé, mais ne dirent rien. Nous continuâmes notre promenade et après un instant, Angelo indiqua du menton un homme qui nous dépassait avec un drôle de chapeau penché sur la tête.

— Tu dois croire que ce type est homo juste à cause de son chapeau ? demanda-t-il.

Zach et moi observâmes le type et nous hochâmes tous les deux la tête.

— Un hétéro ne porterait jamais un chapeau pareil en public, dis-je.

Jared secoua la tête.

— À mon avis, il était juste Européen.

Nous nous regardâmes à nouveau et Zach se mit à rire.

— Alors un beau manteau ou un chapeau bizarre veut dire gay ou Européen ?

— C'est ça, dit Angelo d'un ton sarcastique. Ce qui fait de nous de gros hétéros confirmés ! Qui veut se faire la tournée des clubs de strip-tease avec moi ?

Je n'aurais pas dit non, mais je savais qu'Ang plaisantait et Jared et Zach n'étaient probablement pas intéressés, alors je gardai le silence.

— Et ces deux-là ? demandai-je en indiquant deux hommes ensemble. Gays ou Européens ?

Zach les regarda nous dépasser, puis dit :

— Européen.

— Gay, déclarèrent en chœur Angelo et Jared.

— Comment le savez-vous ?

Angelo et Jared se regardèrent, essayant de décider qui répondrait. Ce fut Jared, finalement.

— Ils portaient tous les deux plus de trois sacs de courses et pas un seul de lingerie Victoria's Secret.

— Peut-être qu'ils achetaient des cadeaux pour leur mère, répondis-je.

Jared se mit à rire.

— Ouais, bien sûr. Ça t'arrive souvent ?

Il marquait un point, alors je ne répliquai pas.

— D'accord, fit Zach une minute plus tard.

Il indiqua deux autres hommes qui nous dépassaient.

— Gays ou Européens ?

— Gay, répondis-je.

— Européen, rétorqua Angelo par-dessus son épaule.

— Comment le sais-tu ?

— Ils parlaient français !

— D'accord, me dit Zach avec un sourire. J'imagine que ça aurait dû nous mettre la puce à l'oreille.

— Tu n'es pas censé avoir un sixième sens là-dessus ? lui demandai-je.

Angelo étrangla un rire.

— Le gaydar de Zach est pourri, déclara-t-il avant que ce dernier puisse répondre. Je travaillais pour lui depuis deux semaines quand il a compris que j'étais homosexuel.

Ça ne me surprenait pas, mais Jared trouvait clairement ça drôle.

— Sérieusement ? demanda-t-il en jetant un coup d'œil à Zach.

— Comment aurais-je pu le savoir ?

— Je ne savais pas non plus, déclarai-je pour sa défense.

Jared et Angelo échangèrent un regard complice sans nous répondre.

— Pas jusqu'à la moitié de cette journée à Folk Fest.

— Ouais, répondit Angelo, ça, c'est différent.

— Alors comment l'as-tu su ? lui demanda Zach.

Angelo le regarda avec surprise.

— Quoi, que tu étais homo ?

— Oui.

Il haussa les sourcils.

— Tu plaisantes, hein ?

Il se tourna à nouveau vers Jared et ils éclatèrent de rire.

Zach ralentit et je ralentis avec lui afin que Jared et Ang nous précèdent un peu.

— J'essaie de décider si je dois m'offenser ou pas, dit Zach suffisamment bas pour que je sois le seul à l'entendre.

Je ne savais pas quoi lui dire. Angelo et Jared continuaient à avancer. Je n'entendais pas ce qu'ils disaient, mais ils riaient et j'étais certain que c'était à nos dépens. Au moins, ils s'étaient trouvé un point commun.

Le regard baissé, Zach m'accompagnait en silence. Angelo et Jared nous devançaient de plus en plus. Angelo était toujours impressionné par tout ce qu'il voyait. Je ne l'entendais pas, mais il parlait à toute vitesse et Jared avait l'air de trouver ça intéressant.

— Et ce type ? demandai-je à Zach pour essayer de lui remonter le moral.

J'indiquai un homme qui marchait dans notre direction. Il avait notre âge et était bien habillé, avec un pantalon à plis, et l'un de ces manteaux en laine à double rangée de boutons dorés.

— Gay ou Européen ? demandai-je.

Zach le regarda au moment où il nous regarda également et à ma grande surprise, ils se figèrent tous les deux d'un coup.

— Jonathan, dit Zach.

Bien sûr, je m'étais attendu à ce qu'il dise gay ou Européen, alors j'étais un peu perdu.

— Quoi ? demandai-je bêtement.

— C'est Jonathan.

— Zach ? fit le type au manteau chic d'un air de bonne surprise. C'est toi ?

Rayonnant, il se dirigea vers nous. Zach avait l'air d'un cerf pris dans les phares d'une voiture ; il ne pouvait évidemment pas s'enfuir, mais il n'avait pas l'air de pouvoir reprendre suffisamment son sang-froid pour répondre non plus. C'était sans importance. Le type – Jonathan, apparemment – parlait encore.

— Oh, mon Dieu, Zach, ça fait des années !

Il tendit la main, comme s'il allait la lui serrer, mais à la dernière seconde il sembla changer d'avis, il l'attrapa et l'étreignit. Zach était raide dans ses bras, l'air toujours assommé.

— Je pensais justement à toi l'autre jour ! C'est si bon de te voir, Zach.

Il recula un peu, sans pour autant le lâcher.

— Tu es superbe, dit-il avec sincérité. Tu n'as pas changé du tout.

— Oui, toi non plus, réussit à lâcher Zach d'une voix étranglée.

Puis, ne sachant clairement pas quoi ajouter, il s'arrêta net.

Jonathan n'était apparemment ni surpris ni offensé par son comportement. Il le lâcha et me tendit la main.

— Bonjour, je suis Jonathan.

— Matt, répondis-je en la serrant.

— Ravi de vous rencontrer.

Son regard passa de Zach à moi et je sus ce qui allait arriver.

— Êtes-vous…

— Non, répondîmes Zach et moi en chœur.

Le sourire de Jonathan s'élargit.

— Qu'est-ce que tu fais à Vegas ? demanda-t-il à Zach.

— Hummm… bredouilla ce dernier qui se tourna vers moi à la recherche d'une aide.

— Du tourisme, c'est tout, répondis-je, puisqu'il semblait incapable de formuler une réponse.

— C'est génial ! s'exclama Jonathan avant de se tourner à nouveau vers Zach. On devrait se retrouver quelque part. Je serais ravi qu'on échange des nouvelles.

Cette fois, Zach n'arriva même pas à bredouiller. Il resta les yeux écarquillés, et je pressentis qu'il faudrait que je réponde encore une fois à sa place. Le problème, c'était que je ne savais pas si je devais dire oui ou non. Puis d'un coup, Jared apparut à mes côtés, avec son éternel sourire, et je l'aurais embrassé. Il était tellement meilleur à ces conneries que moi.

— Bonjour, dit-il à Jonathan, lui serrant la main.

Ils se mirent à faire les présentations. Je ne ratai pas la manière dont Jonathan était heureux que Jared soit avec moi et pas Zach. Je commençais à avoir un très mauvais pressentiment. Je cherchais Angelo du regard, mais il n'était nulle part.

— Écoute, me dit Jared une fois terminé, Angelo et moi on va dans la galerie d'art là-bas.

Il sourit et dit tout bas, comme si c'était un secret.

— Il aime beaucoup l'art. Ça m'a surpris.

Moi non, mais je n'eus pas le temps de répondre, car Jonathan se mit à nouveau à parler :

— Dînons tous ensemble ce soir. Je nous fais une réservation. Que dîtes-vous de 18 heures ?

— Ça me paraît très bien, dit Jared avant que Zach et moi puissions répondre.

Jonathan commença à expliquer à Jared où se trouvait le restaurant. Je regardai Zach et vis une pointe de panique dans ses yeux, mais il n'avait clairement aucune idée de comment arrêter cette catastrophe.

Puis Angelo fut là, souriant comme jamais encore, et je me demandai si Jonathan se rendait compte combien Zach eut l'air soulagé lorsqu'il le vit. Angelo n'eut pas l'air de remarquer Jonathan du tout.

— Zach, viens vite. Il y a une peinture qu'il faut que tu voies.

— Ang, qu'est-ce que tu penses de sortir dîner ce soir ? demanda Jared, cherchant clairement à l'entraîner dans la conversation, mais Angelo n'était pas intéressé.

— Ouais, comme tu veux, m'en fiche, répondit-il avec une pointe d'impatience.

Il repartait déjà vers la galerie et ça se voyait que Zach n'avait qu'une envie, c'était de le suivre.

— Mais dépêche-toi, OK ?

— Alors, cinq ? demanda Jonathan.

Il était clairement moins enthousiaste maintenant.

— Oui, dis-je fermement. Angelo vient aussi.

Le sourire de Jonathan refit son apparition.

— D'accord. On se voit ce soir, alors.

Il se tourna vers Zach.

— J'ai vraiment hâte qu'on discute, Zach.

— Oui, répondit-il faiblement. Moi aussi.

Jared se dirigea à son tour vers la galerie. Jonathan fit mine de partir, mais s'arrêta soudain et revint vers nous

— Au fait, le restaurant a un code vestimentaire : professionnel décontracté. Ce n'est pas très formel, mais…

Il jeta un coup d'œil vers la galerie où Angelo et Jared avaient disparu.

—… vous devriez demander à votre ami de faire un effort.

Mon cœur se serra dans ma poitrine et Zach réussit à avoir l'air encore plus déstabilisé. Jonathan n'eut pas l'air de le remarquer, ou alors il s'en fichait.

— À ce soir.

Il nous fit un petit signe de la main et s'éloigna, nous laissant dans un silence pesant.

J'observai Zach, j'attendais qu'il se reprenne. Il contemplait le sol, les yeux allant de droite à gauche. J'avais l'impression qu'il se rejouait toute la scène et essayait de lui donner un sens. Il finit par me regarder d'un air effrayé.

— Qu'est-ce qu'il vient de se passer ? demanda-t-il.

— Apparemment, nous allons dîner ce soir avec ton ami.

— Oh mon Dieu ! gémit Zach, la tête entre les mains.

— À ce point ?

Zach secoua la tête.

— C'est mon ex.

Les pièces du puzzle se mirent en place : le comportement stupéfié de Zach et l'intérêt évident de Jonathan. Pas étonnant que Zach ait l'air si inquiet.

— Laisse-moi y voir clair, lui dis-je. On va dîner ce soir avec ton petit ami et ton ex ?

— Je crois bien.

— En même temps ?

— Apparemment, murmura Zach avec une détresse évidente.

— Tu crois que ça va plaire à Angelo ? demandai-je

— Non !

Je savais que ce n'était pas de la faute de Zach. Pas complètement. Mais je ne pus m'empêcher d'être un peu agacé quand même.

— Et tu dois dire à Angelo de 'faire un effort'.

— Oh mon Dieu ! gémit Zach.

— C'est le moins qu'on puisse dire. Je préfère que ce soit toi que moi.

... ANGELO

C'EST AMUSANT que Jared et moi nous nous retrouvions à marcher tous les deux. Je ne sais pas ce qu'il s'est passé, mais il me parle comme avant, et il rit. Quand je pense combien les choses sont bizarres depuis le Nouvel An, c'est plutôt sympa de savoir que l'on peut être à nouveau amis.

On se balade, tout en rigolant de combien Matt et Zach sont à l'ouest, quand on repère la galerie.

Je n'ai jamais vraiment regardé une œuvre d'art avant, mais ça, ça me prend par les tripes. Ce sont des peintures et elles sont fantastiques. Dingues et bizarres, mais aussi vraiment belles. Jared dit qu'on dirait du Salvador Dali. J'avais déjà entendu ce nom, mais je ne sais pas vraiment à quoi ça ressemble, alors je ne sais pas si c'est vrai ou non. Tout ce que je sais, c'est qu'elles sont incroyables. On dirait des rêves pris en photo. Peut-être des coups d'œil dans un autre monde. Ils volent comme des papillons et personne ne les remarque, à part l'artiste. Il les attrape et les mets sur toile aux yeux de tous. Pour la première fois de ma vie, je comprends pourquoi les gens dépensent tout un tas de fric pour une peinture. Pour la première fois de ma vie, je regrette de ne pas pouvoir.

Je veux que Zach la voie. Je sais qu'il ne comprendra pas. Il ne verra pas ce que je vois. Mais je veux quand même. Je ne lui parle pas beaucoup de trucs vrais, comme de mes sentiments pour lui. Mais j'ai l'impression que si je lui montre ça, il aura une part de moi, une part que je n'ai encore jamais pu lui montrer.

Jared a fait demi-tour pour aller les chercher. Je me rapproche de la porte de la galerie et je vois qu'ils discutent avec un type. Souriant comme toujours, Jared lui serre la main. Zach a l'air de vouloir se tirer d'ici et quand je le rejoins, son soulagement est évident.

— Zach, viens vite. Il y a une peinture qu'il faut que tu voies...

— Ang', fait soudain Jared, qu'est-ce que tu penses de sortir dîner ce soir ?

Pourquoi il me parle du dîner ? Il n'est même pas encore 10 heures.

— Ouais, comme tu veux, je réponds en essayant de ne pas me fâcher contre lui.

Il y a une minute, j'avais l'impression qu'on était à nouveau amis et je veux que ça reste comme ça. Je retourne vers la galerie.

— Mais dépêche-toi, OK ? Je fais à Zach.

Il a envie de venir avec moi. Je ne sais pas pourquoi il ne le fait pas.

Jared revient une minute plus tard, puis Zach et Matt nous rejoignent. Ils ont l'air bizarre. Ils se regardent comme s'ils savaient que quelqu'un allait se faire frapper par la foudre et ils attendent de voir qui.

Je continue à regarder les peintures. Elles sont toutes cool, mais il y en a une que j'aime particulièrement. On dirait qu'elle a été peinte juste pour moi. Zach se met derrière moi, alors je peux m'appuyer contre lui. Il passe un bras autour de mon cou. Je sais que Jared et Matt n'aiment pas trop qu'il s'affiche comme ça. Ça ne lui passe jamais par la tête de s'inquiéter de ce que pensent les gens et moi aussi, complètement. Je ne lui dirai jamais d'arrêter.

Ses lèvres sont juste au-dessus de mon oreille.

— C'est celle-là qui te plaît ? me demande-t-il tout bas.

— Oui.

Il reste silencieux quelques secondes, pendant qu'il la regarde.

— Elle est très jolie.

C'est plus que ce à quoi je m'attendais. Je pensais qu'il dirait qu'elle est bizarre.

— Je ne la comprends pas trop, mais elle me plaît.

— Je regrette qu'on ne puisse pas la rapporter.

Il regarde autour de lui.

— Pas de prix sur le mur, ça veut forcément dire qu'elle coûte plus que ce que toi et moi gagnons en un an.

— Je sais. Il y a aussi un bouquin.

— Pourquoi ne l'achètes-tu pas, alors ?

— Il coûte cent dollars.

— Ouah !

Ça a aussi été ma réaction quand la dame me l'a dit.

— Je suis désolé, Ang.

Et le truc, c'est qu'il le pense vraiment. C'est pour ça que je l'aime tant.

On finit par quitter la galerie. C'est étrange à quel point, c'est difficile de partir. Zach me promet qu'on reviendra la voir avant notre départ. On se promène encore un peu, puis on s'arrête déjeuner. Matt et Zach continuent à se comporter bizarrement, à se regarder toutes les minutes.

— Qu'est-ce que vous avez, tous les deux ? je finis par demander.

Ils prennent l'air un peu surpris. Clairement, ils ne se rendent pas compte à quel point ils ne sont pas discrets, encore que pour leur défense, même Jared semble surpris. Comme s'il ne s'était pas rendu compte qu'on dirait des gamins qu'on a surpris la main dans la boîte de biscuits.

— Qu'est-ce que tu veux dire ? Demande Matt, et je ne peux pas m'empêcher de lever les yeux au ciel.

— Ne me prends pas pour un abruti. Qu'est-ce qu'il se passe ?

J'essaie de ne pas rire, mais là je regarde Zach. Son expression… je sais que c'est quelque chose qui va pas me plaire.

— Tu te souviens de l'homme à qui nous parlions tout à l'heure, quand tu es sorti de la galerie ?

— Ouais. Pourquoi ?

— On dîne avec lui ce soir.

C'est un peu bizarre qu'ils aient décidé de dîner avec un type qu'ils viennent de rencontrer, mais qu'est-ce que j'en ai à faire ?

— D'accord.

On reste assis là un instant. Jared a l'air aussi perdu que moi. Matt évite mon regard avec insistance. Les yeux de Zach sont tournés vers moi, mais il a l'air terrifié. Et puis je découvre pourquoi. Il prend une grande inspiration et dit :

— C'était Jonathan.

J'ai besoin d'une minute pour intégrer l'info. Zach et moi, nous ne parlons pas beaucoup de son passé, surtout parce que j'en suis incapable. Je ne supporte pas de penser aux types qu'il y a eu avant moi. Je sais que c'est puéril, mais c'est comme ça. Mais je sais quand même qui est Jonathan.

— Tu te fous de ma gueule ?

Ma voix est plus forte qu'elle devrait et ils me font tous signe de baisser un peu le ton.

— On dîne avec lui ce soir ? Le type qui t'a quitté ? Le type qu'a abandonné Geisha ?

Parce que, non seulement j'ai son ex-petit ami, mais j'ai aussi son ex-chat. Ce n'est pas bizarre, ça ?

— C'était un accident… commence à dire Zach, mais Matt l'interrompt.

— Autant lui dire le reste.

Le regard que Zach lui lance est franchement mauvais.

— Tu veux dire qu'il y a plus ?

Zach se tourne à nouveau vers moi et demande :

— Est-ce que tu as apporté des vêtements habillés avec toi ?

Un instant, je peux que le dévisager. Je ne sais même pas quoi dire, et soyons franc, cela ne m'arrive pas souvent. Mais je finis par retrouver ma voix.

— Zach, tu me connais depuis combien de temps ? On vit ensemble, putain. Tu crois que j'ai quoi que ce soit de plus habillé que ça ? Que je planque ce type de fringues dans mon placard, qui attendent juste la bonne occasion ?

— On peut acheter quelque chose… commence Zach.

— Tu déconnes ? T'as vu les prix ici ? Je n'ai pas les moyens d'acheter une chemi…

— À un autre casino, Ang. Ils ne sont pas tout aussi chers qu'ici.

— Pourquoi, Zach ? je demande, plus fort. Juste pour que j'impressionne ton ex ?

— Non…

— J'ai une chemise, interrompt soudain Jared, étouffant ma dispute avec Zach. J'en ai apporté plusieurs au cas où l'on irait à un spectacle ou un truc du genre.

Il me regarde et je sais qu'il essaie de me rendre service.

— Je ne suis pas beaucoup plus grand que toi, Ang. Ça suffira.

— Très bien.

Mais je ne peux même pas regarder Zach. Il y a un nœud dans mon ventre que je déteste. Soudain, même mon déjeuner n'est plus si bon, ce qui est dommage, parce que comme tout ici, il est très cher.

On finit de manger et on quitte le restaurant. Zach et Jared me précèdent et Matt ralentit pour rester à mes côtés.

— Ça va ? demande-t-il.

— J'arrive juste pas à y croire. On vient jusqu'à Las Vegas et on tombe sur l'ex de Zach ? Il y a une chance sur combien ?

Il secoue la tête.

— Si j'étais toi, j'arrêterais de jouer, parce qu'en ce moment, tu es sans doute le mec le plus malchanceux dans cette putain de ville.

Comme si j'avais besoin qu'il me le dise.

Au moment où l'on s'habille quelques heures plus tard, le nœud d'appréhension au creux de mon estomac s'est transformé en montagne. Je sens à nouveau cet affolement dans ma poitrine, ce putain d'oiseau. Je n'ai pas eu à beaucoup le gérer ces derniers temps, mais cette fois il est là, à me dire qu'il est bien vivant.

Après une discussion carrément trop longue, ils décident tous que je peux mettre mon jean, tant que je le rends 'plus chic'. Mais ouais, c'est ça. J'enfile la chemise que m'a donnée Jared. Elle est un peu grande, mais ça pourrait être pire. Les affaires de Zach sont à peu près de la même taille, et je sais qu'il a apporté des vêtements classes. Mais allez comprendre, je porte la chemise de Jared. C'est juste bizarre.

Puis Zach sort une cravate. Parce que bien sûr il n'en a pas apporté une, mais deux.

À Las Vegas.

Parfois je me demande comment on arrive à vivre ensemble.

Il essaie de m'en tendre une et je reste là à la regarder.

— Sérieusement ?

Il me sourit.

— Juste pour dîner.

Je prends la cravate, mais je ne la mets pas. Je ne sais même pas comment nouer ce putain de truc. Et aussi stupide que ce soit, je ne veux pas le dire à Zach. Il me regarde un instant, puis on dirait qu'il comprend. Il me la prend des mains. Il la met autour de mon cou.

— Il faudrait que tu lèves le menton, me dit-il doucement.

Je n'arrive même pas à le regarder. Ne me demandez pas pourquoi. Je ne sais pas. Je fixe un truc au-dessus de son épaule pendant qu'il la noue, puis il me tourne vers le miroir, et il se tient derrière moi, les mains sur mes bras.

— Ça te va très bien.

Je me dis qu'il plaisante, mais quand je croise son regard dans le miroir, je suis surpris. J'étais sûr qu'il se moquait de moi, mais non. J'ai déjà vu cet air, des tas de fois, et ce n'est pas du rire. Ça me fait sourire. Puis je me regarde.

— Bon Dieu. Trouve-moi de l'eye-liner et un peu de gel et je serais déguisé en Adam Lambert.

— Qui ?

— Laisse tomber.

Mais il a l'air intéressé.

— Pourquoi ? Ça t'excite ?

Il m'enlace par-derrière et cache son visage dans mes cheveux. Il a la voix douce et sexy.

— Est-ce qu'on parle d'un truc comme Ziggy Stardust ? demande-t-il en se pressant contre moi. Parce qu'alors, oui, ça m'excite.

Je lui souris dans le miroir.

— Pas de sequins ni de paillettes, mais, je peux me maquiller un peu pour toi quand tu veux Zach.

Ça fait un paquet d'années, mais ce n'est pas comme si je n'avais jamais porté d'eye-liner. J'ai déjà joué dans cette cour.

Il m'embrasse dans le cou et je sens son érection se presser contre moi.

— Seulement si tu en as envie, mon ange. Pour l'instant, je ne pense qu'à combien, ça sera amusant de t'enlever cette cravate quand on en aura fini avec tout ça.

— Le plus tôt sera le mieux.

Il rit, mais je ne plaisante pas.

Quand on arrive au restaurant, Jonathan nous attend déjà. Zach a le bras autour de mes épaules. Le regard que me lance Jonathan quand il me serre la main ne m'échappe pas. Il me jauge et je ne suis pas à la hauteur. Pas seulement parce qu'il fait dix centimètres de plus que moi.

Je ne l'avais pas vraiment détaillé plus tôt, mais je me rattrape. Il est à peine plus grand que Zach, avec la même stature, celle d'un coureur. Je me souviens maintenant que Zach m'a dit qu'ils s'étaient rencontrés sur le terrain de course de l'université. Jonathan avant changé son emploi du temps juste pour courir avec lui tous les matins.N'est-ce pas mignon ? Il a les cheveux plus clairs que Zach et les yeux marron. Et je ne connais rien à la mode, mais je suis certain que son costume coûte plus que ce que je me fais en un mois.

— J'ai commandé des calamars et une bouteille de vin, dit Jonathan en regardant Zach dans les yeux. J'espère que tu aimes toujours le rouge espagnol.

Évidemment, content qu'il s'en souvienne, Zach lui sourit.

Là, je décide une bonne fois pour toutes que je déteste ce connard.

On nous place dans une de ces grandes alcôves. Matt se retrouve en face de moi. Il me regarde d'un air 'de ne pas y toucher', celui qu'il a quand il hausse un sourcil, mais il ne sourit pas vraiment.

— Ça te va bien, dit-il.

Il grimace à peine quand je lui donne un coup de pied dans le tibia.

J'ouvre le menu et j'ai beaucoup de mal à ne pas rester bouche bée devant les prix. Ce dîner va coûter plus cher que tous les autres combinés. En plus, je vais avoir besoin d'un traducteur juste pour passer la commande.

La moitié est en français et il faut que je lise les descriptions pour savoir ce que c'est. Et même là, je ne suis pas sûr de savoir.

— Qu'est-ce que c'est une réduction balsamique ? Je demande à personne en particulier.

Je me dis que Jonathan va sauter sur l'occasion, mais c'est Jared qui me répond.

— C'est quand tu fais évaporer la majorité du liquide dans le vinaigre. Ça intensifie le goût et fait une sorte de glaçage.

Il ne me regarde pas, alors il ne sait pas à quel point je suis stupéfait qu'il connaisse la réponse. Il lit toujours le menu.

— Où as-tu vu ça ?

— Comment sais-tu ça ?

Jared se contente de hausser les épaules, mais Matt me répond :

— Parce qu'il regarde tout le temps la chaîne 'cuisine'.

— Sérieusement ?

— Tant qu'il n'y a pas de match, ajoute Matt.

À la façon dont il regarde Jared, n'importe qui verrait qu'il est dingue de lui.

— Ce qui est amusant, c'est qu'il est toujours aussi nul en cuisine.

— C'est pas vrai, rétorque Jared, mais je sais qu'il dit ça pour plaisanter.

— Utiliser le grille-pain, ça ne compte pas.

— Je t'ai fait le petit-déjeuner l'autre jour.

— Quand ça ? Demande Matt, sincèrement intrigué.

— Jeudi dernier.

Matt y réfléchit puis s'exclama :

— On a eu des tartines grillées !

— J'ai mis de la cannelle dessus.

— De quel chef tu le tiens ? demanda Matt sur le ton de la plaisanterie. Paula Deen ou Rachael Ray ?

Jared reprit sa consultation du menu, sans un sourire.

— Je crois que c'était Emeril.

Le vin arrive et Jared, Jonathan et Zach en prennent chacun un verre. Matt commande une bière, alors je me dis que je peux faire pareil. Je me demande combien Jonathan a dépensé pour cette bouteille, parce que c'est clair que Zach est impressionné. Il glisse son verre vers moi et hausse les sourcils. Je goûte et manque m'étouffer. Je suis certain d'avoir mangé de la terre quand j'étais petit qui avait le même goût. Il doit deviner à ma tête que je ne suis pas enthousiaste, parce qu'il rit et dit :

— Ça en fait plus pour moi.

Il se penche vers moi pour le dire. Sa voix est douce et calme, alors je suis le seul à l'entendre. Comme s'il me disait un secret. Jonathan nous regarde, alors c'est facile d'embrasser Zach. C'est peut-être puéril, mais j'adore la façon dont Jonathan s'empourpre, puis détourne les yeux.

Bien sûr, Matt et Jared ne valent pas mieux. Ils regardent au plafond comme s'ils allaient y trouver les numéros gagnants du loto. Zach me sourit. Je sais qu'en faisant ça, je l'ai rendu heureux. Et pour moi, c'est plus important que tout le reste.

On commande à dîner, puis il y a moment bizarre où tout le monde attend que quelqu'un d'autre parle. Bien sûr, c'est Jonathan qui se lance le premier. Et bien sûr, c'est à Zach qu'il s'adresse.

— Tu vis toujours à Denver ?

— On a déménagé à Coda il y a peu, à la fin de l'été dernier.

— Coda ? Où est-ce ?

— Dans les montagnes, pas loin du parc national.

— Qu'est-ce qui t'a fait déménager ?

Zach me sourit et répond :

— C'était une décision professionnelle.

— Vraiment ? Que fais-tu, maintenant ? J'imagine que tu ne travailles plus à ce vidéo club.

Un silence et Zach regarde Jonathan d'un air qui veut dire 'je t'emmerde'.

— Ce vidéo club m'appartient, maintenant.

Jonathan affiche sa surprise le temps d'une seconde, mais il se remet vite. Malheureusement, c'est vers moi qu'il se tourne ensuite.

— Et vous Angelo ? Que faites-vous ?

Merde. Si je pouvais me planquer sous la table je le ferais, mais non. Je suis en train de me demander si me bourrer au dîner est une mauvaise idée ou pas. Je dirais non si le verre ne coûtait pas douze dollars. Jonathan me regarde toujours et je me force à répondre :

— Je travaille pour Zach.

— Oh.

Ce n'est même pas un mot, mais la façon dont il le dit me donne l'impression d'être minuscule. Comme si j'avais dit que j'étais un criminel qui a bénéficié d'une réduction de peine pour bon comportement. Il regarde

Zach d'un air significatif et je sais qu'il se dit qu'il a l'avantage. Il n'a peut-être pas tort.

— D'où êtes-vous, Jonathan ? demande Jared.

Je l'embrasserais si je ne savais pas que Matt me défoncerait la tête deux secondes plus tard.

— Techniquement, je vis à Phoenix. Mais je fais l'aller-retour entre là-bas, Vegas et Los Angeles. Nous avons beaucoup de clients ici, j'ai fini par acheter un appartement. Ça marche bien.

Il regarde à la ronde et demande :

— Avez-vous l'intention d'aller voir un spectacle pendant votre séjour ?

— Nous ne sommes pas décidés, lui dit Jared. Y en a-t-il un que vous recommandez ?

— La plupart de ceux du Cirque du Soleil en valent la peine.

Puis il regarde Zach avec un sourire et dit :

— Je ne proposerai pas *Le Fantôme de l'Opéra*.

— Pourquoi pas ? je demande, et puis je regrette de ne pas l'avoir bouclée parce que ça veut dire que Jonathan me regarde.

Il me donne une sorte de faux sourire d'excuse et dit :

— Zach a détesté ce spectacle quand nous l'avons vu. Il ne comprenait pas pourquoi tout le monde riait pendant la chanson 'Notes'.

— Je ne l'ai pas détesté, dit Zach.

— Tu n'y as rien compris ? Je lui demande.

Il me sourit.

— Bien sûr que si, répond-il, mais je sais qu'il ne fait que jouer le jeu pour moi. Il y a un homme masqué qui vit dans un opéra.

— C'est tout ?

— Oui ?

— Non, mec. Le sujet c'est de faire un pacte avec le diable, devoir choisir entre l'amour et son rêve. Le Fantôme aimait Christine et il croyait qu'elle aimait assez sa carrière et que s'il faisait d'elle une star, elle l'aimerait en retour. Mais finalement, non. On dirait que c'est surtout parce qu'il est très laid, ce qui fait d'elle quelqu'un de superficiel, si tu veux mon avis. Mais au bout du compte, le Fantôme l'aime tellement qu'il la laisse partir.

Je me rends soudain compte que tout le monde me regarde. Pas seulement Zach, alors je m'arrête tout net. Je sais que je suis en train de rougir. Zach et Matt me sourient tous les deux et Jared a l'air presque intéressé. Mais Jonathan me regarde aussi et quelque part, son expression suffit à me faire regretter encore une fois de l'avoir ouverte. Je parie que c'est comme ça que les profs regardent leurs élèves quand ils savent qu'ils ont juste lu le résumé au lieu de tout le bouquin.

— J'imagine que vous l'avez vu, me dit-il comme s'il me faisait une faveur.

Et il faut que je réponde :

— Seulement le film.

— Je suis certain qu'il est aussi bon, répond Jonathan d'un ton disant de façon parfaitement claire qu'il ne le pense pas du tout.

— Vas-tu toujours voir beaucoup de comédies musicales ? lui demande Zach.

— Je suis abonné pour la saison.

Il sourit à nouveau à Zach.

— Je pense à toi chaque fois que je vais voir *West Side Story*.

Je vois bien qu'il croit que c'est significatif, mais Zach a juste l'air perdu.

— C'est celle qui commence dans un bordel vietnamien ?

— Non, répond Jonathan, clairement déçu. Ça, c'était *Miss Saigon*.

Ce qui me fait bien sûr rire. Jonathan ne voit clairement pas ce qu'il y a de drôle. Il me regarde comme si j'avais perdu la tête, alors je la boucle et bois une autre gorgée de bière.

— Tu as toujours Geisha ? demande Jonathan.

— Seulement techniquement, répond Zach en se versant un autre verre de vin. Elle appartient à Angelo, maintenant.

Le choc de Jonathan me surprend.

— Tu n'en voulais plus ? interroge-t-il d'un ton accusateur.

— C'est elle qui ne voulait pas de moi.

— Je ne comprends pas.

— Elle le déteste, je réponds.

Et avant que Jonathan puisse répliquer quoi que ce soit, Zach ajoute :

— Exactement. Elle adore Angelo. Elle me déteste. Alors maintenant elle lui appartient.

— C'est une chatte, Zach. Bien sûr qu'elle ne te dé…

— Tu crois que tu en sais plus sur elle que Zach, alors que ça fait dix ans que tu t'es tiré ?

Matt me flanque un coup de pied sous la table et Jared demande :

— Jonathan, êtes-vous fan de foot américain ?

Et c'est la fin de cette conversation.

Quand les plats arrivent, ils sont toujours en train de parler. Je me contente de siroter ma bière surtaxée et de manger mon repas surtaxé et je la boucle. J'aimerais que tout le monde mange et arrête de discuter, parce que plus tôt on finit, le plus tôt on peut se tirer d'ici, loin de l'ex de Zach. Je réussis à éviter son attention durant la majorité du dîner, mais il dit alors à Jared :

— Tu as toujours vécu dans le Colorado ?

— Ouaip.

— As-tu fait des études à Colorado University ? On a dû y être en même temps.

Jared lui lance ce regard, comme s'il décidait s'il allait se moquer de lui ou non.

— Il n'y a que les gosses de riches des autres états qui y vont. Les autochtones vont à la faculté communale.

Zach et Jonathan rigolent et ce dernier déclare :

— Les communaux ont toujours été jaloux de nous !

Ça a l'air de sérieusement énerver Jared, j'ai l'impression qu'il va dire un truc insultant, mais Matt met la main sur son poignet et dit à Jonathan :

— Ne le provoque pas ! Pas la peine de nous jouer le duel des Rocheuses à dîner.

Jonathan fait une sorte de hochement de tête à Jared en approbation apparente et dit :

— Tu as raison. Et toi Matt ? Où es-tu allé à la faculté ?

— Oklahoma State University.

Mais vu la façon dont il le dit, n'importe qui peut voir qu'il ne veut pas en parler. Alors bien sûr, Jonathan me regarde.

— Et toi, Angelo ?

Hors de question d'admettre que je n'ai pas fini le lycée. J'ai surtout envie de lui mettre mon poing dans la gueule. Mais au lieu de ça, je souris et je réponds :

— La faculté de droit d'Harvard. Mon boulot au vidéoclub n'est qu'une couverture pour que vous autres les glandus, vous ne vous sentiez pas trop mal.

Je crois qu'ils rient, mais je ne suis pas sûr parce que je suis trop occupé à m'enfiler le reste de ma bière et le reste du vin à la boue de Zach. Je regrette vraiment de ne pas croire en Dieu parce que je prierais pour que cette soirée désastreuse se termine.

Zach me presse le genou, sous la table, et me sourit. Je fais de mon mieux pour y répondre, mais ce n'est pas très convaincant. Il remonte la main le long de ma cuisse. Il essaie de me réconforter. Dommage que ça ne marche pas.

Le dîner se termine enfin et je n'ai jamais été aussi soulagé que personne ne désire de dessert. Mais là, Jonathan regarde à la ronde et dit :

— Il est encore tôt. Qu'est-ce que vous voudriez faire ?

Matt, Jared et Zach échangent des regards interrogateurs, alors Jonathan ajoute :

— Il est trop tard pour un spectacle. Que pensez-vous d'une boîte de nuit ?

— Quel genre de boîte de nuit ? demanda Jared d'un air sceptique.

Jonathan lui sourit.

— Notre genre de boîte. À juste un pâté de maisons du Strip.

Matt hausse les épaules. Zach me regarde.

— Veux-tu sortir ?

Et soudain, oui. J'ai passé tout ce temps assis là à écouter Jonathan et me sentir de plus en plus énervé. Et sortir en boîte c'est exactement ce dont j'ai besoin. Ça fait longtemps que je ne l'ai pas fait. Enfin, ouais, toutes ces années avant Zach, j'y allais pour tirer un coup. Mais même là, je ne dansais pas vraiment. Pas comme avant.

Je repense à ce qu'on ressent dans cette masse de gens. Boire quelques verres. Flirter et peloter un inconnu. C'est une bonne façon de lâcher la pression. Pas sûr de savoir ce que Zach en pense, mais je verrai à ce moment-là.

— Bonne idée, je réponds.

— Je ne suis pas sûr, déclare soudain Jared.

Le regard que je lui lance aurait pu le découper en morceaux.

— Pourquoi ? lui demanda Matt, surpris.

Jared le regarde d'un air significatif.

— Ce n'est pas une bonne idée, répète-t-il lentement, s'attendant clairement à ce que Matt y trouve un sens plus profond la seconde fois, mais évidemment ce n'est pas le cas.

— Moi je veux bien, dit-il.

— C'est d'accord alors, dit Jonathan avec un grand sourire à Zach.

On prend un taxi jusqu'à la boîte. C'est à quelques kilomètres de là où nous avons mangé, mais pas loin du Strip. Une fois à l'intérieur, ils dénichent une table. C'est l'une de ces tables hautes où l'on doit s'asseoir sur des tabourets. Ils regardent à la ronde à la recherche d'un serveur. Bon courage. Je vais au bar, commande deux shots de tequila. Je les bois tous les deux cul sec puis je retourne auprès de Zach. Je me mets de l'autre côté de lui, à l'écart de Jonathan, comme ça lorsqu'il se tourne vers moi, Jonathan ne peut rien entendre.

— J'ai envie de danser, je lui dis.

— D'accord, me répond-il en souriant. Vas-y.

Il fait mine de retourner à la conversation avec les autres, mais je l'arrête.

— Zach.

J'attends qu'il me regarde.

— Regarde la piste de danse, Zach.

Il prend l'air amusé, mais il obéit.

— Tu vois ce qu'il s'y passe.

Il me fait un grand sourire.

— J'ai déjà été en boîte, Ang.

Je ne suis toujours pas certain qu'il pige.

— Je te dis que je veux aller danser, Zach. Je veux juste être sûr que tu piges.

— Tu me dis que tu veux aller peloter quelqu'un d'autre.

Ça me surprend un instant. Et puis je comprends combien c'est stupide. J'aurais dû savoir qu'il n'avait pas besoin que je l'épelle. Il baisse un peu la tête, pour pouvoir me regarder droit dans les yeux.

— As-tu l'intention de partir avec quelqu'un ?

— Seulement toi.

— D'accord.

Il met la main sur ma nuque et me rapproche. Il m'embrasse, puis me murmure à l'oreille :

— Pas de sexe.

— Tu sais que non.

— Je t'aime.

— Je sais.

— Amuse-toi bien.

Je retire ma cravate et je la tends à Zach qui la fourre dans sa poche.

— Où vas-tu ? me demande Matt.

— Danser !

— Tu es sérieux ?

— Ouais, je suis sérieux ! je réponds avec un grand sourire. Tu veux venir ?

— Jamais de la vie ! répond-il, ce qui me fait rire parce que je m'y attendais.

Je m'arrête au bar, je me fais un autre shot et je file sur la piste.

MATT...

J'AVAIS D'ABORD cru qu'Angelo plaisantait lorsqu'il disait qu'il voulait danser. Je n'y aurais vraiment jamais cru. Angelo était résistant, excentrique, intelligent et parfois méchamment drôle. Et même s'il m'avait un peu parlé de son passé, je ne l'avais jamais vraiment visualisé dans la culture boîte de nuit. Il devint vite évident, que non seulement il connaissait cette culture, mais qu'il savait en jouer. Je compris que c'était ça qui avait inquiété Jared.

Il était tel un aimant. Ou une flamme, et tous les autres des insectes. Ils l'encerclaient comme une meute de loups traquant leur proie. Sauf que cette proie les dévorerait vivant.

Un instant, il dansa seul, même si la moitié des hommes autour de lui le surveillaient. J'avais vu la même chose arriver dans les boîtes hétéros, lorsqu'une femme belle à mourir arrivait sur la piste. Il s'écoula une minute pendant laquelle tout le monde observa et attendit – était-il vraiment seul ? se demandaient-ils. Qui serait le premier à se lancer ?

Finalement, l'un d'entre eux se démarqua de la meute. Il était jeune, avec des cheveux blond-platine en pointe, plus grand qu'Angelo et très sûr de lui. Il dansa jusqu'à Angelo qui le laissa s'approcher. Le blond passa les bras autour de lui et l'attira. Angelo se laissa faire avec un rire. Ils dansèrent une minute, se frottant l'un contre l'autre, puis le blond murmura quelque chose à l'oreille d'Angelo. Ang renversa la tête et éclata de rire, puis le repoussa. Le blond eut l'air surpris, agacé, mais fit marche arrière.

Le suivant était plus âgé, mieux habillé et un peu féminin. Il n'était pas aussi arrogant. Il bougeait plus lentement, attendant qu'Angelo le repousse à son tour. Mais Ang ne le fit pas. Il déboutonna la chemise d'Angelo pendant que ce dernier le regardait d'un air séducteur. Le type laissa les derniers boutons, et repoussa la chemise de ses épaules, la retira à moitié puis l'agrippa fort, de façon à ce que les bras d'Ang se retrouvent prisonniers à ses côtés. La tête renversée, Angelo se mit à rire. Le type mit la langue au creux de sa gorge, la main sur ses fesses, puis ils se frottèrent l'un contre l'autre. Ses lèvres bougeaient lentement dans le cou d'Angelo qui le laissa faire. Ils dansèrent un certain temps. Jusqu'à ce que le type essaie de l'embrasser. Là, Angelo se dégagea avec un sourire.

Il y en eut d'autres après ça. Angelo les enchaîna comme un artiste qui allumait la foule, souriant, provocant, le regard brillant et malicieux.

Jonathan avait éloigné Zach de notre table pendant que je regardais Angelo, et je savais que c'était pour parler sans que Jared et moi les entendions. Ils étaient appuyés à une barrière non loin de nous, en train de regarder la piste de danse. Jonathan parlait à Zach avec intensité, mais je voyais bien qu'il n'écoutait qu'à moitié. Je me demandais ce qu'il pensait de ce que faisait Ang. Je m'attendais à ce qu'il soit furieux, blessé ou peut-être qu'il ne s'en rend pas compte. Ce que je vis me surprit. Il n'était pas du tout troublé. Il regardait Ang, un petit sourire aux lèvres, trouvant apparemment le spectacle vaguement amusant.

Je me tournai vers Jared. Lui aussi observait Angelo. Il avait les joues rouges. Je devinais qu'il était partagé entre trouver ça sexy et être incroyablement furieux.

— Je n'avais pas compris, dis-je bêtement.

Il me regarda avec agacement.

— Bien sûr que non, cingla-t-il. Tu vas peut-être te coucher avec un homme tous les soirs, mais en tout autre chose, tu es toujours hétéro. Tu ne vois rien du tout. Tu ne vois pas ce qu'est Angelo.

— Et qu'est-ce qu'il est ? demandai-je en essayant de ne pas m'offenser.

— Du sexe, Matt, dit-il dans une exagération évidente. Tout chez lui crie qu'il veut être baisé. Regarde-le, ajouta-t-il en indiquant avec colère la piste de danse. Il ressemble au sexe. Il a l'odeur du sexe. Il marche même comme le sexe !

— Comment marche le sexe ? demandai-je avec un sourire auquel il ne répondit pas.

Puis une autre pensée me frappa.

— Est-ce que tu veux dire que tu veux coucher avec Angelo ?

Je regrettai immédiatement cette question. Je n'étais pas certain de vouloir connaître la réponse.

Heureusement, il fit la sourde oreille.

— Rien de bien ne peut en ressortir, dit-il tout bas, tournant le dos à la piste de danse.

Angelo était maintenant avec un autre type, à peine plus grand que lui. Il avait presque les mêmes cheveux aussi, noirs et hérissés. Il avait retiré sa chemise et son torse était plus couvert de tatouages et de piercings que je pouvais en compter. Il était pressé contre le dos d'Angelo, son aine contre ses fesses. Ang avait la tête renversée sur son épaule, les yeux fermés. Son expression… j'aurais préféré vivre le reste de ma vie sans la voir sur le visage de mon meilleur ami, une expression que j'avais cru uniquement réservée à Zach. L'une des mains du tatoué était profondément enfouie dans le jean large d'Angelo et pas besoin d'être un génie pour savoir ce qu'il se passait.

— Comment Zach peut rester là sans réagir ? demandai-je tout bas.

— Je n'en ai aucune idée.

Zach et Jonathan revenaient vers notre table, et cette fois Zach avait effectivement l'air furieux. Mais à ma surprise, ce n'était pas contre Angelo.

— C'est ce que je veux dire, Zach, disait Jonathan quand ils arrivèrent.

Il indiqua la piste de danse. Un autre type avait rejoint Ang et le tatoué, créant un ménage à trois de frottement et de mains baladeuses.

— Tu ne peux pas t'attendre à ce qu'une relation avec un type comme ça dure !

— Tu ne connais pas Angelo.

— Je n'ai pas besoin de le connaître. J'ai juste à le regarder.

— Il ne fait que s'amuser.

— Et ça ne te dérange pas ?

— Pas que cela te regarde… cingla Zach.

Je fus impressionné de voir qu'il savait se défendre quand il le voulait.

— … mais non, ça ne me dérange pas.

Je jetai un regard à Jared et vis mon incrédulité se refléter sur son visage.

Jonathan prit une profonde inspiration, essayant clairement de changer de tactique. Il se rapprocha de Zach et passa un bras autour de sa taille

— Zach, tout ce que je veux dire, c'est que tu m'as manqué.

— Depuis quand ? Ce soir ?

— Toujours. On était bien, ensemble.

— Si bien que tu es parti.

— Je suis désolé.

— Pas la peine. C'était mieux comme ça.

— Je l'ai regretté cent fois. J'aimerais que tu me laisses une autre chance.

— C'est trop ta… commença Zach.

Il fut interrompu lorsque Jonathan l'attira contre lui et l'embrassa.

— Oh, merde, murmura Jared à côté de moi.

Jonathan passa l'autre bras autour de Zach et approfondit le baiser. À peine une seconde, Zach lui rendit son baiser, que ce soit volontaire ou non, je n'en avais aucune idée, puis l'enfer se déchaîna.

Je ne savais pas quand Angelo avait arrêté de danser et commencé à voir ce qu'il se passait. Peut-être qu'il regardait depuis le début. Zach commençait juste à protester, à repousser Jonathan lorsqu'Ang surgit de nulle part. Il flanqua un grand coup dans la poitrine de Jonathan, presque à le mettre par terre.

— Ne le touche pas !

Jonathan se rattrapa à l'autre table, à quelques pas d'Angelo. Il se remit plus vite que je l'aurais cru, se redressa et fit un pas vers lui.

— Ce n'est vraiment pas tes aff…

— Tu embrasses mon copain et tu crois que ce ne sont pas mes affaires ?

— Je croyais que vous aviez une relation ouverte, dit tranquillement Jonathan, faisant un autre pas vers Angelo. Après t'avoir vu sur la piste de danse…

— Tu ne m'as certainement pas vu embrasser qui que ce soit !

— Oh, fit Jonathan avec pour la première fois quelque chose de mauvais dans la voix. C'est là qu'est ta limite ?

— Va te faire foutre !

Zach s'était enfin suffisamment repris pour intervenir. J'espérais qu'il calmerait la situation. Au lieu de ça, il mit la main sur l'épaule d'Angelo et sortit tout bas la dernière chose à dire :

— Ang, tu en fais trop.

Je l'aurais étranglé. Comment pouvait-il être avec Ang et ne pas savoir qu'il ne fallait pas dire un truc pareil ?

— Je quoi ? lui hurla Angelo. Tu te fous de ma gueule ? Ton ex fourre sa langue dans ta bouche et j'en fais trop ?

Zach avait compris son erreur une demi-seconde après que les mots étaient sortis de sa bouche et il tentait de revenir en arrière.

— Ce n'est pas ce que je vou…

Mais Jonathan l'interrompit.

— Alors un parfait inconnu peut te branler sur la piste de danse, mais Zach ne peut même pas embrasser quelqu'un s'il en a envie ?

— Je n'en avais pas envie, répliqua Zach à voix basse, mais ferme.

Angelo fit la sourde oreille. Le regard sombre et furieux, il se tourna vers Jonathan. Angelo faisait peut-être une tête de moins que moi, mais s'il m'avait dévisagé comme ça, j'aurais reculé d'un pas. N'importe qui l'aurait fait. Mais Jonathan tint bon.

À côté de moi, Jared souffla, 'Fais quelque chose !' Et il me poussa vers eux.

— On était bien tous les deux, Zach, dit Jonathan. On pourrait le retrouver. J'en suis sûr.

Zach commença à protester, mais Angelo ne lui en laissa pas l'occasion.

— Il est avec moi !

Jonathan le regarda. Son dédain était douloureux à regarder, la méchanceté dans sa voix encore pire.

— Qu'est-ce que tu as à lui offrir ? Quelqu'un pour lui emballer ses courses ?

Il s'arrêta un instant et je me disais qu'on avait peut-être échappé au pire. Mais c'est alors qu'il sortit ce qu'il avait sans doute pensé toute la nuit. Il fit un geste de la main indifférent à Angelo et dit d'un air mauvais :

— Tu n'es rien d'autre qu'un coup facile.

Personne n'a intérêt à dire qu'Angelo est lent. Je n'étais qu'à quelques pas de lui et il réussit quand même à lui mettre son poing dans la figure avant que je le rattrape. Les videurs arrivaient sur nous de toutes parts et Ang se débattait de toutes ses forces. J'avais un mal de chien à le retenir et le défilé d'insultes qui lui sortait de la bouche auraient suffi à repeindre les murs.

Une serviette en papier contre sa lèvre qui saignait, Jonathan avait l'air triomphant. Zach paraissait stupéfait. Jared avait seulement l'air énervé, tout comme les videurs.

— On s'en va, leur dis-je avant qu'ils puissent nous annoncer qu'ils nous virent.

Angelo avait reporté sa fureur contre moi, je réussis avec difficulté à l'emmener à la porte. Derrière moi, Jared me poussait, Zach et Jonathan sur ses talons, toujours à se disputer. On arriva tous d'un coup sur le trottoir. Dès que je relâchai ma prise sur Angelo, il me repoussa. Mais à ma surprise, il ne tenta pas de me frapper, ni Jonathan. Au lieu de ça, il tourna les talons et s'éloigna sur le trottoir.

— Angelo, attends ! lança Zach.

Il fit mine de lui courir après.

Je le repoussai, un peu plus fort que prévu. J'entendis Jared dire à voix basse :

— Matt, non.

Je fis la sourde oreille.

— Tu en as assez fait, dis-je à Zach.

— Tu ne vois pas, Zach ? dit Jonathan. Tu ne peux quand même pas croire…

Il se tut lorsque je m'avançai vers lui. Je m'approchai intentionnellement de trop près. Il était plus petit que moi, c'était facile de lui rentrer suffisamment dedans pour qu'il recule d'un pas. Je le foudroyai du regard :

— Tu as intérêt à la boucler, ducon, ou je t'obligerai à le faire.

Il n'était peut-être pas aussi stupide que ça, parce qu'il s'exécuta.

— Vous deux…

Je regardais toujours Jonathan, mais Zach et Jared savaient que c'était à eux que je m'adressais.

— … vous rentrez à l'hôtel.

Zach commença à protester, mais je dis simplement :

— Je le retrouverai.

Il soupira, Jared lui attrapa le bras, lui fit faire demi-tour et ils rebroussèrent chemin vers l'hôtel.

— Toi, sifflai-je, tu ferais mieux de ne pas me suivre.

Jonathan hésita une seconde et je savais qu'il débattait pour savoir jusqu'à quel point il pouvait tirer sur la corde. Heureusement pour lui, il décida qu'il était au maximum. Il baissa la tête et recula d'un pas.

— D'accord, dit-il doucement. Je ne voulais pas causer de problèmes.

— Mon oeil, c'est exactement ce que tu voulais faire.

Un instant, il me regarda d'un air inquiet, puis sans ajouter un mot, il tourna les talons et retourna dans la boîte de nuit.

Je n'avais plus qu'à retrouver Angelo.

À Las Vegas.

Super.

J'avais une idée de là où il irait et heureusement pour moi, ce fut la bonne. Il était devant le Bellagio. La fontaine n'était pas allumée et il était appuyé contre la balustrade, à regarder le lac artificiel silencieux. Il ne se tourna même pas vers moi.

— Va-t'en, Matt.

Je m'y étais attendu, mais je ne réagis pas. J'appuyai les coudes à ses côtés et nous contemplâmes tous les deux le lac, aussi concentrés que s'il

53

avait vraiment fonctionné. J'attendis qu'il perde patience, et après quelques minutes, il soupira.

— Tu ne vas pas me foutre la paix, hein ?

— Non.

— Je ne veux pas en parler.

— D'accord.

Je le connaissais bien. Probablement mieux qu'il se connaissait lui-même. J'attendis.

— Je suis sérieux, Matt ! lança-t-il, plus violemment cette fois.

— Je n'ai rien dit.

Essayant de ne pas sourire, j'attendis encore un peu. Il était sur le point de craquer. Enfin il dit :

— Très bien !

— Très bien quoi ? demandai-je innocemment.

— Très bien, je t'écoute. Crache ce que tu es venu dire.

— D'accord. Juste une chose : Zach est dingue de toi.

— C'est ça ! cingla-t-il. C'est pour ça qu'il roulait un patin à son connard d'ex sous mes yeux !

Je ne répondis pas tout de suite. Je laissai sa phrase s'écraser au sol entre nous et agoniser un peu avant de répondre d'un ton sarcastique :

— Oui, parce que c'est exactement ce qui s'est passé.

Ses épaules s'affaissèrent un peu, et juste comme ça, il perdit toute combativité.

— Fous-moi la paix, Matt, dit-il, mais cela manquait de force.

— Allez, Ang, arrête de faire le con et parle-moi.

Je crus que cela le ferait revenir à lui, mais non. Il y réfléchit quelques secondes avant de répondre :

— Jonathan a raison. Je n'ai rien à offrir. Il a un diplôme. Et une carrière. Il a un appartement à Las Vegas, une belle voiture et beaucoup d'argent.

— Comment sais-tu qu'il a une belle voiture ?

Je me demandais si j'avais raté quelque chose.

Il leva les yeux au ciel.

— Un pressentiment. Merde, quoi, il a un abonnement au théâtre !

— Et alors ?

— Alors je ne tiens pas la comparaison. Pourquoi Zach me choisirait-il à sa place ?

Je le regardai avec surprise.

54

— On parle du même Zach, hein ? Celui qui déteste les comédies musicales, trouve qu'Un Frisson dans la nuit est un film artistique et n'aime que les fins heureuses ?

Il me sourit, juste un peu.

— Tu crois que Zach en a quelque chose à faire, du théâtre ? Ou de l'appartement ? De l'argent ?

Une pause minuscule, puis :

— Non.

— Alors qu'est que c'est ton problème ?

Il soupira, puis dit d'un ton bas et résigné :

— Quand je le vois, je vois celui avec qui Zach est censé être, tu sais ? Je vois le type qu'il mérite.

— Tu crois qu'il mérite Jonathan ?

— Je crois qu'il mérite mieux que moi.

— Tu sais ce que je vois quand je regarde Jonathan ?

— Quelqu'un qui dépense trop d'argent en chaussures ?

Je retins mon rire pour qu'il sache que j'étais sérieux.

— Je vois le type pour lequel Zach ne s'est pas battu.

Il baissa la tête, mais il n'y eut pas d'autre réponse. Je posai la main sur son épaule.

— Allez, viens. Rentrons à l'hôtel.

Il secoua la tête.

— Je ne peux pas encore y aller.

— Tu sais que Zach doit être en train de se faire un sang d'encre.

— Je sais.

— Est-ce que tu essaies de le punir ? Parce que si c'est le cas, c'est vraiment injuste de ta part.

Il secoua la tête.

— Ce n'est pas ça.

— Alors quoi ?

— Je ne peux pas, c'est tout, Matt, dit-il tout bas. Pas encore.

— D'accord.

Je savais bien sûr qu'il avait parfois besoin d'être seul. Il avait suffisamment squatté mon canapé quand il avait besoin de passer du temps sans Zach. Mais je n'oubliais pas la boîte de nuit, tous ces hommes qui le touchaient et son style de vie d'avant.

— Ne fais pas de bêtises.

Il ne me regardait pas, mais je savais qu'il comprenait ce que je voulais dire : ne couche pas avec quelqu'un d'autre.

— Promis, répondit-il

Il ne me regardait pas et je ne pouvais dire s'il le pensait ou pas. Mais je ne pouvais rien faire d'autre.

Je rentrai seul à l'hôtel.

Lorsque j'arrivai à notre chambre, Jared avait retiré ses beaux habits. Il ne portait qu'un bas de jogging. Il avait détaché sa queue de cheval et ses cheveux partaient dans tous les sens. Je n'avais qu'une envie, c'était de me débarrasser aussi de mes vêtements, glisser les mains dans ses boucles, mais il ne m'en laissa pas l'occasion.

— Où est-ce que tu étais ? interrogea-t-il dès que je passai la porte.

— J'étais juste…

— Tu ne peux pas m'ordonner d'aller dans ma chambre ! dit-il plus fort en s'approchant.

— Jared, je…

— Tu vas te mettre à me priver de sorties, maintenant ?

— Non…

— Je t'avais dit qu'on n'aurait pas dû aller dans cette boîte !

Il n'était plus qu'à une trentaine de centimètres de moi.

— Je sais…

— Tu ne m'écoutes jamais !

— Je suis dés…

L'instant d'après il passa les bras autour de mes épaules et m'embrassa passionnément. Il défit brutalement ma chemise et au moins un bouton sauta. C'était un changement si rapide, m'engueuler puis me déshabiller, qu'il me fallut une seconde pour réagir. Il déboutonna mon pantalon. Il était plus large que mon jean et tomba facilement par terre.

— Jared… commençai-je à dire, mais il me coupa encore.

— La ferme, Matt.

Il me poussa en arrière sur le lit.

C'était inhabituel chez lui d'être si agressif, mais je n'allais certainement pas protester. Assis sur mes cuisses, il retira son pantalon. Ça faisait longtemps que nous n'utilisions plus de préservatif. Il se mit du lubrifiant dans la paume et pressa le poing contre mon gland. Me souriant, il le baissa juste un peu. Il savait que je ne pouvais m'empêcher de pousser contre sa main.

— Oh mon Dieu ! gémis-je lorsque son poing glissant descendit sur mon sexe.

Son sourire s'agrandit.

— Attends un peu, dit-il.

Il remonta pour être à califourchon sur mon aine.

Jusque-là, je n'avais pas compris ce qu'il planifiait.

— Jared… commençai-je.

— La ferme, Matt, répéta-t-il.

Puis il s'empala sur moi.

Après ça, j'arrêtai de protester. Je n'aurais pas pu même si je l'avais voulu. Pour dire vrai, j'avais oublié combien c'était bon d'être en lui. J'avais oublié combien c'était serré, chaud et intense. Il n'y avait eu que trois autres occasions, toutes dataient de plus d'un an, et cela n'avait jamais été comme ça, lui sur moi. C'était fantastique, presque trop intense, et je sus immédiatement que je n'arriverais jamais à durer très longtemps. J'agrippai ses hanches et sentis les muscles solides, épais, sculptés par des années de vélo, onduler contre mes paumes tandis qu'il montait et descendait sur moi.

Ses mains étaient appuyées sur mon ventre, ses doigts traçaient cette ligne de poils juste sous mon nombril. Il n'ouvrait pas beaucoup les yeux quand on faisait l'amour, mais je savais combien il aimait la sensation de mon torse, mon ventre et ce sentier de poils qui l'avait toujours obsédé. Il bougeait lentement et son expression était pour moi une vision du paradis. Il avait les paupières closes, les lèvres entrouvertes. J'adorais regarder son visage quand il prenait son plaisir.

Le lubrifiant était toujours sur le lit. J'en mis sur ma main et fis comme il m'avait fait : je pressai le poing contre son gland, et lorsqu'il remonta, je laissai sa verge s'enfoncer dans mon poing. Il perdit le rythme. Un instant, il se figea dans sa position surélevée, juste au bout de ma queue, la sienne profondément enfouie dans mon poing, puis il gémit – j'adorais son expression en ces moments-là – puis il recommença à bouger plus vite qu'avant.

À le regarder, je dus me retenir de jouir immédiatement de toutes mes forces. Il accéléra, s'empala plus vite, plus fort, gémit un peu lorsque ma verge toucha ce point au plus profond de lui. Il poussait de petits cris légers, mais moi j'étais bruyant. Le lit grinçait comme un fou, cognait contre le mur. Au moins, à Las Vegas, personne ne se plaindrait. Ses mouvements se firent plus urgents, je savais qu'il n'était plus loin. Je continuai à bouger la main, à suivre son rythme, alors même qu'il devenait plus irrégulier.

57

Je resserrai le poing sur lui et il ouvrit brusquement les yeux. Il croisa mon regard juste un instant avant de le baisser vers mon torse et mon ventre. Il contempla ma main qui pompait sa queue et poussa un gémissement rauque.

C'était un son que je connaissais. Il était sur le point de jouir. Il renversa la tête en arrière, s'appuya sur mes cuisses derrière lui et se cambra. Il jouit tellement fort que le premier jet atterrit sur mon épaule et qu'il cria. Je cessai enfin de lutter contre mon propre orgasme et si les voisins n'avaient pas entendu le lit cogner contre le mur, ils m'avaient forcément entendu quand je me lâchai enfin.

Lorsque je fus à nouveau capable de réfléchir, j'ouvris les yeux pour découvrir Jared me souriant de toutes ses dents.

— On pourra recommencer ? Demanda-t-il sur un ton joueur, ce qui était exactement la toute première chose que j'avais dite après la première fois où je l'avais pris.

Je me mis à rire et suivit le script :

— Quoi, déjà ?

— Mon Dieu, non ! Je veux dire, une fois que je pourrai à nouveau bouger.

Et je me rendis compte alors que, pour la première fois, je ne me sentais pas bizarre après ce qu'il s'était passé. Oui, c'était moi qui l'avais baisé, mais ce qu'il avait fait n'avait rien d'une soumission. Bizarrement, ça faisait toute la différence.

J'attrapai une mèche de ses cheveux et il me laissa l'attirer vers moi. Je m'arrêtai juste avant que nos lèvres se touchent.

— Je t'aime, dis-je.

J'adorai aussi le regarder quand je prononçais ces mots. Chaque fois, il faisait la même chose : il fermait les yeux, penchait la tête sur le côté et esquissait un tout petit sourire. C'était comme s'il avait une petite boîte quelque part dans sa tête où il conservait tous ses trésors. Et chaque fois que je lui disais ce que je ressentais, il fermait les yeux un petit instant, tandis qu'il cachait ce moment dans cet endroit secret.

Il rouvrit les paupières et me sourit.

— Je t'ai aimé le premier.

Je fus forcé de rire.

— Qu'est-ce que ça a à voir ?

Il se contenta de sourire.

— Ça veut dire que j'ai gagné.

— D'accord, acquiesçai-je en l'embrassant. Tu as gagné.

Il alla dans la salle de bain et il me rapporta une serviette pour que je puisse essuyer ce qu'il avait fait sur mon ventre et mon torse. J'avais toujours mes chaussures aux pieds et mon pantalon était autour de mes chevilles. Je me mis à rire lorsque je retirai le tout.

— Tu ne pouvais pas me laisser me déshabiller d'abord ?

— Est-ce que tu te plains ?

Je ne voyais pas son visage, mais je savais qu'il souriait.

— Pas le moins du monde.

Une fois que j'eus repoussé ses cheveux afin qu'ils ne me chatouillent pas le nez, je dessinai du bout du doigt les taches de rousseur pâles sur son épaule.

— Vas-tu m'en parler ? demanda-t-il après quelques minutes.

Je ne répondis pas tout de suite. Jared et moi nous entendions sur presque tout, mais s'il y avait une chose sur laquelle ce n'était pas le cas, c'était Zach et Angelo. J'aimais Angelo comme un frère, mais je savais aussi que Jared n'était vraiment pas fan de lui. Depuis notre soirée du Nouvel An, il s'était nettement refroidi envers Angelo. Je n'étais pas sûr de ce qu'il s'était passé, et lorsque j'interrogeais Jared, il refusait de répondre. Il détestait les conflits plus que tout et je savais qu'il ne voulait pas me mettre dans une situation où j'aurais à choisir un camp. D'un commun accord silencieux, nous ne parlions pas d'eux du tout. Mais maintenant qu'il posait la question, il fallait que je réponde.

Je choisis mes mots avec soin, pour ne pas reporter la faute sur quiconque.

— Angelo croit qu'il ne mérite pas Zach.

— Et toi tu crois que c'est Zach qui ne mérite pas Angelo.

Ce n'était pas une question.

— Je crois que parfois Zach ne pense pas à ce dont Angelo a besoin.

Le silence qui suivit était lourd. Il n'était pas d'accord, mais il ne voulait pas le dire parce qu'il n'avait pas envie de se disputer avec moi. Je lui donnai un petit coup de doigt dans les côtes.

— Parle.

Il soupira.

— Je ne sais pas comment tu peux dire que Zach ne pense pas à Angelo. C'est la seule chose à laquelle il pense.

Je comprenais ce qu'il voulait dire et je me demandais s'il se pouvait que nous ayons tous les deux raison.

— Quoi que Zach fasse, cela ne suffit jamais. Tu crois qu'Angelo pensait à lui quand il était sur cette piste de danse ?

— Ça n'avait pas l'air de déranger Zach.

— Et c'est juste qu'il puisse agir ainsi et puis péter un câble dès que quelqu'un accorde de l'attention à Zach ?

— Jonathan n'est pas exactement n'importe qui et il ne faisait pas que lui 'accorder de l'attention'. C'est son ex et il l'a embrassé. Alors oui, pour moi Angelo avait le droit d'être furieux.

— Zach aussi.

Que dire ? Je ne pouvais nier que je n'aurais jamais supporté de regarder sans rien faire tandis qu'on touchait Jared comme les hommes de la boîte avaient touché Angelo. Mais Zach avait à peine cillé.

— Ils ne sont pas comme nous, commentai-je pour moi-même autant que pour lui.

— Tu parles d'un euphémisme !

Il commençait à se renfrogner. Je passai la main le long de son bras à la peau pas tout à fait lisse et déposait un baiser sur son épaule.

— Tu avais raison, dis-je doucement, essayant de le détendre à nouveau. Nous n'aurions pas dû aller dans cette boîte de nuit.

— Bien sûr que j'avais raison, déclara-t-il, mais la tension avait disparu dans sa voix.

Il me donna un coup de coude malicieux dans les côtes.

— Répète.

Je ris et glissai la main de son bras sur son ventre.

— Tu avais raison, murmurai-je à son oreille.

Il sourit.

— Tu sais autre chose ?

— Quoi ?

— Si je te voyais danser comme ça avec un autre type, je pèterais un plomb.

— Si tu me voyais danser, tu saurais que je suis bien au-delà de l'ivresse et qu'il est temps de me ramener à la maison.

Pendant quelques minutes, on est restés là, silencieux et heureux. Ma main se promenait sur lui. Je connaissais chaque centimètre carré par cœur : la texture exacte de sa peau, le plateau lisse de son ventre, l'arrondi de sa hanche, les muscles solides de ses cuisses. Mes doigts suivirent le chemin familier de ses taches de rousseur, les contours que j'avais depuis longtemps apprivoisés. Il soupira et se détendit contre moi.

— Est-ce qu'ils vont se réconcilier ? demanda-t-il tout bas.

— Ils ont intérêt.

— Pourquoi ?

— Parce que sinon, le retour à la maison va être un enfer.

... Angelo

Je reste dehors encore deux heures. Toutefois, je reste là devant le Bellagio. Je sais à quoi pensait Matt, mais je ne cherche pas à tirer un coup. La dernière chose que je veux, c'est gâcher encore plus les choses.

Malgré ce que Matt a dit, je sais que Jonathan avait raison. Qu'est-ce que j'ai à offrir à Zach ? Tous les autres, ils ont des diplômes. Ils ont tous de vrais boulots. Moi, je n'ai même pas fini le lycée. Je vais passer le reste de ma vie à travailler pour Zach ou à porter des courses. Comme l'a dit Jonathan.

Et que je suis un coup facile, ça aussi c'était vrai avant. Ça fait quelques années, mais je sais ce que je suis. Je sais ce que j'ai été. Les gens m'ont toujours vraiment voulu que pour le cul, avant Zach. J'essaie de me dire que j'ai changé, juste parce que j'ai Zach, Matt et même Jared. Mais est-ce que c'est vrai ? Je n'ai pas la réponse.

Je sais que je devrais rentrer. Que Zach doit fou d'inquiétude. Il faut juste que je reprenne mon sang-froid. Je reste là à regarder les fontaines jusqu'à ce que je sois prêt à lui faire face.

Dès que je passe la porte, je sais que Zach n'a pas arrêté de faire les cent pas. Son soulagement quand il me voit me fait me sentir encore plus mal. Je voudrais qu'il soit furieux contre moi. Ce serait bien plus facile si l'on pouvait hurler et s'engueuler et puis se baiser comme des fous. N'est-ce pas comme ça que c'est censé marcher ?

Il traverse la chambre et m'enlace avant même que j'aie fait deux pas dans la pièce.

— Ang, je suis tellement désolé !

— Moi aussi.

— Je ne voulais pas !

— Je ne supporte pas l'idée qu'il te touche, Zach.

— Ça n'arrivera plus.

— Tu es fâché que j'aie dansé ?

— Pas du tout.

— Ça veut ne rien dire, Zach. Je jouais juste.

— Je sais. C'est de ma faute. Si Jonathan ne m'avait pas embrassé…

— Je le tuerai s'il te touche encore.

— Il ne le fera pas.

— Je suis désolé d'être parti si longtemps.

— Je savais que tu avais besoin d'être seul.

— Zach ?

— Oui ?

— Ferme-la et embrasse-moi.

Il hésite une seconde, ce qu'il n'avait encore jamais fait. Je me demande s'il pense qu'on devrait encore en discuter, ou si en fait il est fâché, ou s'il pense à Jonathan. Mais alors il prend mon visage entre ses mains et sa bouche trouve la mienne. Sa langue glisse sur ma lèvre inférieure, comme toujours, et chaque fois ça m'excite autant.

On se déshabille, je le repousse sur le lit et je grimpe sur lui.

— Dis-moi de quoi tu as envie, Zach.

Il me regarde et je vois que ça l'ennuie. D'habitude, c'est lui qui me pose cette question.

— J'ai juste envie de toi, Ang, dit-il, perturbé.

Il ne comprend toujours pas. J'embrasse son torse, passe la langue sur son téton. Il est clairement excité, mais il hésite toujours.

— Je ferais tout ce que tu veux, Zach, je murmure. Dis-moi juste ce que c'est.

Il se raidit, pas de façon agréable, et je sais que j'ai fait une connerie, mais je ne sais toujours pas quoi.

— Pourquoi, Angelo ?

— Parce qu'il a raison. C'est la seule chose que je peux t'offrir. Laisse-moi au moins faire ça bien.

Il y a un éclair de quelque chose sur son visage, de la colère, de la trahison ou de la honte, et puis avant que je comprenne, il me repousse, si fort que je tombe presque du lit. Je ne l'ai jamais vu aussi furieux. Il ne dit pas un mot, il grimpe juste dans l'autre lit. Il me tourne le dos et remonte les draps jusqu'à ses oreilles.

— Zach ? je l'appelle, perdu.

— Tu ne dois pas avoir une grande opinion de moi, Ang, si tu crois que pour moi cette relation se résume au cul.

Il appuie sur l'interrupteur de la lampe de chevet si fort qu'elle cogne le mur. La lumière s'éteint, la chambre est plongée dans l'obscurité.

— Zach…

Il ne me laisse pas finir.

— Bonne nuit, Angelo.

Je reste allongé là, seul dans mon lit, à essayer de comprendre comment j'ai réussi à tout fiche en l'air comme ça.

LE LENDEMAIN, je me réveille tôt, comme d'habitude. Normalement, je serais allé dans le lit de Zach. Normalement, il m'attirerait contre lui et on somnolerait encore un peu. Normalement, j'émergerais à nouveau plus tard quand il me renverserait sur le matelas, son poids sur mon dos, ses lèvres sur ma nuque, un doigt ou son sexe entre mes jambes.

Mais pas aujourd'hui.

Je me demande ce qui se passerait si j'allais quand même dans son lit, si je prétendais que tout allait bien. Est-ce qu'il m'enlacerait quand même et me ferait l'amour ? Ou alors me tournerait-il le dos ? J'ai trop peur de savoir. J'ai toujours les pensées en bordel à cause de la nuit dernière. Et pour être franc, j'ai peur de finir par juste empirer les choses.

Il faut que je me tire.

Je m'habille. Dans le tiroir, je trouve un stylo et un bloc-note. Puis je réfléchis à quoi dire.

Au bout du compte, j'écris : 'Passes la journée avec M et J. Ne t'inquiète pas. J'ai juste besoin de temps à moi.' je veux finir en lui disant que je suis désolé ou mieux encore, que je l'aime, mais je n'y arrive pas. Je pose le mot sur mon lit vide et je sors du motel.

J'arrive sur le Strip et je me rends compte que je ne sais pas du tout où aller. Hier, on est parti au sud, alors aujourd'hui je vais au nord. Je ne pense pas encore trop à Zach. Je sais que ça viendra. Pour l'instant, j'essaie juste de retrouver cet état d'esprit qui me ressemble.

Il se trouve que 6 heures du matin, c'est un moment bizarre pour marcher à Las Vegas. Il n'y a presque personne dehors. Et certainement pas ces types qui distribuent des cartes avec des filles à poils dessus. Ce vide absolu amplifie beaucoup trop les sons émis par les enceintes des casinos moins luxueux. Il y a des bouteilles vides et des verres abandonnés partout. La magie perd de sa force et si l'on y regarde de trop près on voit les conneries et les mensonges qui se cachent dessous.

Je continue à marcher et je finis à l'hôtel-casino Venetian. Je m'arrête là parce que même dans la lumière brutale du matin, il a l'air serein. Il est plutôt beau. La magie y est plus forte. Je passe la porte qui mène aux boutiques et je fais quelques pas avant de lever les yeux. Et là, je m'arrête net.

Le plafond est magnifique. Il est recouvert de peintures de toutes sortes, aux cadres dorés et élaborés. Je ne sais pas si c'est supposé représenter quelque chose, comme la chapelle Sixtine par exemple, je n'en sais rien. Quoi que ce soit, c'est magnifique. Je regrette que Zach ne le voie pas avec moi. Je n'ai jamais pensé à aller en Europe, mais d'un coup j'en meurs d'envie. C'est quand même stupide de ressentir ça à Sin City ! Je passe un long, long moment là, à contempler le plafond.

Je reprends enfin ma promenade, juste pour regarder. Les boutiques sont toutes fermées, mais j'observe la vie des autres par la vitrine. Des étoles à cinq cents dollars et des costumes à cinq mille. Des cravates de soie, des jeans déchirés pour l'art dans lesquels je n'aurais pas les moyens de m'asseoir. Rien de tout ça ne me réconforte.

Quelques-uns des restaurants servent le petit-déjeuner et j'envisage de prendre un café quand mon téléphone sonne. C'est Matt, bien sûr. J'aurais dû le savoir. Zach et Jared vont probablement dormir au moins jusqu'à 9 heures. Peut-être 10. J'aurais dû savoir que Matt me chercherait.

— Mais où es-tu ? cingle-t-il.

— Au Venetian.

— Restes-y. Je suis déjà sur le chemin.

— J'ai le choix ?

— Non.

Je savais qu'il dirait ça.

— Je suis allé dans ta chambre…

— Ouais ? je fais quand il ne termine pas.

— Zach est dans un état pas possible.

Je ne peux pas gérer ça maintenant.

— Tu vas me dire ce que je sais déjà ?

Il soupire, puis ajoute d'une voix plus douce.

— Tu veux qu'on mange un bout ?

— Je ne parlerai pas de Zach.

— D'accord.

— Pas un mot sur la nuit dernière du tout.

— D'accord.

— Ouais.

— Ouais quoi ?

— Ouais, je veux bien manger un truc.

— Rien qu'une fois, tu pourrais ne pas rendre les choses plus compliquées qu'elles ne le sont déjà ?

— Peut-être, je lui dis, mais ce ne sera pas aujourd'hui.

On se donne un lieu de rendez-vous et on trouve un restaurant qui sert le petit-déjeuner. Matt est doué. Il ne parle pas du tout de Zach avant qu'on ait fini de manger. Puis il dit :

— Jared parlait d'aller voir un spectacle aujourd'hui, Zach l'accompagnera probablement.

— Et toi ?

— Si tu n'y vas pas, alors je ne suis pas obligé non plus.

— Qu'est-ce qu'on va faire, alors ?

— Qu'est-ce que tu as envie de faire ?

— Y'a d'autres montagnes russes ?

Il me fait un grand sourire.

— Au Sratosphere. Les montagnes russes ne sont pas terribles, mais il y a quelques autres attractions.

— Elles sont bien ?

— Tu vas crier comme une fillette.

Je souris presque.

— On va voir, gros dur.

Je voudrais dire qu'on s'est marrés, mais la réalité c'est que je suis de très mauvaise compagnie toute la journée. Je n'arrête pas de m'inquiéter au sujet de Zach, s'il est encore fâché. Je pense à Jonathan et à ce qu'il a dit. Je commence à me demander ce qu'il s'est passé pendant que j'étais parti. Et si Jonathan venait voir Zach ? Et si Zach se rendait compte qu'il avait raison ? Je m'imagine rentrer au motel pour découvrir que Zach est parti et qu'il ne reste qu'une note sur le lit. Je les imagine se réconcilier, s'embrasser, faire l'amour. Je m'imagine rentrer seul à Coda. Une part de moi sait que c'est idiot, mais ça ne m'empêche pas de créer les pires scénarios dont ça pourrait se finir.

Matt est un putain de saint. Même alors que je suis malheureux et grognon toute la journée, il reste égal à lui-même. Parfois, il essaye de me remonter le moral, d'autres fois il me laisse juste me morfondre. Plusieurs heures et quelques cris très virils plus tard, il dit enfin :

— On devrait rentrer. Ils doivent nous attendre.

— Je sais.

On se met en route, et plus on s'approche, moins je parle. Chaque pas resserre un peu plus ce nœud au creux de mon estomac. Matt m'observe du coin de l'œil.

— Tu es sûr de ne pas vouloir en parler ? demande-t-il enfin.

— Ouais.

— Tu ne vas même pas me dire ce qui s'est passé hier soir ?

— Non.

— D'accord.

Il garde le silence pendant peut-être une moitié de pâté de maisons puis il dit :

— Vous vous êtes disputés ?

— IL faut croire.

— Vous avez rompu ?

— Non.

Encore quelques minutes, puis :

— Dis-moi que tu n'as pas fait de bêtises hier soir.

Clairement oui, mais pas ce qu'il croit.

— Non.

— Alors qu'est-ce que….

— Je t'ai dit que je ne voulais pas en parler, Matt.

— D'accord.

On marche encore une centaine de mètres avant qu'il recommence à parler.

— Tu veux que je te dise quelque chose ?

— Non, mais je parie que tu vas me le dire quand même.

— Un jour, Jared m'a dit qu'il avait un compas interne, mais qu'au lieu de pointer au nord, il pointait à l'ouest.

— Ça ne m'étonne pas qu'il se perde autant.

— Zach aussi a un compas interne. Sais-tu où il pointe ?

— Vers la bouffe thaï ?

— Vers toi.

— C'est censé vouloir dire quelque chose ?

— Ouais, répond-il en me donnant une taloche à l'arrière de la tête.

Ça fait mal, mais je ne vais pas lui avouer. Il me sourit.

— Quand tu arrêteras de jouer au con, tu comprendras.

JE SUIS un peu anxieux en rentrant dans la chambre. Il fait toujours jour, mais les rideaux sont fermés et dans la pièce il fait assez sombre. Assis sur le rebord du lit, Zach regarde la télévision, mais je le connais. Je sais qu'il ne la voit pas vraiment.

Il m'ignore, alors je ne dis rien non plus. Je retire mon manteau et mes bottes. Je m'assois sur mon lit et je regarde par terre, comme si quelqu'un y avait écrit la démarche à suivre. Pas de bol, il n'y a rien. Zach me regarde du coin de l'œil, comme une souris regarde un chat. Il attend de savoir si je vais lui bondir dessus ou filer ailleurs.

On s'est déjà engueulés, mais ça a toujours été Zach qui a réglé les choses. Il vient toujours où je suis assis et s'agenouille devant moi. Il met la tête sur mes genoux et me dit combien il m'aime. Et en général, on en parle plus. Mais cette fois, c'est carrément clair qu'il n'a pas l'intention de faire le premier pas. Ça doit être moi.

Je prends une grande inspiration. Il lève les yeux vers moi, inquiet, prêt à une autre dispute.

Je n'ai aucune idée quoi dire. Mon instinct me dit d'attaquer : de lui reprocher notre voyage à Vegas et d'avoir accepté ce putain de dîner avec Jonathan. Je pourrais lui dire que c'est ça parce qu'il a embrassé son ex ou parce qu'il n'a pas protesté quand Jonathan m'a traité de coup facile. Je pourrais dire tant de choses qui le blesseraient ou l'énerveraient. C'est ce que je sais faire.

Ce que je ne sais pas faire, c'est des excuses.

Je veux juste le toucher. Je veux être sûr qu'il ne me repoussera pas. Je me force à glisser les doigts dans ses cheveux, la paume contre sa joue. Il se raidit. Il serre la mâchoire et ferme les yeux, comme s'il ne supporte pas d'avoir mes mains sur lui. Et ça fait plus mal que je peux l'exprimer. Ça me déchire tellement la poitrine que je ne sais même pas si je peux respirer.

— Zach ?

J'arrive à peine à être audible. J'arrive à peine à empêcher ma voix de craquer. Je n'arrive pas à l'empêcher de trembler. Je veux tomber à genoux et mettre la tête sur ses genoux comme il le fait avec moi. Mais si je le fais, je ne vais pas pouvoir m'empêcher d'éclater en sanglots et de pleurer comme un gosse.

— Zach, dis-moi quoi faire, parce que je ne sais pas comment réparer les choses.

Un instant, je ne sais pas s'il va répondre. Il reste assis là, les yeux fermés, sans bouger. Et puis il lâche une sorte de soupir et la tension le quitte en partie. J'ai toujours la main sur sa joue, il met la sienne par-dessus. Il se tourne vers elle et m'embrasse les doigts.

— C'est la deuxième fois, dit-il tout bas.

Il a les lèvres contre ma paume. Il ne me regarde pas.

— La deuxième fois que tu sous-entends que la seule chose que tu as à me donner, c'est le sexe.

La première fois, c'était il y a des mois, le jour où j'ai enfin craqué et que j'ai appelé ma mère. Le jour où je lui ai dit que je l'aimais. Je savais que ça l'avait dérangé à l'époque aussi, mais pas comme cette fois-ci.

— Tu me brises le cœur, Angelo. Tu ne sais donc pas combien tu comptes pour moi ? À quel point je t'aime. Parce que sinon…

Il laisse la phrase en suspens et il me regarde enfin. Je vois dans ses yeux qu'il est aussi bouleversé que moi.

— Je ne sais pas quoi faire d'autre. Je ne sais pas comment te convaincre.

À cet instant, je m'en fiche d'y croire ou pas. Tout ce qui m'intéresse, c'est qu'on retourne à ce qu'on était. Je veux me réveiller en pleine nuit et me mettre dans son lit. Je veux faire l'amour le matin comme d'habitude. Je veux savoir que demain il voudra à nouveau que je le touche.

— Je ne supporte pas quand t'es fâché contre moi, je murmure.

— Je ne supporte pas d'être fâché avec toi.

Il se lève et se rapproche de moi. Mais il ne me touche pas.

— Promets-moi que tu ne diras plus jamais ça.

Je crois quand même avoir raison. Je ne sais pas s'il se trompe lui-même ou s'il me ment pour me consoler. Mais ce n'est pas grave. Il ne veut pas que je le dise tout haut, alors je ne le ferai pas.

— C'est promis.

— Bien.

Alors il m'étreint et m'embrasse. Je sais que ça ne fait pas si longtemps, seulement hier, mais j'ai l'impression que ça fait des siècles qu'il ne m'a pas embrassé comme ça.

Il m'attire vers le lit, les bras autour de moi. Il a une main sous ma chemise et la glisse dans mon dos. Je commence à déboutonner son pantalon, mais il m'arrête.

— Pas de sexe, Ang, j'ai juste envie de te toucher.

Je sais que c'est sa façon d'insister, mais je m'en fiche. On se déshabille l'un l'autre. Il dépose un baiser sur mes yeux et mes joues. Il ne descend jamais sous ma ceinture, mais me caresse le ventre, le dos et les bras. Ses doigts sont si doux et il est si tendre. Ça fait un moment que je ne me suis pas rendu compte à quel point c'est bon quand il me touche. Puis il m'attire sur le lit avec lui. Je pose la tête sur son torse et j'essaie de dénouer ma gorge serrée.

Il remonte la main dans mon dos, s'arrête sur ma nuque. Il a la voix basse et cajoleuse, comme s'il avait peur de m'effrayer.

— Parle-moi, Angelo. Je ne peux pas changer les choses si tu ne me dis pas ce qui ne va pas.

Je sais exactement quoi dire. J'ai toujours du mal avec les mots, cette fois je me force.

— Je t'aime tant, Zach.

Ça sort tout bas, mais son immobilité me révèle qu'il m'a quand même entendu. Puis j'ajoute autre chose. Quelque chose que je n'avais pas prévu.

— Je t'en prie, ne me quitte pas.

Il y a un instant, alors, un battement de cœur, pendant qu'il digère tout ça. Puis il passe les bras autour de moi, me serre si fort qu'il m'en coupe presque le souffle. Je n'arrive pas à retenir mes larmes. J'ai horreur d'avoir toujours l'air de pleurer devant lui, mais il fait semblant de ne pas le voir. Il m'embrasse sur le front et dit d'une voix tendre :

— Angelo, je ne comprends pas comment tu peux être à la fois si intelligent et pourtant si stupide.

— Qu'est-ce que ça veut dire ?

— Tu devrais le savoir, depuis le temps. Il n'y a rien ni personne au monde qui pourrait me forcer à te quitter. Tu es toute ma vie, mon ange. Et ça me convient parfaitement.

Une partie de l'appréhension qui m'a étouffé toute la journée s'envole quand il le dit, mais le nœud dans ma gorge fait que se resserrer. J'attends que ma voix arrête de trembler pour répondre :

— Il est tout ce que je ne suis pas.

— Mais tu es tout ce que je veux, Angelo. Pas lui.

Je suis tout ce qu'il veut ? Un type qui n'a pas fini le lycée, sans rien à offrir ? J'essaie de le croire. J'essaie de comprendre comment il pourrait me choisir moi.

— Matt et Jared seront là dans moins d'une heure, dit-il doucement.

Il sait que je voudrais avoir repris mon sang-froid avant leur arrivée. Pas question qu'ils me voient dans cet état. Zach me donne un petit coup de coude.

— Allons nous doucher.

Il me connaît si bien.

— D'accord.

C'est tout ce que je peux dire.

Je le laisse me tirer du lit et me guider vers la salle de bain. Il fait couler la douche, me pousse doucement dans la cabine puis rentre derrière moi. Il m'enlace. Je ferme les yeux et je m'appuie contre lui, j'essaie de tout laisser s'envoler. Que ma colère et mes larmes disparaissent sous l'eau brûlante.

Je ne sais pas combien de temps on reste comme ça, avec lui qui m'étreint. Après un moment, ses mains se mettent à bouger sur moi. Il me lave le dos, puis passe lentement sur mon ventre, entre mes jambes. Avant même que je comprenne, il me retourne, me pousse contre le mur. Je garde les yeux fermés et le laisse me guider. Quand je sens ses lèvres sur mon ventre, je réalise qu'il est à genoux devant moi. Puis la langue passe sur ma fente et il faut que je m'agrippe à lui parce que mes jambes me lâchent.

Il a dit 'pas de sexe'. Je me demande s'il faut que je l'arrête. Je ne sais pas trop si c'est bien de le laisser faire. Si c'est juste de ma part de prendre encore. Mais alors sa bouche se referme sur moi et j'arrête de me poser des questions. J'arrête complètement de réfléchir. Pour la première fois depuis que j'ai ouvert les yeux ce matin, mes pensées s'arrêtent. C'est un soulagement fabuleux. Pas de peur, pas d'inquiétude, pas de honte. Pas de scénario ridicule qui joue dans ma tête comme un mauvais film. Tout est perdu dans ce silence, cet oubli sensuel. Il n'y a plus que lui et moi et une sensation purement physique.

Les carreaux sont froids et lisses contre mon dos, l'eau brûlante. Mes mains sont enfouies dans ses épais cheveux bruns. Sa bouche est chaude, douce, généreuse. Toujours généreuse. Parce que c'est tout Zach. Il glisse une main entre mes cuisses puis je sens ses doigts, glissants et savonneux, se presser contre mon anneau.

Je gémis un peu et ça le surprend tellement qu'il arrête de me sucer. Je ne fais pas beaucoup de bruit, pendant le sexe. Je ne sais pas pourquoi. Je n'y ai jamais pensé avant que Zach me le fasse remarquer. Mais je sais combien il aime quand quelque chose m'échappe. Il dit à voix basse et rauque :

— Oh, mon Dieu, Ang recommence !

Je n'ai même pas l'occasion d'y réfléchir. Dès qu'il l'a dit, il baisse à nouveau la bouche sur ma verge et ses doigts me pénètrent, mais juste un petit peu. Il sait que ça ne suffira pas. Il continue à sucer, à faire aller et venir juste le bout de son doigt, m'excitant jusqu'à ce que je referme la main dans ses cheveux et réussisse à murmurer :

— Plus, Zach.

— Tout ce que tu veux, dit-il tout bas.

Puis sa bouche est à nouveau sur moi et ses doigts s'enfoncent lentement. C'est si bon. Là, je gémis vraiment, lui aussi. Il me masse des doigts, sa langue encercle mon gland, et passe juste sous ma fente. Je ne peux que l'agripper plus fort et le pousser plus contre ma verge tandis que ses doigts vont plus profond. Il touche alors ce point merveilleusement sensible en moi et ça suffit. Cette fois peut-être même que je crie quand je jouis. Je n'en suis pas certain. Tout ce que je sais, c'est que ses doigts m'emplissent, et cette merveilleuse délivrance, étourdissante. Il me laisse lui tenir la tête sur ma verge aussi bas qu'il peut, jusqu'au bout.

Il n'arrête jamais de donner.

Même alors que je tremble encore, j'y réfléchis. Il donne toujours. Est-ce que je lui rends vraiment quelque chose ? Est-ce que c'est possible que le laisser me donner, ce soit la même chose que lui rendre ? J'aimerais le savoir.

Je le sens se relever, puis mettre ses mains douces de chaque côté de mon visage.

— Ang ?

J'ouvre les yeux et regarde les siens. Ils sont d'un bleu magnifique. Et je vois qu'il est inquiet. Mais aussi combien il tient à moi.

— Ang, je t'en prie, dis-moi que tout va bien entre nous.

Nous nous aimons tellement. Pourquoi ai-je cru que cela ne suffirait pas ? Je passe les bras autour de son cou et je l'embrasse.

— Zach, tout est absolument parfait.

NOUS DÎNONS avec Matt et Jared. Au début, il y a un petit malaise. Ils marchent sur des œufs, nous regardent du coin de l'œil, clairement inquiets qu'on se mette soudain à se disputer. Mais il leur faut pas longtemps pour comprendre que ce n'est pas le cas. On serait plutôt parti pour les embarrasser en se sautant dessus dans le restaurant. Finalement, le dîner est sympa.

On retourne à l'hôtel et là, au bar le plus près des ascenseurs, il y a Jonathan.

De toute évidence, il nous attend, et on s'arrête net quand il s'approche. Je ne suis vraiment pas ravi de le voir, mais je suis un peu satisfait quand même du bleu que j'ai fait fleurir sur son visage. Je n'arrive quand même pas à croire qu'il se pointe comme ça, j'espère qu'il ne va pas encore une fois tout foutre en l'air entre Zach et moi.

Comme s'il lisait dans mes pensées, il dit :

— Je ne suis pas là pour causer des problèmes.

Il pourrait en faire qu'il le veuille ou non. Je me bats pour rester calme. Zach se met devant moi – je ne sais pas si c'est pour me protéger moi ou Jonathan.

— J'espérais qu'on pourrait parler un instant, dit-il à Zach.

— Je n'ai rien à te dire, rétorque Zach froidement.

Il fait mine de le dépasser.

Jonathan pose la main sur le torse de Zach pour l'arrêter et ça m'énerve encore plus. Je veux lui dire de ne pas le toucher, mais avant que je puisse, Zach le repousse brutalement.

— Ne me touche plus jamais !

Cela se voit que ce refus rend Jonathan triste, mais il n'est pas surpris. Il lève les paumes en signe de reddition.

— Zach, je te le jure, je suis désolé.

Il lui tend la main.

— Je voulais juste te dire au revoir.

Zach a l'air soupçonneux, mais après un instant, il la lui serre.

— Au revoir, Jonathan.

Puis il s'en va. Il ne se retourne pas une seule fois.

Ça manque d'explosions. Jared, Matt et moi restons là, dans une sorte de silence stupéfait. Jonathan se tourne d'abord vers Jared.

— C'était vraiment un plaisir de vous rencontrer. J'espère que je n'ai pas trop gâché vos vacances.

Il lui tend la main et bien sûr, Jared sourit et la lui serre.

— Tu sais, j'ai un ami à Phoenix…

Matt le fusille du regard, mais Jared fait mine de ne pas le voir.

— Je crois que je vais lui dire de t'appeler.

Jonathan sourit.

— Je suis toujours partant pour de nouvelles rencontres.

Il tend ensuite la main à Matt qui hésite une seconde, mais la lui serre aussi.

Puis Jonathan se tourne vers moi. Je me demande s'il croit que je ne suis pas digne de lui serrer la main, mais quand il croise mon regard, il ne me défie pas comme les fois d'avant. Il a l'air las et prudent. Et je suis sur le cul quand il demande :

— Puis-je te parler une minute ?

— Pourquoi j'en aurais envie ?

Il regarde le sol. Il lui faut une minute pour répondre.

— Il n'y a aucune raison, dit-il doucement. Je ne te reproche pas de me détester. À ta place, je ressentirais la même chose. Mais j'apprécierais si tu m'accordais un peu de temps.

Il a l'air sincère et pour dire vrai, il a éveillé ma curiosité, maintenant.

— S'il te plaît, ajoute-t-il.

— C'est parce que tu crois que je suis un coup facile ?

Il devient écarlate.

— Non.

— Tu vas me dire que je ne suis pas assez bien pour Zach ?

— Non.

— Que tu le mérites plus que moi ?

— Non.

— D'accord.

Ça l'air de le paumer.

— D'accord ? Qu'est-ce que tu veux dire ? D'accord quoi ?

— D'accord, je veux bien te parler un instant.

Jared se dirige vers l'ascenseur, mais Matt reste là, à côté de moi. Je le regarde et il dit :

— Je reste.

— Je n'ai pas besoin d'un baby-sitter.

Il me fait son demi-sourire à la con, un sourcil haussé.

— On va voir ça, monsieur soupe au lait.

Il va s'asseoir à l'autre bout du bar, où il n'entendra pas.

— Ok, mec. Je t'écoute. Qu'est-ce que tu veux ?

À ma grande surprise, il regarde par terre d'un air embarrassé. Une seconde plus tard, il relève les yeux et croise mon regard. Je n'y vois ni jugement ni dédain. C'est de la honte.

— Je veux que tu saches à quel point je suis désolé…

Il bredouille un instant puis ajoute plus bas :

— … de ce que j'ai dit.

— Que je ne sois bon qu'à emballer les courses ou de m'avoir traité de coup facile ?

Il grimace. Tant mieux. Je n'ai pas l'intention de lui rendre les choses faciles.

— Les deux, dit-il doucement. Mais surtout la seconde chose. C'était horrible à dire. J'espère que tu pourras me pardonner. C'est la jalousie qui parlait. Je sais que c'est la plus nulle des excuses, mais pour dire vrai, c'est la seule que j'ai.

Pour le coup, je me sens un peu déstabilisé. Une excuse, c'est la dernière chose à laquelle je m'attendais. J'ai un peu envie de lui en vouloir encore, mais c'est un peu plus dur maintenant.

— Vraiment, dit-il, la voix toute basse. D'habitude, je ne suis pas…

Il laisse la phrase en suspens et je complète :

— D'habitude, tu n'es pas un sale connard ?

Il me sourit, juste un peu.

— J'aime à penser que non.

Et ça a beau me faire mal de l'admettre, je sais que c'est probablement vrai. Parce que Zach ne serait jamais resté si longtemps avec lui, sinon.

— Je ne suis pas vraiment ravi que tu m'aies gardé tout ton potentiel salopard.

L'air embarrassé, il sourit un peu plus.

— Je n'en suis pas ravi non plus. Et je suis vraiment désolé, répète-t-il.

— Ouais, d'accord.

Je n'ai pas l'habitude de recevoir des excuses. Je ne sais pas trop quoi faire.

— Lâche l'affaire.

Je me dis que c'est le moment de filer, mais il m'arrête.

— Je peux t'offrir un verre ?

Je ne peux pas m'empêcher d'être méfiant.

— Pourquoi ?

Il hausse les épaules.

— J'aimerais juste te parler un peu.

C'est super bizarre, mais qu'est-ce que j'ai à perdre ?

On s'assoit l'un à côté de l'autre au bar. Il se commande un verre de vin et pour moi une bière. C'est le genre de mec qui fait attention aux détails. C'est la même que j'ai commandé la veille, je n'ai même pas besoin de le lui rappeler. Un instant, on reste assis sans rien dire et je me demande ce que je fiche là. Puis soudain, il fait :

— Je n'ai jamais eu l'intention de le laisser partir, tu sais.

— De ce que j'ai entendu, c'est toi qui t'es tiré.

— Tu as bien entendu, répond-il avec un soupir. Je pensais revenir. C'est pour ça que je lui ai laissé Geisha. Je savais qu'elle ne l'aimait pas. Je ne pensais pas partir pour de bon.

Il ne me regarde pas. Il tortille la serviette en papier sous son verre, puis il la replie par-dessus le pied, tourne jusqu'à ce qu'elle l'entoure complètement, puis il la lisse et recommence.

— J'essayais juste de le faire réagir. Je voulais qu'il se reprenne, tu sais ? Qu'il arrête de boire autant, de fumer du shit tous les soirs et de coucher avec n'importe qui. Je voulais qu'il grandisse et qu'il arrête de se laisser porter.

Il s'arrête et boit une gorgée de vin. Il ne me regarde toujours pas, et après un moment il reprend, plus bas :

— Je croyais qu'il appellerait. Je croyais qu'il se rendrait compte qu'on valait la peine de se battre. J'ai attendu et attendu, alors quand je me suis rendu compte qu'il n'appellerait pas, c'était trop tard.

Je ne sais pas trop quoi dire à ça, mais on dirait qu'il ne s'attend pas à ce que je réponde. Comme s'il a juste besoin que quelqu'un l'écoute. Et bizarrement, cette personne c'est moi.

— Pourquoi l'as-tu pas appelé ? Je demande enfin. Il aurait été heureux de te reprendre.

Il hausse un peu les épaules.

— Parce que je ne voulais pas revenir s'il n'avait pas changé. Et j'avais peur de découvrir qu'en fait il était plus heureux sans moi. Aujourd'hui, ça a l'air complètement ridicule, mais…

Il laisse la phrase en suspens.

— Tout ce temps où l'on était ensemble, c'était comme s'il ne savait pas quoi faire de sa vie. Comme s'il n'avait pas d'objectifs. Il n'a jamais eu de motivation. Même au lit, il ne savait pas ce qu'il voulait.

Il s'interrompt brusquement et je sais qu'il regrette d'avoir dit cette dernière phrase.

— La seule chose que Zach veut au lit, c'est faire plaisir au type avec qui il est, dis-je.

Ça a l'air de le surprendre un peu. Il ne me regarde toujours pas, mais je sais qu'il y réfléchit.

— Tu crois qu'il ne savait pas ce qu'il voulait ? Ce que ça veut dire, c'est qu'il n'arrivait pas à savoir ce que toi, tu voulais.

Perdu dans ses pensées, il garde un instant le silence. Puis il ajoute :

— En fait, quand je l'ai revu, je me suis dit : 'voilà le Zach que j'attendais', tu sais ? Je voyais qu'il avait enfin une motivation. Il avait un objectif.

Il s'arrête une seconde puis il ajoute :

— Je ne me suis rendu compte que plus tard que sa motivation, c'est toi.

— Moi ?

Il me regarde d'un air surpris.

— Zach n'a jamais eu envie de se battre pour quoi que ce soit dans sa vie. Pas pour ses études. Pas pour avoir un job. Certainement pas pour moi. Mais je ne doute pas un seul instant qu'il est prêt à se battre pour toi.

Et le truc dingue, c'est que je le crois.

On finit nos verres en silence, puis il se lève et me tend la main. Je la lui serre et il me sourit.

— J'espère que si l'on se revoit, on pourra recommencer à zéro, Angelo. J'aimerais me dire qu'on peut faire mieux.

— En tout cas, on ne peut pas faire pire.

Il sourit vraiment.

— Prends soin de toi, Angelo.

Tout ce temps, Matt est resté assis à l'autre bout du bar. Une fois que Jonathan est parti, il me rejoint et on va vers l'ascenseur.

— Qu'est-ce qu'il voulait ?

Je ne lui réponds pas. J'ai la tête ailleurs. Je repense à ce qu'a dit Jonathan : que je suis la motivation de Zach ! À ce que Zach a dit plus tôt ce jour-là : 'Tu es toute ma vie'. À ce que Matt m'a dit la veille.

— Tu crois vraiment que le compas de Zach pointe vers moi ?

Matt a l'air un instant surpris, puis il dit :

— J'en suis certain. Tu es son nord.

On ne parle pas le reste du chemin. Il me regarde bizarrement, comme s'il essayait de comprendre ce qui me passe par la tête, mais je ne suis pas prêt à lui dire. Je ne suis même pas sûr que je pourrais. Pas sûr de le comprendre moi-même.

C'est possible que je donne quelque chose à Zach rien qu'en étant là ?

Quand j'entre dans la chambre, Zach m'attend assis sur le lit. Je m'arrête net quand je le vois. J'essaie de savoir comment lui poser les questions que j'ai en tête.

Il me rejoint et me relève le menton pour me regarder dans les yeux.

— Tout va bien ? me demande-t-il.

— Oui.

Il me contemple, comme s'il cherchait, qu'il essayait de décider si je lui dis la vérité.

— Que voulait Jonathan ?

— Dans l'ensemble, demander pardon.

Ça a l'air de le soulager.

Il passe un bras autour de ma taille. Il a toujours l'autre main sur ma joue.

— Ce n'est pas quelqu'un de mauvais, me dit-il doucement.

— Je ne t'aurais pas cru hier soir, mais maintenant je crois que oui.

— Il a demandé pardon, et c'est tout ?

— Il a dit qu'il n'avait jamais voulu te quitter vraiment. Il croyait revenir. Que tu l'appellerais. C'est pour ça qu'il a laissé Geisha.

Il ferme les yeux une seconde et prend une inspiration tremblante. Je vois bien que ça le blesse un peu, de se rendre compte qu'ils auraient pu marcher s'il avait seulement essayé. Mais il ouvre alors les paupières et me regarde dans les yeux. Sa voix est ferme quand il dit :

— Je ne l'ai jamais aimé comme je t'aime.

Il me contemple, cherchant quelque chose, mais je ne sais pas quoi. Je me demande si c'est vrai que tout ce temps je lui donnais quelque chose sans même le savoir.

— Zach, est-ce que je suis ton nord ?

Il cligne des yeux, l'air perdu, parce que bien sûr ma question n'a aucun sens. Mais ensuite, il dit avec une sincérité impossible à nier :

— Tu es tout pour moi.

— Zach ?

— Oui ?

— La ferme et embrasse-moi.

Cette fois, il n'hésite pas du tout. Ses lèvres sont si douces contre les miennes. Je suis vraiment à la maison, maintenant. Je sais que tout ira bien.

Après quelques secondes, il s'écarte à nouveau. Il me regarde et je sais qu'il a quelque chose en tête.

— Qu'est-ce qui ne va pas ?

— Rien.

— Alors à quoi penses-tu ?

Il me sourit nerveusement.

— Tu ne veux pas sortir un peu ? Juste toi et moi ?

— Bien sûr.

Zach ne sourit presque jamais, mais là il rougit. Il y a deux taches de couleurs sur ses pommettes. Il hésite juste une seconde, puis il demande à voix basse :

— Tu veux bien faire quelque chose pour moi ?

— Ça dépend de ce que c'est.

Ses pommettes deviennent encore plus rouges, mais il ne va pas reculer maintenant. Il sort quelque chose de sa poche et me le tend, l'air à la fois effrayé et plein d'espoir. Je regarde ce qu'il tient et je me marre.

C'est de l'eye-liner.

— C'est tout ? Je demande.

Il y a du soulagement et de l'excitation dans son regard.

— J'ai aussi acheté le gel, ajoute-t-il avec un sourire.

— Tu y as vraiment réfléchi, hein ?

Il me pousse contre le mur. Il a les lèvres dans mon cou et il presse son aine contre moi. Il a la voix basse et essoufflée.

— Je veux retourner à la boîte de nuit.

— Sérieusement ? Je demande, surpris.

— Je veux te regarder danser. Je veux voir tous ces types essayer de t'attraper. Et puis...

Il se presse encore plus contre moi et il n'y a pas de doute combien ça l'excite rien que d'y penser.

— Je veux te ramener ici et me prouver que tu es à moi.

— En fait, tu es un petit peu libertin, hein, Zach ?

Les mains baladeuses, il continue à se frotter contre moi. Ses lèvres dans mon cou se font plus insistantes.

— Tu as le droit de dire non.

Je le sais bien. Et c'est pour ça que je ne le ferai pas.

Ça fait des années que je ne l'ai pas fait, mais ce n'est pas comme si je ne savais pas comment me préparer. Je lisse mes cheveux sur les côtés, mais je les redresse au-dessus. Du noir tout autour de mes yeux et étalé sur mes paupières. Je dois avouer que je suis content de ne pas avoir à faire face à Matt dans cet état. Il pourrait plus s'arrêter de rire. Mais pour Zach, je peux le faire. Quand je sors de la salle de bain, il écarquille les yeux. C'est clair que ça lui plait.

— Aussi bien que Ziggy Stardust ? Je demande avec un sourire.

— Mieux, répond-il, alors je me marre.

Au moins, à Las Vegas, personne ou presque ne se retourne sur un mec maquillé. On sort de l'hôtel et on attrape un taxi pour nous emmener à la boîte de nuit. Zach déniche un tabouret près de la piste de danse. Je commande deux shots de tequila au bar.

Le barman me regarde d'un air méfiant en me servant.

— Je ne veux pas de problèmes ce soir, dit-il.

— Il n'y en aura pas, je réponds.

Je les bois cul sec, tous les deux.

— Il me faudrait aussi un verre de vin. Vous avez du rouge espagnol ?

Il me regarde comme si j'étais un abruti. C'est possible.

— Mais bien sûr.

Ça valait la peine d'essayer.

— Alors n'importe quel rouge.

Je rapporte le verre à Zach. Le regard qu'il me lance quand je le lui tends vaut bien d'être passé pour un idiot devant le barman. Il m'embrasse, profondément et lentement, puis me murmure à l'oreille :

— Pas de sexe.

— Je sais.

Il me sourit.

— Amuse-toi bien.

La dernière fois qu'on était là, je n'ai pas eu le temps de trouver de bons partenaires, des types qui sont là pour la même chose que moi : pas forcément tirer un coup tout de suite, juste s'échauffer. Ce soir, je les trouve : le tatoué de la dernière fois ainsi que deux autres. On s'échange beaucoup les uns les autres.

Je découvre que danser pour Zach, c'est différent de danser pour moi-même. C'est mieux. J'adore savoir que ses yeux sont sur moi. C'est le meilleur aphrodisiaque au monde.

Je ne les laisse jamais m'embrasser, mais l'un des types me fait un suçon si fort que je sais qu'il me restera une marque. Je glisse une main dans son pantalon. Je passe une main autour de son membre et je frotte le pouce sur son gland humide jusqu'à ce qu'il dise d'une voix rauque, amusée :

— Tu ferais mieux d'arrêter si tu ne veux pas avoir les mains toutes sales.

Je me marre et on change encore de partenaire.

Je garde un œil sur Zach. Il est carrément mignon et il a l'air d'être seul. Plusieurs types lui parlent. L'un d'entre eux lui paye un verre. Il flirte un peu, mais il ne me lâche pas des yeux. Il ne laisse personne trop se rapprocher. Il y en a un qui lui plaît. Il flirte avec lui plus qu'avec les autres. Il le laisse même mettre la main au creux de son dos. Le type se rapproche et murmure quelque chose à son oreille. Zach sourit, mais lui dit quelque chose et me montre du doigt. Je ne rate pas le regard que lui lance alors le type, déçu, mais aussi un peu impressionné, et Zach lui décoche un sourire lumineux.

Je me retrouve beaucoup avec le tatoué. À un moment, on va au bar se prendre un verre tous les deux.

— Tu es là avec ce type ? demande-t-il en montrant Zach.

— Ouais. Pourquoi ?

— Juste par curiosité.

— Et toi ?

— Celui qui t'a fait un suçon, dit-il en souriant. Ça fait cinq ans qu'on est ensemble.

Je ne peux pas m'empêcher de lui rendre son sourire.

— C'est génial, mec.

Il me suit sur la piste de danse et m'enlace par-derrière. Il me frotte entre les jambes puis glisse la main dans ma poche. Il me caresse lentement tout en se pressant contre moi. Je presse derrière moi la bosse dans son pantalon. Je ferme les yeux, appuie la tête sur son épaule et je me perds dans toutes ces sensations. Je pense au type avec qui je danse et à son partenaire en train de faire un suçon à quelqu'un d'autre. À ce qu'ils vont faire ce soir une fois qu'ils seront rentrés chez eux. À Zach, à combien je sais que je l'excite. Je ne sais pas combien de temps on danse comme ça, juste à se frotter et à se caresser, mais soudain il me souffle :

— Tout copain te cherche.

Je me tourne vers Zach qui indique le fond de la boîte, là où il y a les toilettes.

— Tu reviens après ? Me crie le tatoué au moment où je pars.

— Aucune idée ! Je réponds sur le même ton, puis je rejoins Zach au bord de la piste.

Rien qu'à le regarder, je peux dire à quel point il est excité. Pas seulement à cause de sa bosse. Tout est dans ses yeux. Il m'enlace, me serre fort contre lui. À mon oreille, il a le souffle court.

— Tu n'imagines pas combien j'ai envie de toi là tout de suite.

— Tu veux retourner à l'hôtel ?

Mais à ma grande surprise, il secoue la tête.

— Non.

Il me fait pivoter et me pousse vers les toilettes. J'y vais. Quand on y arrive, il est pressé derrière moi. Il a un bras autour de ma taille et je sens son érection contre le creux de mon dos. Il y a la queue aux urinoirs et une seule stalle. Elle est occupée et vu les bruits, c'est clair qu'il y a plus d'un mec dedans. Il y a un autre couple avant nous qui attend son tour. Ils se pelotent contre le mur.

La voix de Zach est rauque et désespérée à mon oreille.

— Si tu as un problème avec ça, Ang, il faut que tu le dises maintenant.

Mon cœur bat à cent à l'heure, mais c'est plus de stress que d'excitation. Zach et moi couchons ensemble de toutes les façons possibles. Parfois, c'est doux, parfois c'est brutal. Mais il est toujours en train de penser à ce que je veux. Sa priorité est toujours mon plaisir. C'est la première fois qu'il pense d'abord à lui. Je ne peux pas vraiment dire que ça m'excite, mais hors de question de lui dire non.

— Aucun problème.

Il sort son portefeuille et dit aux types avant nous :

— Je vous donne cinquante dollars pour nous laisser passer.

Ils se regardent puis haussent les épaules.

— Fais-toi plaisir, dit l'un d'entre eux en prenant son argent.

Puis ils recommencent à se peloter.

Zach se frotte à moi et me mord dans le cou, une main entre mes jambes, et j'espère vraiment que la porte va s'ouvrir bientôt ou tous ceux qui sont là vont me voir le branler. On dirait que ça dure une éternité, mais il ne s'écoule probablement qu'une minute ou deux avant notre tour.

Zach me pousse devant. J'imagine qu'il a envie d'une fellation, alors quand il a fermé la porte, je défais son pantalon et je le dégage. Mais alors il m'attrape brutalement et me retourne. Il presse la main contre ma nuque et me penche de façon à ce que j'aie le front contre le haut du réservoir, le haut de la tête contre le mur. Il déboutonne mon pantalon et l'abaisse, j'essaie de me dire que ça va aller. Je ferme les yeux et je me force à respirer profondément pendant qu'il s'agite. J'ai le cœur qui bat plus vite que jamais. Je le sens pousser contre moi. J'ai un moment, juste un éclair, une pure peur primale. Un battement de cœur proche de la panique quand je crois qu'il y va à sec. Je commence presque à me débattre, juste par instinct. Mais alors le bout de sa queue passe aisément mon anneau. Je me rends compte qu'il y a plus réfléchi que je croyais. Il devait avoir un tube dans sa poche. Je prends une profonde inspiration et je me force à me détendre.

Il gémit en me pénétrant. Il y va lentement, jusqu'au bout, puis il s'arrête. Pendant juste une seconde, il reste là, au plus profond de moi, sans bouger. Je commence à me demander s'il a changé d'avis. Il ressort une fois, presque complètement, puis rentre à nouveau un peu plus vite. Puis, comme si quelqu'un avait appuyé sur un bouton, il se lâche. Il laisse son besoin le dominer comme je ne l'avais jamais vu faire. Il se met à me prendre vite et fort. Il me maintient toujours d'une main. Ma tête cogne contre le mur et je cherche un truc où m'agripper, n'importe quoi qui me donne un peu de soutien. Finalement, je m'appuie contre le mur et je tiens bon.

Ce n'est pas mon fantasme, mais ce n'est pas non plus désagréable. Zach est brutal, mais rien que je ne puisse gérer. Je ne ferais ça pour personne d'autre, et il le sait. Je crois que c'est pour ça qu'il en a autant envie.

Je sais que ça ne va pas lui prendre longtemps. Je me cambre, me pousse contre lui et j'obtiens un gémissement rauque en réponse. Il m'attrape par les cheveux et me tourne la tête sur le côté, la joue contre le réservoir. Comme ça il voit en partie mon visage et le trait épais de l'eye-liner autour de mes yeux. Puis il jouit comme il n'a jamais joui avec moi en tout cas, et tout le monde dans ces toilettes doit le savoir.

Les deux types qui attendent leur tour se marrent et l'un d'entre eux dit :

— On dirait que ça valait bien cinquante dollars.

Zach s'appuie contre mon dos. Il a toujours le souffle court. Il m'embrasse sur la joue et murmure à mon oreille :

— J'espère que tu ne regrettes pas ce qu'on vient de faire.

Je n'ai même pas à réfléchir.

— Est-ce que je suis vraiment ton nord ? Je lui demande.

— Tu es tout pour moi.

— Alors de temps en temps, ça veut dire que je suis aussi ton Ziggy Stardust.

MATT...

COMME D'HABITUDE, Angelo et moi étions réveillés avant Jared et Zach. Je l'appelai et nous nous retrouvâmes à l'ascenseur.

— Qu'est-ce que tu as au cou ? M'exclamai-je lorsqu'il arriva, parce qu'il était impossible de rater son énorme suçon.

Un léger rouge aux joues, il me regarda de biais.

— Me suis brûlée avec un fer à friser, répondit-il en appuyant sur le bouton d'appel de l'ascenseur.

Je me mis à rire.

— J'imagine que vous vous êtes réconciliés ?

Et à ma grande surprise, il rougit encore plus.

— Tout va bien, dit-il.

Il ne me regardait pas, mais ce n'était pas sa désinvolture habituelle. Il parlait doucement, avec un peu d'hésitation. Il était aussi sincère avec moi qu'il savait l'être.

— Même mieux qu'avant, je crois.

Il me jeta un rapide coup d'œil puis détourna le regard, comme s'il s'attendait à ce que je rie. Il en était hors de question.

— Je suis content pour vous.

Nous prîmes un café à emporter puis le tramway jusqu'au quartier de Paris, où nous nous promenâmes sans but un moment, puis vers celui de New York, New York. Nous repartions vers le nord lorsque Jared nous appela pour dire que Zach et lui étaient enfin debout. Je lui dis de nous retrouver en face du Bellagio.

— Je regrette qu'on ne puisse pas voir une dernière fois la fontaine, déclara Angelo tandis que nous regardions le lac en attendant Zach et Jared.

Le spectacle ne recommencerait pas avant 15 heures et nous avions prévu de partir à midi.

— On peut partir plus tard, dis-je.

J'y avais déjà réfléchi avant.

— Vers 17 heures. Il faudrait que l'on conduise de nuit, mais à nous quatre ce ne serait pas si mal. Jared et moi ne travaillons pas demain et Zach et toi aurez quelques heures avant d'ouvrir le vidéo club.

Il me sourit.

— J'y avais pensé, mais je ne voulais pas être celui qui le dirait. Vous vous êtes déjà bien assez moqués de moi pendant ces vacances.

Zach et Jared se montrèrent à cet instant. Zach se mit derrière Ang, comme d'habitude, un bras autour de son cou et Angelo s'appuya contre lui. Zach lui murmura quelque chose à l'oreille qui le fit sourire. Ils avaient l'air aussi heureux que d'habitude.

— Mon Dieu, Zach ! s'exclama soudain Jared. Qu'est-ce que tu as fait à son cou ?

Angelo rougit à nouveau et Zach dit en plaisantant :

— Qu'est-ce qui te fait croire que c'est moi ?

Je ris, mais pas Jared. Je le regardai et ce que je vis me surprit. Il foudroyait Angelo du regard, l'air plus furieux que je l'avais vu depuis longtemps.

— Alors qui ?

Zach et Angelo se tournèrent vers Jared. Angelo était sur la défensive. Son attitude assurée habituelle avait disparu. Mais Zach avait l'air indigné. J'essayai de raccrocher les wagons. Je n'avais jamais pensé que quelqu'un d'autre que Zach ait laissé ce suçon. Je n'avais pas du tout pris sa réponse au sérieux. Mais je voyais maintenant que j'avais tort.

— Arrête ça, Jared, dit Zach.

Impossible d'ignorer la menace dans sa voix.

Jared fit la sourde oreille.

— Tu as recommencé, c'est ça ? demanda-t-il à Angelo. Tu as voulu tirer un coup, alors tu l'as fait.

— Stop ! fit Zach.

Il avait les deux bras autour d'Angelo et même si ce dernier ne luttait pas contre son étreinte, il avait l'air de s'y préparer. Jared ne l'écouta pas.

— Tu ne penses qu'à toi et ce que tu veux ! Tu ne penses jamais à Zach !

— Jared, dis-je, essayant de l'interrompre.

Je mis la main sur son épaule, mais il m'ignora et continua à s'en prendre à Angelo comme si je n'avais rien dit.

— Tu crois que parce que Zach ne peut pas te dire 'non', ce n'est pas grave ? Tu crois que tu peux faire ce que tu veux et coucher avec qui tu veux et que Zach n'a qu'à le supporter ? Eh bien, tu as tort ! C'est quand même égoïste, un de ces jours il comprendra et te quittera, et tu te demanderas pourquoi tu te retrouves encore tout seul !

Angelo avait les yeux fermés, mais s'il luttait contre les larmes ou contre la rage pure, je ne savais pas. Les paroles de Jared le touchaient d'une façon que je n'aurais jamais imaginée. Mais j'étais sûr que quelque part il était aussi furieux, et si cette partie prenait le dessus, ça allait dégénérer. Jared était fort, mais il n'avait aucune expérience en combat et ça me faisait mal de l'admettre, mais je parierais sur Angelo si ça devenait violent. Je savais aussi que Jared méritait peut-être un bon poing dans la gueule pour ce qu'il était en train de dire. Mais logique ou pas, il n'y avait aucune chance que je laisse quelqu'un le toucher, pas même Angelo et pas même si Jared l'avait mérité.

Zach serrait Angelo de toutes ses forces. Il avait la tête baissée et lui murmurait des choses à l'oreille. Je n'entendais rien de ce qu'il disait, mais Angelo l'écoutait. Au bout d'une seconde, il hocha la tête. Zach relâcha sa prise. Ang resta là un instant, puis se dégagea. Je fis mine de me mettre devant Jared, pour le protéger d'Angelo, mais je n'en eus pas besoin. Il ne le regarda même pas. Il s'éloigna juste, la tête baissée.

Du coup, je ne savais vraiment pas quoi faire, suivre Angelo ou rester avec Zach et Jared. Zach résolut le problème pour moi en disant fermement et clairement :

— Non.

Puis il se tourna vers Jared et son regard le fit reculer d'un pas.

— Je ne sais pas ce qui te fait croire que tu as le droit de nous juger, mais je te le dis tout de suite, Jared, il faut que ça s'arrête.

— Je ne vous juge pas ! se défendit-il.

— C'est ça. Parce qu'apparemment, dans ta tête, je ne suis qu'un paillasson sur lequel Angelo s'essuie les pieds. Tu me pardonneras si cette vision des choses ne me flatte pas.

À ces mots, Jared baissa la tête, mais cela ne ralentit pas du tout Zach.

— As-tu aucune idée de ce qui lui est passé par la tête cette semaine ? Je suis sûr que non et il est hors de question que je te le dise. Mais il y a quelque chose que je vais te dire : tu as tort, sur tous les plans !

Il fit un pas vers Jared.

— Et au sujet de la nuit dernière, tu as tort aussi. Si tu avais idée de ce qu'il s'était vraiment passé, ce que, ça lui a coûté de…

Il s'interrompit et ferma un instant les yeux. Il essayait clairement de reprendre son sang-froid. Je ne l'avais jamais vu aussi furieux. Je n'avais même jamais imaginé que Zach puisse se fâcher comme ça. Il rouvrit les yeux et fit un autre pas vers Jared. Ils n'étaient plus séparés que de quelques centimètres.

— C'est ton problème, ce que tu penses de lui. Mais je te préviens : tu n'as pas intérêt à lui redire un truc pareil, Jared. Si tu n'es pas capable de te mêler de tes affaires, la moindre des choses c'est que tu la boucles !

Jared avait la tête baissée et les joues rouges. Il avait déconné et il le savait. Il ne savait pas forcément comment réparer les choses pour l'instant, mais il savait que c'était lui qui avait tort. Zach resta là une minute, à le regarder, attendant de voir s'il allait répliquer.

— Je suis désolé, dit Jared.

— Ça ne suffit pas, répliqua Zach.

Puis il s'en alla aussi.

Après son départ, nous gardâmes le silence. Jared ne me regardait pas. Je m'appuyai contre la balustrade et contemplai le lac silencieux du Bellagio, attendant qu'il se mette à parler.

— J'ai recommencé, hein ? demanda-t-il enfin.

— Si tu veux dire que tu as ouvert la bouche et déblatéré avant de connaître tous les faits, alors oui, tu as recommencé.

L'air méfiant, il me regarda.

— Est-ce que tu sais ce qui s'est passé la nuit dernière ?

— Non. Je n'en ai aucune idée. Angelo et moi ne parlons pas de ce genre de choses. La différence, c'est que j'accepte que leur vie sexuelle ne me concerne pas. Et toi, pour une raison qui m'échappe absolument, tu en es incapable.

Il me tourna le dos, mais pas avant que je voie l'éclat de colère dans ses yeux.

— Raconte-moi ce qui s'est passé, dis-je.

— Eh bien, Matt, fit-il d'un ton sarcastique, je crois que nous venons d'établir que je ne sais…

— Arrête !

Jusqu'ici, je n'étais pas fâché, mais maintenant oui. Je ne criai pas. Je gardai un ton égal, un discours lent et mesuré.

— Je ne parle pas de la nuit dernière et tu le sais.

À ces mots, il affaissa un peu les épaules.

— Je parle du Nouvel An. Quelque chose s'est passé ce soir-là et depuis, il y a une tension entre Angelo et toi. Tu m'as dit que ce n'était rien, mais clairement ce n'est pas vrai. Alors je te le redemande, Jared, j'apprécierais une réponse : que s'est-il passé ?

87

Il me tourna le dos, mais pas complètement. Je voyais au moins son visage de profil tandis qu'il contemplait le lac.

— Angelo a couché avec Cole.

— Quoi ?

Mes réactions au sujet de l'ancien plan cul de Jared n'étaient pas tout à fait logiques alors mon indignation instinctive était plus contre lui que contre Angelo.

— Tu m'as entendu.

— Et alors quoi ? demandai-je d'un ton glacial. Es-tu jaloux ?

Livide de colère, il me fit face.

— Non ! Cingla-t-il. Ce n'est pas ça.

Il hésita une seconde seulement puis ajouta :

— On sait tous les deux que ce n'est pas moi qui suis jaloux.

Il avait bien sûr raison. Croire qu'il ne voulait Cole que pour lui était un pur produit de mon imagination. Une fois l'émotion éliminée, je savais que Jared ne ressentait rien d'autre pour l'une qu'une affection née d'une longue amitié. Je pris une profonde inspiration et me forçai à me calmer. Je devais cesser de réagir comme son amant et commencer à l'écouter comme son ami. Je m'obligeai à réfléchir à ce qu'il me disait, sans le filtre de mes préjugés.

— Angelo a trompé Zach ? Demandai-je.

J'étais désormais calme, la colère envolée. Ma voix était revenue normale.

— Pas exactement.

Sa voix ne me défiait plus non plus. Il n'y avait plus d'irritation entre nous.

— Est-ce que ça compte si Zach le laisse faire ?

Je dus y réfléchir un peu.

— Tu n'es pas jaloux de Cole, dis-je enfin. Tu es jaloux d'Angelo. Tu voudrais que je t'offre la même liberté que Zach offre à Angelo.

J'essayai d'imaginer ce que cela serait, de savoir que Jared était avec un autre homme. Je me demandai si je supporterais de savoir qu'un autre homme le touchait, l'embrassait, le baisait. Mais à mon grand soulagement, il répliqua :

— Non.

Il avait la voix douce, mais ferme. Lorsque je me tournai vers lui, il me regarda dans les yeux.

— Pas vraiment. Je ne peux pas dire que l'idée de coucher avec un autre ne m'a jamais traversé l'esprit. Nous sommes tous deux des hommes. Je suis sûr que tu y as pensé aussi.

— Pas vraiment avec un autre homme.

Il se mit à rire.

— J'aurais dû m'en douter.

Il regarda à nouveau vers le lac.

— J'aime notre relation, Matt. Je ne veux rien changer.

— En es-tu sûr ?

Il croisa à nouveau mon regard.

— Certain.

— C'est la meilleure nouvelle de la journée, dis-je avec sincérité.

Il sourit. Il s'était fait une queue de cheval. Comme d'habitude, ses cheveux blond foncé ne coopéraient pas. Des boucles en sortaient de partout. Le soleil sur son visage faisait ressortir les légères tâches de rousseur sur son nez. Ses yeux bleus brillaient tandis qu'il regardait ce stupide lac artificiel. Et à cet instant précis, mon cœur grandit dans ma poitrine, au point que je me demandai s'il n'allait pas en sortir. Nous vivions ensemble, jour après jour. J'étais toujours heureux avec lui, mais c'était un bonheur tranquille, confortable, fondé sur une amitié. Et puis sans prévenir, je réalisais parfois dans un éclair de compréhension combien il comptait pour moi. Angelo appelait ça mes 'moments d'émerveillement'. Ils me coupaient toujours le souffle.

Je me rapprochai de lui. Je retirai l'élastique, délivrant toutes ses boucles. J'en attrapai une poignée et lui écartai la tête afin de l'embrasser dans le cou.

À cet instant, je me fichais de qui nous voyait. Je me fichais si le monde entier savait.

— Je t'aime, lui dis-je en déposant un baiser à cet endroit tout doux juste sous son oreille.

Il soupira un peu. Si je voyais son visage, il aurait les yeux fermés tandis qu'il enfermait aussi cet instant dans sa boîte intérieure. Il se détendit contre moi et je l'enlaçai.

— Répète-le, murmura-t-il.

Cette fois, je le regardai dans les yeux.

— Je t'aime.

Il me sourit.

— C'est la meilleure nouvelle de la journée.

Je l'embrassai même si nous étions dans la rue et il répondit avec enthousiasme. J'adorais la sensation de ses bras fermes autour de moi et son corps solide, fort pressé contre le mien. Mais il ne s'écoula qu'un instant avant qu'il me repousse gentiment.

— Arrête ça, dit-il d'un ton plaisantin. Je suis censé me sentir coupable.

— C'est vrai, reconnus-je en le lâchant à contrecœur. Alors si tu n'es pas jaloux d'Ang ni de Cole, où est le problème, exactement ?

— En fait, je croyais qu'Angelo faisait ce qu'il voulait sans se soucier de ce qu'en pensait Zach. Et que Zach le laissait seulement faire parce qu'il pensait que c'était le seul moyen de le garder.

— Alors tu croyais qu'Ang était un salaud égoïste et Zach une chiffe molle sans caractère ?

Il me sourit avec embarras.

— Quand tu le dis comme ça, j'ai vraiment l'air d'un connard.

— Est-ce qu'il y a une façon de le dire qui ne te donne pas l'air d'un connard ?

Il lâcha un petit rire.

— Oui, d'accord.

— Tu n'es juste ni envers l'un ni envers l'autre. Notre relation nous convient, mais ce n'est pas la seule manière de faire. Je ne vais pas dire que je comprends leur fonctionnement. Mais…

Je haussai les épaules.

— Nous n'avons pas à le comprendre, Jared. Ils sont heureux ensemble. C'est tout ce qui compte.

Il garda un instant le silence, puis dit tout bas :

— Tu as raison.

— Tu devrais présenter tes excuses à Angelo.

— Je sais.

— Avant qu'on parte.

Il leva les yeux au ciel.

— Je sais. À ton avis, où est-il allé ?

— Il n'y a que deux possibilités et nous sommes déjà à la première. Que reste-t-il ?

— La galerie ?

— Je le parierais.

Je tirai sur l'une de ses boucles.

— Répète.

Un petit sourire aux lèvres, il me regarda du coin de l'œil.

— Tu es un connard manipulateur.

— Ce n'est pas ça.

Il se tourna vers moi et passa un bras autour de ma taille.

— Tu as raison.

Il avait le regard pétillant.

— Tu sais quoi aussi ?

— Quoi ?

— Je triche vraiment.

— À chaque fois ?

— À chaque fois.

... Angelo

J'aurais dû le voir venir. Jared m'a dans le collimateur depuis le Nouvel An. Mais pourquoi a-t-il fallu que ce soit maintenant ?

La matinée a été géniale, surtout parce que j'ai passé une nuit fabuleuse. Après la boîte, on est rentrés à l'hôtel, Zach m'a entraîné au lit et m'a soufflé à l'oreille :

— Tout ce que tu veux mon ange.

Et pour la deuxième fois seulement, c'est moi qui l'ai allongé sur le ventre. Après ça, je me suis endormi avec lui, pas dans l'autre lit, et l'oiseau dans ma poitrine n'a pas pipé.

Je ne peux pas vraiment l'expliquer, mais maintenant je sais qu'on va y arriver. Je suis certain qu'on est vraiment fait l'un pour l'autre. Ça a l'air bête, mais c'est vrai. Et je ne me suis jamais senti aussi heureux.

Alors voilà, je passe une très bonne matinée avec Matt, et si je suis un peu embarrassé à cause de cet énorme suçon, ben, ce n'est pas comme si je pouvais y faire quoi que ce soit. Alors je supporte ses taquineries. Et quand Zach et Jared se montrent, Zach passe un bras autour de mon cou et me murmure :

— J'ai pensé à toi toute la matinée.

Et la seule raison pour laquelle je ne me retourne pas immédiatement pour l'embrasser, c'est parce que Matt et Jared en seraient encore gênés.

Et puis de nulle part, Jared ouvre sa grande gueule et m'interroge sur le suçon. Je sais que Zach n'y réfléchit pas quand il répond. Qui aurait cru que Jared l'aurait pris au sérieux, d'abord, même s'il disait la vérité ?

Et avant même de piger, Jared me tombe sur la gueule.

Ses paroles font mal parce qu'il dit exactement ce que j'ai pensé. Mais il y a une part de moi qui est juste furax. Et je ne sais pas comment réagir. Je ne suis pas con. Si je fais un pas vers Jared, je me retrouverai contre Matt. Je ne veux pas tout foutre en l'air avec lui non plus. Alors j'essaie de respirer et de rester calme.

Zach resserre, les bras autour de moi, et sa voix à mon oreille me murmure :

— Je t'interdis de l'écouter, mon ange. Il ne sait rien de nous. Et je vais m'assurer qu'il s'en rende compte. Mais ne fait rien, d'accord ? Fais-moi confiance. Éloigne-toi. Je serai juste derrière toi.

Pour être franc, je n'arrive pas à croire combien je suis soulagé de l'entendre dire ça. Combien c'est bon de savoir que je ne vais pas avoir à gérer Jared. Parce que j'en ai tellement marre de me battre.

— Je peux te lâcher ? me demande-t-il, alors je hoche la tête.

Son étreinte se relâche. Je reste là une seconde. J'ai envie de le remercier, mais ce n'est pas le moment. Je ne regarde pas Jared. Je ne peux pas non plus regarder Matt. Je m'en vais, c'est tout.

Zach m'appelle quelques minutes après seulement, alors je lui dis que je suis en route pour la galerie. J'y arrive qu'une ou deux minutes avant lui. Il y a des petits bancs tout le long de la galerie. Je m'assois là où je peux regarder la peinture que j'aime. Il rentre et s'assoit à mes côtés, à califourchon sur le banc pour que je sois entre ses jambes.

Il se penche pour me parler tout bas, mais que je l'entende quand même.

— Je suis désolé, Ang'.

Ça me prend de court.

— De quoi ?

— C'était ma faute…

— Mais non, Zach. Pas de raison de t'excuser.

— C'est ma faute si nous sommes sortis. Que tu as fini avec ce suçon. J'aurais dû dire que c'était moi qui…

— Arrête.

Je mets les doigts sur ses lèvres pour en être sûr.

— Je ne veux pas que ni toi ni moi nous regrettions la nuit dernière, Zach. Je n'ai pas de problèmes avec ce qu'il s'est passé et je me sens bien avec notre couple. Je ne vais pas le laisser tout gâcher.

Il me prend la main et m'embrasse la paume, comme d'habitude.

— Je t'aime tellement, Ang'.

— Je sais.

— On a vraiment une relation fantastique, n'est-ce pas ?

— Absolument parfaite.

Il m'embrasse alors. Vraiment, un vrai baiser, là dans la galerie. La dame qui bosse là se retourne d'écœurement et je n'en ai rien à faire.

Une minute après, il se lève et commence à regarder les autres peintures. Je vois bien qu'elles ne lui plaisent pas comme à moi, mais ce n'est pas grave. Pas longtemps après, Jared entre. Il se dirige droit sur moi et je sais rien qu'à le regarder qu'il vient demander pardon. Pour dire vrai, je lui en veux même plus. Je veux juste qu'on redevienne tous amis comme avant. Quand même, Zach l'intercepte. Ils discutent tout bas, mais intensément pendant une minute, puis Zach hoche la tête et sort de la galerie.

Jared vient s'asseoir à côté de moi. Au début, il ne dit rien. On reste là longtemps à regarder la peinture sur le mur en face. J'attends et j'attends, il ne dit toujours rien. Je commence à me demander s'il croit que c'est moi qui dois m'excuser. Je finis par le regarder et il a un sourire complètement débile sur les lèvres.

— Qu'est-ce qui te fait rire ? Je demande.

Il sursaute, comme s'il était perdu dans ses pensées.

— Je pensais à Cole.

— Pourquoi ?

Encore que je ne suis pas sûr de vouloir savoir.

— Je le connais depuis plus de dix ans. Tu le savais, ça ?

— Non.

Je me demande où il veut en venir.

— C'est marrant, tu sais ? Après avoir fini la fac, il est retourné à Phoenix. Je le voyais peut-être trois fois par an, jamais plus d'une nuit à la fois. Je ne l'ai vu que deux fois depuis que j'ai rencontré Matt, il y a presque deux ans.

— Ouais ?

Je ne vois toujours pas où il veut en venir.

— Tu as déjà remarqué que je ne peux même pas dire son nom sans que Matt devienne vert de jalousie et qu'il lui sort de la fumée par les oreilles ?

Je suis obligé de sourire.

— Oui.

— Et il a passé quoi ? Vingt minutes ? Une demi-heure avec toi ?

— Je ne regardais pas vraiment l'heure.

— Et ça nous a causé tous ces ennuis.

— On dirait bien.

— C'est comme si, sans même essayer, il était devenu cette force majeure dans nos vies.

Il me regarde alors, avec un sourire bizarre.

— As-tu une idée de combien ça le rendrait heureux ? Il dirait un truc du genre : 'Je fais toujours cet effet, chéri'.

94

Je suis obligé de me marrer. Je ne le connais pas aussi bien que Jared, mais je le vois très bien dire ça.

On reste assis là une minute, puis il fit enfin :

— Je suis désolé, Angelo. Je regrette qu'il n'y ait pas une meilleure façon de le dire, mais…

— Je suis désolé aussi.

Il a l'air surpris.

— Pourquoi ?

— Je ne suis pas sûr, je réponds parce que c'est vrai. Je crois que je suis désolé d'avoir tout fichu en l'air.

— Tu n'as rien fichu en l'air. J'ai juste agi comme un con.

— La seule personne avec qui j'ai couché la nuit dernière, c'est Zach.

Ça a l'air de le surprendre aussi, mais il dit ensuite :

— Ce ne sont pas mes affaires.

— C'est vrai. Mais j'ai quand même envie que tu le saches.

Il garde encore un instant le silence et je sais qu'il se demande s'il devrait en dire plus ou s'arrêter là. Mais finalement, il prend une profonde inspiration et dit :

— Je ne sais pas comment c'est possible.

Il me regarde précautionneusement.

— Pas pour toi. Pour vous deux. Je crois que c'est à cause de ça. Je n'arrête pas de me demander, dans quelles circonstances je laisserais Matt coucher avec quelqu'un d'autre que moi ? Et tout ce qui me venait c'est : si je n'avais pas le choix.

— On n'est pas comme vous.

Il a un drôle de petit sourire.

— Oui, on dirait que c'est la leçon du jour.

— Grâce à la lettre Z.

Il rigole.

— Z pour Zach ?

— Non, Z pour Ziggy.

Il n'a pas l'air de comprendre et ça ne me dérange pas du tout. Je me retrouve à lui sourire.

— Je crève la dalle. Allons déjeuner.

... Angelo

Un mois plus tard

C'est l'anniversaire de Zach et ça le rend dingue. Trente-cinq ans. Apparemment, c'est l'horreur pour lui. On va dîner avec toute la famille de Jared. Il s'est passé un truc tellement adorable entre Matt et Jared que j'en ai eu des caries, mais ça, c'est une autre histoire.

On rentre à la maison et nous faisons comme d'habitude : on allume la musique et on bosse sur un puzzle dans le salon. Zach agit bizarrement, à me jeter des coups d'œil de biais. J'attends qu'il dise un truc, mais il ne le fait pas. Pas avant qu'on se prépare à se coucher. Je viens de finir de me brosser les dents quand il entre dans la salle de bain. Il reste à côté de moi, il baisse les yeux et il a les joues écarlates.

— Qu'est-ce que tu as ? Je demande.

Il me prend la main. Il m'embrasse la paume, puis y met quelque chose, levant des yeux où il y a une question.

Je me marre.

— C'est tout ?

Il m'enlace et me serre contre lui pour que je sente à quel point ça l'excite.

— On va devoir aller loin pour trouver une boîte de nuit, je dis en plaisantant.

Il secoue la tête.

— Pas comme la dernière fois. Juste les yeux. Tu peux dire non.

Mais je ne le fais pas. Je mets du noir tout autour de mes yeux et j'en étale un peu sur mes paupières. Puis je vais au lit avec Zach. Et peut-être que c'est un moment où c'est lui qui donne. Ou peut-être moi qui donne. Je me rends enfin compte que c'est sans importance. Quoi que ce soit, on est tous les deux heureux. C'est la seule chose importante.

Comme je l'ai dit au début, tout ça, c'est la faute de Jared.

Je me dis presque qu'un jour il faut que je le remercie.

Je devrais presque. Mais tout le monde sait que je ne le ferai pas.

Marie Sexton

PARIS DE
A à Z

PROLOGUE... ZACH...

LA BOÎTE de nuit était glauque et mal éclairée. Au bar, le vinyle des tabourets était déchiré, les tables sales. Malgré toutes les années écoulées depuis que l'interdiction de fumer était entrée en vigueur à Denver, l'air était enfumé. Je me demandai s'il était resté prisonnier tout ce temps, dans la poussière et les phéromones. Cela donnait à ce lieu une atmosphère dangereuse.

Le simple fait de passer la porte suffit à accélérer le battement de mon cœur et à me donner une érection.

Angelo n'aurait pas choisi un tel endroit. Il préférait quand il y avait du bruit et de l'énergie. Des boîtes de nuit où il pouvait danser, flirter, voir ce qui se trouvait dans les yeux d'un homme avant qu'il se rapproche trop. Où l'épais eye-liner noir qu'il portait à ma demande ne le différenciait pas des autres.

Ce bar sortait tout droit de mon passé. Je l'avais choisi, non parce que je m'attendais à y voir quelqu'un que je connaissais, mais parce que je savais qu'ici, la plupart des hommes n'avaient qu'un objectif. Angelo entra avant moi, un agneau s'offrant de sa propre volonté à la boucherie. Je soupçonnais qu'il devait mourir d'envie de faire demi-tour, mais il savait donner le change. Alors qu'une douzaine de regards se braquaient sur nous, j'étais certain que personne n'avait perçu sa demi-seconde d'hésitation. Personne ne se posa de questions lorsqu'il se dirigea directement vers le bar, commanda deux shots de tequila qu'il enchaîna sans respirer. Mais après deux ans avec lui, je le connaissais bien. Il était stressé.

— Je ne t'aurais jamais imaginé dans un endroit pareil, dit-il en se retournant et en observant les autres clients.

— Je venais là avant que Jonathan me quitte.

Jon était parti en grande partie à cause de ce bar et de ce que j'y faisais avec les hommes qui s'y trouvaient. Après coup, je pouvais reconnaître que c'était à moitié ce que je cherchais. J'avais été trop lâche pour rompre moi-même. Cela avait été plus facile d'aligner les dominos et de le laisser les renverser.

Angelo me jeta un regard de côté, sur ses gardes.

— Tu venais avec lui ?

Je savais ce qu'il demandait vraiment : est-ce que j'avais le même jeu avec lui ?

— Non.

Je me rapprochai pour l'enlacer. Il ne se tourna pas vers moi, il pencha simplement la tête afin que je presse les lèvres contre son oreille. Je dus d'abord écarter ses épais cheveux noirs. Ils avaient encore poussé, pendant devant ses yeux comme la première fois que je l'avais rencontré.

— Je n'ai jamais rien fait de tel avec lui.

Pour dire vrai, ça ne m'était jamais venu à l'esprit. Je n'avais appris que récemment que j'étais un voyeur.

Au Nouvel An, deux ans plus tôt, j'avais regardé Cole et Angelo flirter à l'autre bout du salon de Jared et Matt. Un autre homme que moi aurait été jaloux, je le savais. Cole n'était pas une menace. Ce qu'il y avait entre Angelo et moi était plus profond que le sexe. C'était un ange qui n'atterrissait qu'à ma demande. Le laisser voler un peu tout seul n'y changeait rien.

Je les imaginai soudain tous les deux. Je me sentis durcir.

Jared croyait que c'était Angelo qui avait demandé à coucher avec Cole et que j'avais cédé, mais non. C'était moi qui l'avais proposé. Dire à Angelo qu'il pouvait avait été facile. C'était l'attendre dans la cuisine qui avait été difficile. Je n'avais pas regretté de l'avoir laissé faire, mais de ne pas avoir demandé à être dans la pièce. Me demander ce qu'ils faisaient ensemble avait été à la fois une torture et très excitant. Lorsque j'avais appris, plus tard dans la soirée, qu'Angelo me réservait encore certaines choses, j'ai su que j'avais eu raison. C'était bien la preuve qu'il était à moi là où ça comptait. Et puis, ce n'était qu'un coup d'un soir. Après ça, je l'avais complètement oublié, et j'étais certain que c'était pareil pour Ang'. Ça n'avait eu aucune conséquence sur notre relation.

Le voyage à Las Vegas avait tout changé. La première soirée en boîte de nuit avait été l'idée d'Angelo. Et quand il avait dit qu'il voulait danser – et j'avais su dès qu'il l'avait dit qu'il parlait de plus que de bouger au rythme de la musique – cela avait éveillé en moi les mêmes émotions que lorsque je les avais regardés, Cole et lui, de l'autre côté de la pièce. Je pouvais le laisser s'envoler. Je savais qu'il me revenait toujours. Alors j'étais resté là, à côté de mon ex, à admirer Angelo danser. Jon parlait, mais j'entendais à peine ce qu'il racontait. Je ne voyais qu'Angelo. Cela avait été une révélation. Il était beau, sauvage et complètement désinhibé. Tant d'hommes le désiraient et même s'il les encourageait en quelque sorte, il gardait toujours le contrôle.

Bien sûr, la soirée s'était mal terminée, mais pas à cause de ça. Je m'étais réveillé seul le lendemain matin, il n'y avait qu'un mot sur le lit me disant qu'il reviendrait. Tout aussi fâché que j'étais à cause de ce qu'il avait dit la veille, j'avais compris de plus en plus que ce que je désirais plus que tout, c'était retourner à la boîte de nuit. Le regarder avec ces hommes.

Ce second soir avait été mon idée, rien que la mienne. Jared et Matt avaient dû croire que c'était celle d'Angelo, mais ils avaient tort.

Ce n'était pas seulement le regarder draguer. C'était plus une question de contrôle. Avant moi, Angelo avait toujours dû prendre le dessus de ses rencontres sexuelles. Qu'il soit avec moi, qu'il me laisse les rênes et suive sans hésiter était ce qui le faisait mien.

Alors je l'avais regardé danser et l'excitation était montée au fur et à mesure de la soirée. Je l'avais regardé contrôler chacune de ses interactions. Puis je l'avais entraîné dans les toilettes et il avait relâché ce contrôle pour moi. Il m'avait laissé faire quelque chose que jamais il n'autoriserait à quelqu'un d'autre.

Et même à cet instant, plus d'un an et demi plus tard, l'idée de cette soirée m'excitait plus que de raison.

Ce voyage avait changé quelque chose. Il me faisait plus confiance. Cet élan de panique que je voyais parfois dans ses yeux disparaissait. Et de plus en plus, il venait dormir dans mon lit plutôt que dans sa propre chambre.

Six mois plus tard, alors que je le regardais s'habiller un matin, j'avais proposé que nous retournions en boîte. J'y pensais beaucoup, et j'avais été surpris de son hésitation.

— C'est ce que tu veux ? avait-il demandé.

— Ça avait eu l'air de te faire du bien.

Il n'avait pas eu besoin de demander ce que je voulais dire par là, ce qui prouvait bien que j'avais raison.

— Si être avec d'autres hommes de temps en temps…

— Non !

Il était remonté sur le lit, s'était assis à califourchon sur moi et m'avait regardé dans les yeux.

— Tu ne comprends pas, Zach. Ce n'était pas danser avec ces mecs qui m'a fait du bien.

— Ah ?

— Non, avait-il dit en secouant la tête. C'était que tu le veuilles. C'était quelque chose que je pouvais faire *pour toi.*

À tort ou à raison, cela ne m'avait donné que plus envie.

— Alors tu ne veux pas recommencer ? avais-je demandé en essayant de ne pas montrer ma déception.

Il m'avait adressé son sourire en coin caractéristique. Il avait dû se dire que j'étais un peu bouché.

— Je ferais tout ce que tu veux, Zack. Mais ne crois pas que *toi,* tu doives le faire pour *moi.* Si tu le demandes, je ne toucherai plus jamais un autre homme de ma vie.

— Et si ce n'est pas du tout ce que je demande ?

Son sourire s'était agrandi, plus malicieux.

— Alors, ça aussi je le ferai.

Et aujourd'hui, un an plus tard, nous étions là parce que j'avais enfin reconnu que je voulais le regarder faire beaucoup plus que danser avec un autre homme.

Angelo commanda une bière. Je m'assis sur le tabouret à côté de lui. Ils venaient toujours à lui. Le premier était grand, du type *bear*, en jean et bottes de motard, portant une veste en cuir sur son torse nu. Angelo jouait les durs, mais je savais que les hommes baraqués le faisaient flipper. Jamais il ne laisserait un type de ce genre le toucher. Le deuxième n'était pas mal – au moins dix ans de plus que moi. Ça aurait pu marcher, mais il voulait qu'on aille à un motel et Angelo refusait. Mais comme on dit, le troisième fut le bon.

Il était jeune. Je n'aurais pas cru qu'il avait vingt et un ans, sauf qu'il n'aurait pas pu rentrer dans le bar sinon. Il avait les cheveux en brosse, blonds, un tatouage qui dépassait du col de son tee-shirt et un jean déchiré avec une chaîne qui pendait à sa taille et disparaissait dans sa poche. Il avait un look punk, ce qui me fit sourire. C'était ce que j'avais pensé d'Angelo autrefois.

Angelo glissa le doigt dans la ceinture du gamin et l'attira vers lui. Ce dernier avait déjà les mains sur Angelo, d'abord sur les hanches, puis sous son tee-shirt. Angelo ne répondit pas à son geste, lui parla à l'oreille, trop bas pour que j'entende. Mais le gamin hocha la tête. Angelo me sourit.

— Où est la porte de derrière ? demanda-t-il.

Il n'était même pas surpris que je connaisse le chemin.

Il faisait chaud pour une fin novembre dans le Colorado, ce qui était une chance. Il y avait déjà deux types dans la ruelle. Elle était plongée dans l'ombre, mais je devinais que l'un d'entre eux était contre le mur, agrippé à la tête de l'autre agenouillé devant lui. Je choisis délibérément un endroit légèrement illuminé par les lampadaires au fond de la ruelle. Je poussai Angelo contre le mur et il m'attira vers lui.

— C'est vraiment ce que tu veux ? demanda-t-il.

— Tu ne veux pas ?

— Je ferai ce que tu veux, Zach, mais je ne peux pas revenir en arrière après. Il faut que tu sois certain.

Ces mots étaient comme un aphrodisiaque pour moi. Je gémis et me pressai contre lui.

— J'en suis certain.

Cet ange m'appartenait. Personne ne le connaîtrait comme moi. Ils le désiraient peut-être tous, mais je m'en fichais. Tout ce qui lui importait, c'était mon plaisir. Et à cet instant, je n'avais qu'une envie, c'était de le voir jouir.

— Je t'aime, lui dis-je.

— Tu as une façon vraiment bizarre de le montrer.

Mais au rire dans sa voix, je savais qu'il me taquinait.

Je me tournai vers le punk. Il n'était pas loin, à nous regarder, le souffle court.

— Je m'occupe de vous deux si vous voulez, dit-il d'une voix rauque d'excitation.

Je l'attrapai par le tee-shirt et le tournai vers Angelo.

— Tu ne touches que lui.

Angelo appuya sur les épaules du gamin qui s'agenouilla bien volontiers, gémissant avec impatience. Je tendis les bras au-dessus de sa tête afin défaire le pantalon d'Angelo. J'entendis une fermeture éclair et un gémissement. Le gamin avait ouvert son pantalon et se masturbait, les yeux écarquillés, en me regardant révéler l'érection d'Angelo. Je me penchai par-dessus le gamin et embrassai Angelo une dernière fois, le masturbant un peu avant de le lâcher.

Je reculai d'un pas afin de donner au gamin la place nécessaire, et pour mieux voir. Il referma sa main libre autour de la verge d'Angelo qui l'empoigna par les cheveux et le poussa vers son érection. Angelo croisa mon regard et me sourit. Puis il haleta et je sus à son expression que le punk avait commencé. Il écarta les lèvres avec sensualité et renversa la tête contre le mur. Je regardai en guettant le bruit de sa respiration. Je la connaissais si bien, désormais, combien elle était forte au début, mais aussi

102

plus lente, comme s'il voulait gémir, mais ne se rappelait pas comment. Puis elle s'accélérait à l'approche de l'orgasme, puis il haletait, gémissait presque, sans pour autant faire de bruit. Et enfin, il inspirait et retenait son souffle en jouissant, jusqu'à parfois oublier de respirer pendant si longtemps que je me demandais comment il restait conscient.

Il était perdu dans son plaisir, là, flottant sur une vague d'énergie sexuelle. J'aimais regarder son visage, la façon dont ses longs doigts s'emmêlaient dans les cheveux blonds du gamin. J'aimais la façon dont le bras du punk accélérait alors qu'il se masturbait au même rythme que le va-et-vient de sa tête près de l'aine d'Angelo. J'étais incroyablement excité, presque douloureusement, et j'essayais de décider si je pouvais attendre notre retour à la voiture, ou si je voulais me toucher en regardant. Angelo me coupa dans mes réflexions.

— Zach, dit-il d'une voix rauque.

Je croisai son regard à moitié caché par ses paupières mi-closes.

— Viens là.

Je me rapprochai. Je me penchai maladroitement par-dessus le gamin aux pieds d'Angelo et l'entendit gémir lorsque je m'appuyai contre son dos. Angelo défaisait déjà mon pantalon. Il passa un bras autour de mon cou et m'embrassa. Il glissa l'autre main dans mon boxer et enroula les doigts autour de ma verge. Il n'eut besoin que d'une caresse…

Le monde cessa d'exister. Je ne remarquai même pas le moment où Angelo retint son souffle. Je ne savais pas du tout si le gamin avait joui lui aussi. La délivrance était presque aussi forte que dans ces toilettes à Las Vegas, si longtemps auparavant. Et ce n'était rien que la main d'Angelo.

Le gamin s'écarta de nous et je serrai Angelo contre moi. Nous tremblions tous les deux, le souffle court.

— Tu es un peu pervers, hein, Zach ? s'amusa-t-il.

— Tu peux toujours dire non.

— Je sais, dit-il. C'est pour ça que je dis oui.

IL DORMIT sur le chemin du retour. Une fois à Coda, il me suivit dans mon lit. Il m'enlaça et me murmura dans le noir :

— À mon tour, Zach.

J'adorais le regarder, mais au bout du compte, pour lui, on en revenait toujours là : pas à un coup excitant, mais à ce que je lui fasse l'amour, lentement et passionnément. C'était ce qu'il n'avait jamais eu avant moi.

C'était ce dont il avait le plus besoin. J'étais toujours heureux de le lui accorder.

Je l'embrassai, savourant sa peau contre la mienne, ses bras autour de moi. Je l'aimais tellement et pourtant, j'avais encore souvent l'impression de marcher sur des œufs avec lui. J'avais si peur de le perdre. Ce que je désirais plus que tout, c'était l'épouser, mais je ne lui en avais jamais parlé. J'y avais songé de nombreuses fois, mais chaque fois, je me souvenais de ce jour dans une chambre de motel à Coda, deux ans et demi plus tôt, lorsque le seul fait de lui proposer de vivre ensemble lui avait provoqué une attaque de panique. Je ne voulais pas qu'il revive ça. Alors j'attendais, je l'aimais, en espérant qu'un jour il serait à moi pour de vrai.

Ce soir-là, en tout cas, il l'était. Nous nous prouvâmes encore une fois que nous étions faits l'un pour l'autre.

Matt…

Quand un voyage gratuit à Paris n'en vaut-il pas la peine ? Je sais ce que vous pensez : quand c'est une arnaque qui vous vend une propriété à temps partagé. Ce qui aurait été horrible…

Mais ça, c'était pire.

Le téléphone sonna un dimanche matin. Bien sûr, Jared dormait à poings fermés. Je me demandai qui pouvait bien appeler avant sept heures. Il n'y avait qu'Angelo qui se réveillait aussi tôt que moi, mais il aurait utilisé mon portable, pas le fixe. Ça ne pouvait être qu'une mauvaise nouvelle et je fus tenté de ne pas répondre.

J'aurais dû faire confiance à mon instinct.

— Allô ?

— Oh, *allô*, chouchou. Comment vas-tu par cette belle matinée ?

Une voix légère. Féminine. Moqueuse. L'entendre suffit à me hérisser le poil.

Cole, bien sûr.

— Ça va, dis-je, les dents serrées.

— J'en suis ravi, mon chou.

— Je m'appelle Matt.

— Je *sais* ! Jared est là ?

Je luttai contre mon irritation. C'était une réaction instinctive à tout ce qu'il faisait. Et tout ce qu'il disait. Et tout ce qui me le rappelait. C'était complètement injustifié, je le savais. Ce n'était pas de sa faute s'il avait rencontré Jared des années avant moi. Ni qu'il avait partagé son lit plus de fois que je ne voulais y penser.

Ou peut-être que si, ça l'était.

— Il dort encore.

Ce qui était idiot, c'était que Jared aurait voulu lui parler. Il aurait voulu que je le réveille. Mais je détestais rendre service à Cole.

— Dommage. Si tu pouvais lui passer un message, chaton…

— C'est *Matt* !

— Cela te concerne aussi, ainsi que Zach et Angelo, alors ce serait très gentil si tu passais le message à tout le monde. Jon et moi allons nous marier.

— Vraiment ?

— Enfin, ce n'est un pas un mariage *légal*, puisque l'État ne le reconnaît pas, mais une petite cérémonie. Symbolique, en fait…

Je l'interrompis pour dire :

— Je suis très heureux pour vous.

Parce que j'aurais dû l'être. Même si ce n'était pas vraiment le cas.

— Je le dirai à Jared…

— Chéri, je n'en suis pas encore au meilleur !

Oh merde. Ce qui plaisait à Cole allait forcément m'énerver.

— J'ai décidé de vous faire venir tous les quatre au mariage…

— Quoi ?

— Parce que nous n'avons pas de famille, tu sais, à part George, et ça paraît idiot, une cérémonie où il serait le seul invité. Alors nous en avons discuté et nous avons décidé qu'il fallait absolument que vous veniez tous les quatre. C'est le premier week-end de février, j'ai déjà réservé les chambres…

— Je ne peux pas tout lâcher comme ça pour aller à Phoenix !

— Oh, chéri, ce n'est pas à Phoenix ! Cela se passe à Paris, bien sûr…

— *Quoi ?*

— Et on pourrait croire que la Ville de l'Amour serait plus ouverte au mariage gay. Mais non ! Nous avons quand même décidé de le faire là-bas. J'allais prendre les billets d'avion…

— Attends une seconde !

— … mais je me suis rendu compte que je ne connais ni ton nom de famille ni celui d'Angelo, alors…

— Arrête !

— Si tu pouvais demander à Jared de m'envoyer ces informations, je t'en serais très reconnaissant, chaton. Je réserverai alors les billets et tout sera parfait. Je sais que Zach pourrait trouver étrange d'aller au mariage de Jonathan, mais dis-lui…

— Rien du tout !

— … que c'est du passé et que nous serions ravis qu'il vienne. Écoute, mon chou…

— Non, toi, tu écoutes…

— Je suis dans l'avion et l'hôtesse me fusille du regard, il faut que j'éteigne mon téléphone.

— Attends !

— J'attends l'email de Jared ! Au revoir !

— Cole ? *Cole ?*

Mais il avait déjà raccroché. Je résistai à l'envie de jeter le téléphone à l'autre bout de la pièce. Je me contentai d'insulter copieusement l'ex-plan cul de Jared – et grâce à Angelo, mon vocabulaire s'était enrichi, ces deux dernières années.

La technologie m'avait trahi. On pouvait envoyer un homme sur la lune et glisser un ordinateur dans sa poche, mais je ne pouvais toujours pas étrangler quelqu'un par téléphone. La vie était pourrie.

— NOUS NE pouvons pas *ne pas* y aller, me dit Jared plus tard, alors qu'il se servait une tasse de café.

Après m'avoir pardonné de ne pas l'avoir réveillé.

— Cole est mon plus vieil ami…

— Je sais !

— Et c'est un voyage gratuit à Paris ! Comment dire non ?

— Je ne lui demande rien !

Il me sourit d'un air indulgent.

— Matt.

C'était le même ton que Lizzy utilisait avec le petit James quand il piquait une crise. Celui qui disait : « Soyons raisonnables. » Merde. Comment Cole arrivait-il à me causer autant de problèmes alors qu'il n'était même pas dans le pays ?

— Ce n'est pas Cole et *moi*. C'est Cole et Jon.

— Je ne l'aime pas plus que Cole ! J'espère qu'ils passeront le reste de leur vie à se rendre malheureux !

— Matt, ne sois pas désagréable…

— Pourquoi faudrait-il que j'y aille ?

Il posa sa tasse et regarda par terre. Je ne savais pas s'il était fâché, agacé ou déçu, toutefois lorsqu'il leva les yeux, il ne souriait pas. Ce qui était significatif. Jared souriait à tout. Il soupira et vint se placer devant moi. Il croisa mon regard.

Je sus alors que j'allais perdre.

— Tu sais que je t'aime, dit-il calmement.

— Oui.

Je n'en avais jamais douté.

— Tu sais que je ne l'ai jamais aimé. Pas comme ça.

Je le savais aussi, du moins quand j'y réfléchissais de façon rationnelle, sans laisser mes émotions prendre le dessus.

— Ça n'a rien à voir, protestai-je.

— Vraiment ?

Merde. Il me connaissait trop bien. Il n'attendit même pas la réponse.

— Cole était heureux pour nous, Matt. C'est trop demander, que tu le sois pour lui aussi ?

Il avait raison. Bien sûr. Je fermai les yeux et tentai de me concentrer sur ma raison. Lui demander de choisir entre Cole et moi était immature, il l'avait déjà fait, des années plus tôt. Je devais arrêter de tout ramener à Cole et plutôt tout ramener à Jared. C'était ce qu'il voulait et comment lui en vouloir ? Un voyage gratuit à Paris pour fêter le mariage de quelqu'un qu'il connaissait depuis quinze ans – seul un imbécile refuserait. Ça aurait été égoïste de ma part de le lui refuser.

Et il fallait aussi que je pense à Zach et Angelo. Jamais ils ne pourraient s'offrir de telles vacances. Ang' serait enthousiaste. Zach probablement moins, ce qui était compréhensible, mais il ferait n'importe quoi pour rendre Angelo heureux.

Ce n'était pas comme si j'étais *forcé* de les accompagner. Ils pouvaient y aller sans moi. Mais voulais-je vraiment rester seul chez moi par pure obstination alors que mon compagnon et mon meilleur ami allaient à *Paris* ?

Absolument pas.

Je me forçai à relâcher la jalousie qui me saisissait chaque fois que je pensais à Cole. Ça ne durerait pas, mais pour l'instant, ça suffirait. Je rouvris les yeux et contemplai l'expression pleine d'espoir de Jared. Je l'aimais tellement. C'était idiot de croire que je pouvais lui refuser quoi que ce soit.

— D'accord, dis-je, et il sourit. J'y vais.

— On va bien s'amuser, Matt, tu vas voir.

J'aurais voulu le croire.

108

ZACH...

JE FIS la grasse matinée le dimanche matin suivant. Angelo et moi ne travaillions pas le dimanche et je me passais également souvent de mon jogging matinal. Il était presque dix heures lorsque je me traînai hors du lit. Bien sûr, Angelo était debout depuis des heures, mais il n'était pas dans le salon. Notre ordinateur était dans ce qui aurait dû être la salle à manger, alors je devais la traverser pour aller chercher mon café du matin dans la cuisine. Angelo était au bureau. Il ferma le navigateur Internet dès que j'arrivai, levant les yeux vers moi d'un air coupable et embarrassé.

— Qu'est-ce qu'il y a ? ai-je demandé.

— Rien, répondit-il sans me regarder dans les yeux.

— On ne dirait pas.

— Et pourtant, dit-il en se levant et en me dépassant.

Son mensonge évident éveilla ma curiosité. On aurait pu croire qu'il regardait un film porno, mais il n'aurait pas éprouvé le besoin de me le cacher. Et pourtant, rien d'autre ne me venait en tête. Je lui pris la main pour qu'il se retourne vers moi.

— Tout va bien ? demandai-je.

Cette fois, il croisa mon regard en souriant.

— Bien sûr, Zach, dit-il.

Son sourire se fit séducteur. Il tira sur ma main.

— Si tu viens te doucher avec moi, je vais te le prouver.

Qui étais-je pour protester ?

LE LUNDI, Angelo travaillait seul au vidéo club. Le mardi, c'était moi. Cette organisation nous permettait à tous les deux de souffler, séparément, une fois par semaine. Ça maintenait la paix au travail comme à la maison.

Il venait de partir ce lundi-là lorsque Jared m'appela pour me dire que Jon et Cole se mariaient et que nous étions tous invités à Paris. Il expliqua que Cole avait appelé la veille, mais que le message transmis par Matt manquait de détails, alors il avait voulu discuter avec Cole avant de nous appeler.

109

J'étais partagé. D'un côté, Jonathan faisait partie de mon passé et je détestais penser à lui. Cela m'énervait qu'il s'incruste dans ma nouvelle vie en m'invitant à son mariage avec un autre. Étais-je jaloux que Cole ait ce que j'avais voulu autrefois ? Peut-être un tout petit peu. Mais surtout, j'étais jaloux qu'ils aient ce que je voulais vivre avec Angelo. Nous étions en couple depuis bien plus longtemps qu'eux. Ce n'était pas juste qu'ils franchissent ce pas avant nous. Je me demandais si notre tour arriverait un jour.

— Je ne savais pas que leur relation était sérieuse, dis-je à Jared.

— Ça fait un an et demi.

Certes. Quelques mois après notre retour de Las Vegas, Jared m'avait dit que Jon et Cole se voyaient. Je lui avais rétorqué que je n'en avais rien à foutre et que je ne voulais plus en entendre parler. Apparemment, il m'avait pris au mot.

— Peu importe, de toute façon, dis-je. Nous n'avons pas les moyens d'aller à Paris, même s'il paie le billet d'avion.

— Tu ne comprends pas. Il paie tout : l'avion, l'hôtel, les dépenses externes. La seule chose que nous aurons à débourser, c'est le parking de l'aéroport le temps de notre séjour.

— Tu plaisantes ?

— Il est friqué, dit Jared. Je crois qu'il est plus riche que Crésus.

C'était beaucoup à digérer. Je n'avais jamais parlé à Cole. Je l'avais seulement regardé mener mon petit ami dans la chambre deux ans plus tôt. Quant à Jonathan ? Lorsque nous nous étions croisés à Las Vegas, il avait très clairement dit qu'il voulait que nous nous remettions ensemble. J'avais été surpris qu'il ait gardé un bon souvenir de notre relation. Moi, je me rappelais plus du mauvais que du bon. Ni lui ni moi ne devions être objectifs.

— Je comprends qu'il t'invite Matt et toi, mais pourquoi *nous* ?

— Je le lui ai demandé aussi et je crois que c'est parce qu'ils n'ont personne d'autre. Il a dit qu'un certain George serait là...

— C'est le père de Jon.

Je me demandai pourquoi il n'avait pas parlé de sa mère, Carol. George et moi ne nous appréciions pas du tout. Je n'avais pas plus envie de le revoir que Jon.

— Il n'y aura personne d'autre.

Génial. Ce serait encore pire. Si cela avait été un grand mariage, j'aurais pu éviter Jon et son père. Mais s'il n'y avait que nous six plus George, ce serait impossible.

— Zach ?

J'avais gardé le silence trop longtemps.

— Vous venez, hein ?

Refuser un voyage gratuit à Paris semblait aberrant, mais je n'avais aucune envie d'y aller. Revoir Jon à Las Vegas avait déjà été une plaie. Je ne voyais aucune raison de m'infliger ça une deuxième fois. Et là, je devais traverser la moitié de la planète pour aller à son mariage avec un autre homme ? Que j'avais autorisé à coucher avec Angelo ?

Je me demandai si Jon était au courant. Ang' et lui s'étaient séparés sans rancune, mais à mon avis, Jon n'apprécierait pas d'apprendre ce qui s'était passé entre mon petit ami et son futur époux.

Et puis il y avait Matt et Jared. Matt supportait à peine d'être dans la même pièce que Cole et n'avait pas non plus beaucoup d'affection pour Jonathan. Entre sa jalousie et la susceptibilité d'Angelo, nous aurions de la chance que personne ne se prenne un coup de poing de tout le séjour. Sans parler qu'il était plus que probable que ce soit l'un des fiancés. C'était une mauvaise idée sur tous les points. Je m'apprêtai à le lui dire.

Puis je pensai à Angelo.

Angelo, qui avant moi n'était même jamais sorti du Colorado, à l'exception d'une visite à Yellowstone avec sa famille d'accueil, quand il était enfant. Ces deux dernières années, nous étions allés à Las Vegas, dans l'Oregon, et voir ma famille à Chicago – ce qui n'avait pas été aussi agréable pour lui que ça aurait dû l'être parce qu'il était stressé. Avec un peu de chance, nous aurions les moyens de faire un road trip cette année, peut-être au Grand Canyon ou au lac McConaughy. Si nous économisions pendant quelques années, nous pourrions peut-être aller à New York ou en Floride. Mais jamais, jamais nous n'aurions les moyens de voyager à Paris.

Je n'avais même pas besoin de le lui demander. Il voudrait y aller. Et je n'avais jamais rien pu lui refuser.

— Oui, répondis-je. Nous venons.

Mais je ne pouvais chasser l'idée que je le regretterais.

JE N'ÉTAIS peut-être pas ravi à l'idée de revoir Jon, mais une fois la décision prise, j'étais bêtement excité à l'idée d'en parler à Angelo.

Je préparais le dîner lorsqu'il rentra. Il neigeait, alors il chassait encore les flocons dans ses épais cheveux noirs en arrivant dans la cuisine.

— Salut, dis-je tandis qu'il sortait une canette de Dr Pepper du frigo. Tu savais que Jon et Cole étaient ensemble ?

Il referma le frigo et me jeta un regard prudent.

— Matt me l'a dit.

Il croisa les bras sur la poitrine et je jeta un regard noir à travers ses cheveux.

— Et alors ?

— Tu ne trouves pas ça intéressant ?

— Non. Je devrais ?

Je ne le croyais pas une seule seconde. Ce n'était pas tant qu'il s'en fichait, mais que ça l'énervait que moi, ça puisse m'intéresser.

— Nous sommes invités à leur mariage.

Là, il se renfrogna. Je dus me détourner pour qu'il ne voit pas combien j'avais du mal à garder mon sérieux.

— Tu es en train de me dire que tu veux y aller ?

— Pas toi ?

— Non !

— OK. Je dirai à Matt et Jared qu'ils partiront à Paris sans nous.

La seule réponse fut un silence stupéfait. Je me retournai enfin vers lui avec un sourire.

— Tu veux y réfléchir ?

— Le mariage se passe à Paris ?

— Ouaip.

Il écarquilla ses grands yeux noirs. J'y percevais tant d'émotions. Il était excité, presque joyeux. Je les voyais bouillonner en lui, mais il essayait de rester calme, de ne pas avoir trop d'espoir.

— Nous avons les moyens d'aller à Paris ?

— Non, mais ce n'est pas grave. Cole paie tout.

Il attrapa mon tee-shirt et me poussa contre le comptoir, comme s'il allait m'embrasser, mais il s'arrêta net et me regarda dans les yeux.

— Tu es sérieux ?

— Je te mentirais sur un truc pareil ?

— Non.

— Tu crois que j'inventerais une telle histoire ?

— Non.

— Oui.

112

Il recula d'un pas.

— Oui quoi ?

Je me retenais difficilement de rire, j'avais enfin réussi à le troubler avec sa propre technique de communication.

— Oui, je suis sérieux. Cole a proposé de nous faire tous venir.

— Oh, mon Dieu ! s'exclama-t-il.

Puis s'interrompit. Il ferma les yeux et prit une grande inspiration. Lorsqu'il les rouvrit, il avait réprimé son excitation, l'avait enfermée tandis qu'il essayait d'être rationnel. Il se rapprocha à nouveau de moi et me regarda dans les yeux.

— Tu veux revoir Jon ?

— Non.

C'était la réponse à laquelle il s'attendait.

— Tu préférerais ne pas y aller.

— Si ce n'était que moi, non, mais pour toi, oui.

Son enthousiasme commençait à reprendre le dessus, mais il le retint.

— Tout ira bien pour nous ? demanda-t-il. Entre toi et moi ? Le revoir ne changera rien pour nous ?

— Revoir Jon ne peut pas changer ce que je ressens pour toi.

— Tu en es sûr ?

Je lui pris la main et je déposai un baiser sur sa paume.

— J'en suis certain.

Il était si empli d'espoir que j'étais heureux de ne pas avoir refusé. Il mit la main sur ma joue et me regarda dans les yeux.

— Dis-moi ce que tu veux faire.

Je n'avais qu'à lui dire la vérité. J'écartai les cheveux devant ses yeux.

— Je veux te rendre heureux.

Il me sourit, de cet immense sourire d'enfant qui se réveille à Disneyland après sa sieste.

— Je veux aller à Paris.

— OK, dis-je en l'embrassant. Alors tu iras.

LES HUIT semaines précédant le voyage passèrent très vite. Nous dûmes nous dépêcher de faire nos passeports. Lorsqu'ils arrivèrent enfin, Angelo regarda le sien avec un mélange d'émerveillement et d'excitation qui me rendit heureux d'avoir accepté d'y aller. Même si je devais revoir Jon.

La semaine avant Noël, nous allâmes à Boulder parce que je n'avais pas encore acheté un seul cadeau. Angelo avait fait la plupart de ses courses en ligne, alors il passa tout l'après-midi dans une librairie de livres d'occasion. Il en ressortit à la fin de la journée avec un sac plastique bourré à craquer.

— Regarde ce que j'ai acheté, me dit-il sur le chemin du retour.

Il me tendit un livre. Il avait une couverture incroyablement démodée. Le titre, imprimée en lettres arrondies rose vif et orange fluo annonçait *Paris de A à Z.*

— C'est un guide ?

— Oui, je l'ai trouvé dans la partie voyage, dit-il.

Il avait l'air fier de lui, c'était drôle.

— Il date de quand ?

Il regarda la date d'impression et me décocha un grand sourire.

— Il est très vieux, Zach. Il est sorti l'année de ta naissance.

— Petit malin.

— Tu as demandé !

— À quoi va-t-il nous servir ? Tu aurais dû en acheter un neuf, non ?

— Quoi, tu crois qu'ils ont déménagé la tour Eiffel, depuis ? Peut-être que le Louvre a fait faillite !

Je trouvais quand même bête de faire confiance à un livre aussi vieux, mais je ne voulais pas gâcher son enthousiasme.

Durant les semaines qui suivirent, ce vieux guide devint sa Bible. Il l'étudia intensément, marqua des pages et apprit des passages par cœur, comme s'il s'attendait à ce qu'on l'interroge plus tard. Il m'avait lu la description d'une douzaine d'églises au moins.

— Laquelle veux-tu voir le plus ?

Franchement, je m'en fichais complètement.

— Celle que tu veux voir le plus, lui dis-je.

Ce qui était vrai.

L'anniversaire de Matt était en janvier. Il reçut le plus beau des cadeaux – la qualification au Super Bowl de son équipe de football américain préférée, les Chiefs de Kansas City. La seule ombre au tableau, c'était que le mariage de Jon et Cole était le même jour que ledit Super Bowl. Nous partions le mardi précédent et revenions le mercredi de la semaine suivante et la cérémonie se déroulait le dimanche.

— Mon équipe arrive enfin en finale et je vais rater le Super Bowl ? demanda Matt, outré.

Jared n'avait pas beaucoup de compassion. Si cela avait été les Broncos, il aurait été tout aussi malheureux, mais puisqu'il s'agissait de l'équipe de Matt, il retournait constamment le couteau dans la plaie.

— Je suis sûr que tu trouveras un endroit où regarder, dit-il.

— À *Paris* ?

— On l'enregistrera et tu le verras au retour.

Jared se mit à rire quand Matt sortit de la pièce à grands pas sans répondre.

Pour moi, ces semaines furent pleines d'incertitudes. J'avais l'impression d'avoir un poids sur la poitrine qui se faisait plus lourd chaque fois que j'imaginais être en face de Jon.

Je ne voulais plus le revoir. C'était tout.

Notre relation avait commencé comme beaucoup, dans le bonheur le plus pur. Nous étions à la fac. Nous nous étions soutenus au moment de faire notre coming out à nos familles. Nous nous adorions. C'était parfait.

Mais après le diplôme, tout avait changé. Nous avions emménagé ensemble à Arvada et adopté Geisha. Nous avions parlé de mariage et d'une lune de miel dans les vignobles de Sonoma. J'avais trouvé un travail à *De A à Z* et je m'étais préparé à une année que je m'attendais agréable pour nous deux.

Je m'étais trompé.

Bien qu'il ne l'ait jamais dit à voix haute, je savais que Jon avait l'impression d'avoir déçu ses parents à cause de son homosexualité. Il avait l'air de croire qu'il se ferait pardonner en se concentrant sur sa carrière. Ce qui n'aurait pas posé de problème, s'il avait accepté que je ne veuille pas l'imiter. Dès le premier jour, j'avais su qu'il détestait que je travaille au vidéo club. Il voulait que je fasse plus. Que je sois plus. Alors que les semaines devenaient des mois, il m'était apparu de plus en plus clair que nos objectifs différaient. Et plus encore, que mon manque de but dans la vie lui faisait honte.

Comprendre que je ne serais jamais assez bien pour lui avait été incroyablement douloureux. J'étais fâché, je lui en voulais, mais j'avais été bêtement passif agressif. Plutôt que de lui en parler, je m'étais embarqué dans une quête destructive pour lui prouver que je ne serais effectivement jamais l'homme qu'il souhaitait. Il m'avait blessé et j'avais voulu lui faire mal aussi. Je l'avais repoussé de façon carrément cruelle.

Le revoir à Las Vegas avait été un choc. Je ne pensais pas qu'Angelo se rendait compte à quel point cela avait été difficile pour moi. Ce qui était remonté à la surface, ce n'était pas seulement la colère d'avoir été blessé, c'était la culpabilité de lui avoir brisé le cœur. Et le pire, c'était que je l'avais fait sciemment.

Je n'avais pas pu l'exprimer à Las Vegas. Angelo avait été mon seul souci. Nous n'étions alors ensemble que depuis quelques mois et il était encore si incertain, si fragile. Un coup d'un soir avec Cole ne nous avait pas menacés, mais affronter mon ex, oui. Angelo était déjà très jaloux de mon passé. Se retrouver face à face avec lui avait été presque trop à gérer. Alors j'avais enfoui ma douleur, ma culpabilité, et je m'étais raccroché à ma colère. La condescendance de Jon envers Angelo, cette idée qu'il valait mieux que lui n'avait fait que nourrir ma fureur. Je m'en étais délecté, je l'avais brandie, je m'en étais servi comme d'un bouclier et d'une épée afin d'empêcher Jonathan de briser la vie fragile que j'essayais de construire avec Angelo. Et ça avait marché.

La question étant, pouvais-je recommencer ? Et en aurais-je besoin ?

Je me serais peut-être senti mieux si je n'étais pas soudain inquiet au sujet de ma relation avec Angelo. Même si en surface, rien n'avait changé, j'avais des doutes. Il avait plusieurs fois fermé précipitamment le navigateur Internet lorsque je l'avais surpris sur l'ordinateur. Chaque fois, il répondait que ce n'était rien, mais il me cachait clairement quelque chose.

— Tu sais que tu peux tout me dire ? lui demandai-je la troisième fois.

— Je sais.

— Mais tu ne le fais pas.

Ce n'était pas une question.

— Non.

— Tu as peur que je sois fâché ?

— Non.

— Faut-il que je m'inquiète ? As-tu rencontré quelqu'un d'autre ?

— Pas du tout.

— Pourtant, tu ne veux pas m'en parler ?

Il ferma les yeux un instant pour y réfléchir, puis il les rouvrit et dit :

— Je vais t'en parler, Zach. C'est promis. Un jour.

— Mais pas tout de suite ?

Il s'empourpra, mais ne détourna pas les yeux.

— Pas encore.

Je laissai tomber, non par indifférence, mais parce que lui forcer la main ne servirait à rien. Je me dis d'être patient, qu'il m'en parlerait lorsqu'il serait prêt.

Pourtant, l'inquiétude grandissait en moi.

Je me mis à réfléchir à tout ce qu'il pouvait faire en ligne. Le plus évident, c'était le porno. Mais encore une fois, il ne me le cacherait pas. Ensuite, malgré son déni, c'était qu'il ait rencontré quelqu'un sur Internet. C'était peu probable, étant donné qu'Angelo ne faisait pas confiance aux gens en général. Et pourtant, ce n'était pas impossible.

Je me creusais la tête.

Cela faisait trois ans que j'avais engagé Angelo. Si je trouvais qu'il travaillait beaucoup à Arvada, ce n'était rien comparé au nombre d'heures qu'il effectuait ces temps-ci. Peut-être qu'il en avait assez. Peut-être qu'il cherchait un autre travail, mais qu'il avait peur de me le dire.

Je savais que j'étais probablement ridicule, mais je ne pouvais pas m'en empêcher. Si j'avais pu en parler à quelqu'un, cela m'aurait aidé, mais je ne savais pas à qui. Matt ne devait pas en savoir plus que moi et, si c'était le cas, il ne me dirait rien. Je ne pensais pas pouvoir en discuter avec Jared. Angelo et lui s'étaient réconciliés depuis notre voyage à Las Vegas. Mais je savais que Jared trouvait souvent Angelo immature. Il ne comprenait pas que le comportement d'Angelo avec moi n'avait rien à voir avec son âge et tout à voir avec son manque d'expérience en matière de relations amoureuses. Quoi qu'il en soit, je ne voulais pas lui donner l'occasion de mépriser l'homme que j'aimais.

Finalement, ce fut à Lizzy que j'en parlai. Nous n'étions pas vraiment proches, mais elle nous aidait au vidéo club quelques heures par semaine, tout comme les mères de Jared et Matt, et nous discutions de tout et de rien.

— Zach, dit-elle un jour, je peux vérifier mes emails sur l'ordinateur du bureau ?

— Je t'en prie.

— Le nôtre est en panne et ça me rend dingue. D'habitude, je profite de la sieste de James pour passer du temps sur Internet. Je ne sais plus quoi faire de moi depuis ces derniers jours.

Elle jeta son sac sous le comptoir et se dirigea vers l'arrière du vidéo club.

— Lizzy, qu'est-ce que tu fais sur Internet ? À part regarder tes emails ?

Elle s'arrêta sur le seuil du bureau et se retourna vers moi en écartant ses cheveux blonds.

— Beaucoup de choses. Je consulte mon compte en banque, la météo, Twitter, Facebook. Je fais du shopping.

Elle haussa les épaules.

— Pourquoi ?

Je me sentais un peu bête, mais ça me pesait tellement que les mots sortirent tous seuls.

— Dernièrement, Angelo passe beaucoup de temps sur Internet. Je ne crois pas qu'il vérifie seulement ses mails. Je ne crois pas qu'il me trompe, hein ! Mais il ne veut pas m'en parler et je n'arrive pas à savoir ce que c'est.

Je m'interrompis et sentis mes joues s'enflammer. Je ne rougissais pas souvent, mais là, oui.

Elle s'appuya contre le chambranle et me sourit d'un air malicieux.

— Zach, que font tous les hommes sur Internet ?

Elle bougea le poing devant son entrejambe, mimant la masturbation de façon évidente. Je me mis à rire.

— J'y ai pensé, mais je ne crois pas.

— Et Facebook ? C'est facile de se laisser prendre au site. Trouver de vieux amis, jouer à des jeux, répondre à des questionnaires.

J'avais beau passer peu de temps sur l'ordinateur (en dehors de l'activité que Lizzy avait mimée), je savais ce qu'était Facebook.

— Peut-être, dis-je sans y croire.

— Réfléchis, Zach.

L'idée lui plaisait clairement.

— C'est exactement le type de comportement social dont Angelo se moquerait. Il ne le reconnaîtrait jamais, mais il contacte probablement d'anciens camarades.

— Il n'a pas fini sa scolarité.

— Ce n'est pas important. Des gens que je n'ai pas vus depuis le primaire m'ont demandée en ami. Et certains avec qui j'ai travaillé aussi.

Elle haussa les épaules.

— Je parie qu'il reprend contact avec des gens qu'il connaissait à Denver et il ne veut pas que tu te moques de lui.

Elle semblait sûre d'elle. Ça ne servait à rien de protester.

— Tu dois avoir raison, lui dis-je.

Mais je n'en étais pas du tout certain.

Les derniers soirs qui précédèrent notre voyage passèrent à toute vitesse. Nous devions organiser notre remplacement au vidéo club pendant notre absence, faire nos bagages, trouver quelqu'un pour s'occuper de Geisha.

Je faisais des brouillons de listes sur des reçus et des serviettes en papier qu'Angelo jetait inévitablement.

La veille de notre départ, je fis des rêves fiévreux et ridicules : j'avais fermé le vidéo club avec la clé à l'intérieur alors personne n'arrivait à rentrer, je courais dans un hôtel inconnu en France pendant qu'Angelo se plaignait de la facture. À deux heures du matin, je me réveillai en sursaut. Angelo dormait paisiblement à mes côtés.

Je restai éveillé pendant presque deux heures. Lorsque je m'endormis enfin, ce fut pour retrouver ce monde onirique insensé. Le mariage était sur le point de commencer, et comme cela arrive dans les rêves, je ne trouvais pas mon pantalon. Je suppliai Angelo de rester avec moi dans la chambre, il répliqua qu'il fallait que je me dépêche. Tout le monde m'attendait. En plus, j'avais très envie de faire pipi. Toutes les portes des cabinets de toilette – oui, il y en avait plusieurs, ainsi qu'un snack-bar – étaient fermées et je ne pouvais utiliser la plante du coin, car tout le monde le saurait et Angelo me criait dessus…

— Réveille-toi, Zach !

Je n'ouvris pas les yeux, mais je sortis de cette chambre à cabinets où je ne portais pas de pantalon. Je me connectai à mon corps, qui n'avait pas non plus de pantalon et se trouvait dans le lit. Et j'avais vraiment besoin d'aller aux toilettes.

— Va-t'en, dis-je.

Ou essayai-je. Je ne crois pas que c'est ce qui sortit.

— Lève-toi !

Je sentis le matelas se creuser alors qu'Angelo y grimpait. Il me poussa, me secoua, me sauta presque dessus.

— Réveille-toi !

— Non.

Je tentai de l'attraper et de le serrer contre moi. Nous faisions encore souvent l'amour le matin, et j'avais hâte de le sentir sous moi, de ressentir le plaisir de me glisser en lui alors qu'il se cambrait.

— Pas le temps, annonça-t-il comme s'il avait lu dans mes pensées.

À ce stade, c'était probablement le cas. Puis son poids disparut et la fraîcheur matinale me frappa lorsqu'il retira la couette.

— Matt et Jared seront là dans moins de quinze minutes, Zach. À moins que tu veuilles qu'on te traîne à l'aéroport en sous-vêtements, tu as intérêt à t'habiller !

Je me tournai sur le dos et ouvris les yeux. Je consultai le réveil sur la table de chevet, puis je me redressai, soudain très réveillé.

— Il est déjà sept heures ? Pourquoi ne m'as-tu pas secoué plus tôt ?

— J'ai essayé !

— Quand ?

— Deux fois déjà ! Tu m'as dit que tu te levais…

J'étais sorti du lit, à la recherche d'un pantalon propre, et j'essayai de retenir mon irritation.

— Tu aurais pu faire plus d'effort…

— Putain, Zach ! En quoi c'est mon problème, déjà ? Quel âge as-tu ? Tu ne peux pas mettre ton réveil tout seul ? Ne t'en prends pas à moi. Ça fait deux heures que je t'ai dit de te lever…

Il avait raison, mais j'étais quand même agacé. Je n'avais pas assez dormi et j'avais devant moi une journée de voyage d'une longueur ridicule, au bout duquel mon ex m'attendait, telle la Faucheuse. Et je n'avais toujours pas fait pipi.

Le téléphone sonna, probablement Matt ou Jared pour dire qu'ils étaient en chemin. Ce fut un soulagement, parce que cela signifiait qu'Angelo avait arrêté de s'en prendre à moi pour répondre. Et je pus enfin aller aux toilettes.

Quelques minutes plus tard, j'étais habillé et je mettais mes dernières affaires de toilette dans ma valise. La bonne nouvelle, c'était que nos sacs étaient presque bouclés. En plus de notre valise, nous avions un bagage cabine qui contenait des livres de jeux pour moi, un autre livre et *Paris de A à Z* pour Angelo, ainsi que deux lecteurs MP3. Dont un n'avait plus de batterie.

— Tu as un chargeur ? demandai-je à Angelo qui était encore assez agacé pour ne pas me regarder.

— Non. Je ne savais pas que c'était mon problème aussi.

Merde. Dans dix minutes il aurait tout oublié, mais en attendant, il serait insupportable.

— Tu peux me dire où il est ?

— Dans l'autre chambre.

— Tu peux aller le chercher ?

— Pourquoi tu n'y vas pas toi-même ?

— Parce que je n'ai pas le droit d'aller dans ta chambre, tu te souviens ?

Il releva la tête d'un coup. Il avait l'air troublé. Je m'attendais à ce qu'il réplique. Nous nous disputions rarement, mais lorsque cela se produisait, nous n'étions pas tendres. Cependant cette fois, il me dévisageait sans un mot. Puis il s'approcha de moi. Il me prit la main et m'entraîna jusqu'à la porte fermée de sa chambre. Il l'ouvrit et me fit entrer.

Je n'avais pas franchi le seuil depuis que nous avions mis les meubles deux ans plus tôt. Il n'y avait pas grand-chose dans la chambre. Une commode où se trouvaient tous ses vêtements, le lit double qui était fait, où il n'avait pas dormi depuis des semaines. Des mois. Peut-être, réalisai-je à cet instant, même un an. Il était couvert de livres, de linge et de puzzles sur lesquels nous avions travaillé ces derniers mois.

Il prit le chargeur sur sa commode, me le mit dans ma main et me regarda dans les yeux.

— Ce n'est plus ma chambre depuis un moment, dit-il doucement. Je croyais que tu le savais.

C'était si insignifiant, pourtant je fus touché. Au début, il s'était mis à distance, mais j'avais accepté ses règles même si elles me brisaient le cœur. Pendant presque deux ans et demi, je l'avais aimé et j'avais vécu avec lui. J'avais travaillé avec lui, je lui avais fait la cuisine, je lui avais créé un foyer. Et tout ce temps-là, je n'avais pas vu qu'il baissait ses défenses.

J'écartai les mèches devant ses yeux.

— Merci, dis-je.

— Ne me remercie pas encore, Zach, rétorqua-t-il avec un grand sourire.

Il passa les bras autour de mon cou et me tira vers lui en se dressant sur la pointe des pieds. Ses lèvres étaient douces, mais insistantes. Il pressa son corps mince contre le mien.

— Ça fait six ans que j'ai ce lit, dit-il, et je ne m'en suis jamais servi comme il faut.

Je savais qu'à Arvada, il n'avait jamais laissé personne entrer dans son appartement, encore moins dans son lit. Le seul fait de penser à ce qu'il évoquait me fit gémir. Il rit en se pressant plus fort contre moi.

— Tu crois qu'on a le temps ? demanda-t-il.

Mais avant que je réponde, Matt frappa à la porte. Je savais que c'était lui parce que n'importe qui d'autre aurait sonné. Je soupirai. Matt n'attendit pas qu'on réponde. Nous entendîmes la porte s'ouvrir et il cria :

— Vous êtes prêts ?

— Un peu trop, répondit Angelo, seulement pour moi.

121

L'étincelle dans son regard me dit qu'il ne pensait pas du tout à la même chose que Matt. Mais il m'embrassa sur le menton et me lâcha. Il sortit, me laissant seul dans sa chambre.

Qui n'était plus sa chambre.

Il n'y avait apparemment pas de vol direct entre Denver et Paris. Entre l'escale, les douze heures de trajet et le décalage horaire, nous arrivâmes à Paris vers neuf heures et demie le lendemain matin. Douze heures en avion auraient dû être un enfer, mais Cole nous avait mis en première classe.

— Je n'y crois pas ! s'exclama Angelo. Ça a dû lui coûter une fortune !

— Il a les moyens, répondit Jared.

Grand comme il était, Matt appréciait tout particulièrement l'espace supplémentaire. Il s'était détendu au sujet du Super Bowl, mais il semblait plein d'appréhension à l'idée de voir l'homme qui avait passé tant de nuits dans le lit de Jared. Je comprenais. L'idée de revoir Jon me tordait le ventre. Seul, j'aurais pu l'affronter, mais avec Angelo, ça me donnait la nausée. Ces dernières semaines, j'avais l'impression d'avoir mangé du bout des lèvres.

Je me tournai vers Angelo, assis à côté de moi en train de lire. Ses longs cheveux noirs me cachaient son visage. Je résistai à l'envie de les écarter. Il ne me regarda pas, mais il sembla percevoir mon attention. Il mit la main sur la mienne, me pressa les doigts, puis me lâcha pour tourner la page.

Les deux années qui s'étaient écoulées depuis Las Vegas nous avaient changés. Surtout, lui avait changé. Il était plus fort, bien plus confiant dans notre relation. Toutefois, je ne savais pas à quoi m'attendre une fois à Paris. À Las Vegas, nous n'avions vu Jon qu'une fois, au dîner, puis durant les quelques minutes où il s'était excusé le lendemain. À Paris, nous passerions une semaine avec lui. J'espérais qu'Angelo le supporterait mieux que la dernière fois.

Et moi aussi.

— Matt, regarde ! dit soudain Angelo en tendant son livre à Matt. C'est sur tes moments exceptionnels ! Ce type aussi en a eu !

Matt écarquilla les yeux de surprise en lisant la page. Il retourna le livre pour regarder la couverture, puis haussa un sourcil.

— Tu lis de la *poésie* ?

— Et alors ? demanda Angelo, même s'il ne semblait pas aussi sûr de lui qu'il le laissait paraître.

— C'est de la *poésie* !

Angelo soupira.

— Je sais, mais il y a quelques semaines, j'étais dans cette librairie d'occasion à Boulder et le type avait plein de recueils à un dollar, parce que personne ne les achète…

— Pour une bonne raison.

Ang' ne releva pas.

— Je n'avais encore jamais lu de poésie, alors je me suis dit, pourquoi pas ? J'ai demandé au type lequel acheter, parce que je ne voulais pas que ce soit dur à comprendre, et il m'a conseillé celui-là.

Il parlait plus vite maintenant et ses joues devenaient écarlates. Matt et lui étaient comme des frères, ils adoraient se charrier plus que tout. Mais quelque part, Angelo rêvait de l'approbation de Matt :

— Contente-toi de lire le poème, Matt.

L'air sceptique, Matt ouvrit le livre à la page où il avait laissé son doigt. Il ne devait pas être très long, car il le lut en une minute. Il regarda Angelo d'un air perdu.

— Tu veux dire que Jared est une rose sauvage ?

— Je dis que c'est *ta* rose sauvage.

Matt secoua la tête.

— Angelo, déclara-t-il en lui rendant le recueil, dès que nous arrivons à Paris, je t'achète un bouquin porno.

Angelo rit.

— Tant qu'il n'y a pas de nana dedans, cette fois.

— Amen, dit Jared à côté de Matt.

J'étais aussi surpris que lui d'apprendre ce que lisait Angelo. Et pourtant, cela ne me surprit pas du tout qu'il ait décidé d'essayer quelque chose qu'il n'avait pas encore fait.

— Ça te plaît ? lui demandai-je.

Il haussa les épaules.

— En partie. Il y a quand même des trucs que je ne comprends pas et ce type parle beaucoup de Dieu, alors je n'aime pas trop ceux-là. Il y a des trucs sur les fermiers qui sont un peu nazes. Mais je commence à comprendre pourquoi il y a des gens qui aiment ça, parce que des fois, il y a des poèmes qui disent des trucs que t'aimerais dire sans pouvoir, tu sais ? Ils disent ce qu'il y a dans ton cœur.

— Comme celui sur les moments merveilleux de Matt ?

Il hocha la tête.

— J'ai aussi trouvé notre poème, Zach.

Il rougissait encore. Son regard me demandait de ne pas me moquer de lui.

— Tu veux le lire ?

— Bien sûr.

Il ouvrit une page qu'il avait cornée. Le poème s'appelait *Le Pays du mariage*. J'essayai de retenir ma consternation à sa longueur et, comme s'il lisait dans mes pensées, Angelo dit :

— Pas tout, juste ce que j'ai surligné.

Il me montra la cinquième strophe.

— C'est ce que je te dirais, ajouta-t-il tout bas, si je savais comment.

Les premiers vers n'avaient aucun sens – quelque chose des fonds et être dans le noir – mais la partie du milieu était claire :

— *Tu es l'endroit connu auquel me ramène toujours l'inconnu*, lis-je en le regardant.

Elle était son nord, elle aussi.

Il eut l'air soulagé que je n'aie pas ri et que j'aie compris.

— Ce passage, c'est toi, dit-il. Là, à la fin, c'est moi, tu vois ? *Je n'ai rien de valeur à t'offrir.*

Il haussa les épaules.

— *Il n'y a que moi.*

Il le dit comme si cela ne suffisait pas. Je n'étais pas du tout d'accord. Je posai le livre et lui pris la main pour en embrasser la paume.

— Mon ange, lui dis-je, tu es tout ce que j'ai toujours voulu de toute façon.

Sı Parıs avait quelque chose de magique, ce n'était pas du tout évident à l'aéroport. Sous l'arôme de pain fraîchement cuit se trouvaient les odeurs reconnaissables entre toutes d'urine et de tabac froid. Après l'air pressurisé de l'avion, c'était un peu écœurant. Je perdis tout appétit.

Cole avait envoyé un chauffeur. Angelo ne fut pas le seul à regarder par la vitre avec de grands yeux tandis que nous rejoignions notre hôtel, situé près d'une grande place qu'il me dit s'appeler la place Vendôme.

Le hall de l'hôtel était grand, avec des comptoirs de bois sombre et des fauteuils tapissés de velours d'un vert profond. Il y avait du marbre partout, de toutes les couleurs imaginables : blanc, vert, or, brun, gris, ainsi qu'une mosaïque immense au sol. Je sus dès que nous entrâmes que ce devait être incroyablement cher.

Matt, Jared et Angelo étaient encore dehors avec nos bagages et des grooms. J'étais à l'accueil. Je n'eus besoin que de donner mon nom et récupérer la clé.

— M. Davenport vient à votre rencontre, me dit la femme derrière le comptoir.

Effectivement, Cole arriva un instant plus tard.

Il me rappelait un peu Angelo. Il était plus grand, mais il avait la même silhouette fine. Sa peau était légèrement plus claire. Et comme Ang', il avait les cheveux devant les yeux la moitié du temps, encore que dans son cas, la coupe semblait volontaire.

— Bonjour, Zach, dit-il en prenant ma main dans les siennes. Nous ne nous sommes jamais vraiment rencontrés, n'est-ce pas ?

— Pas vraiment, non.

— Je suis ravi que vous soyez venus.

— Merci de nous avoir invités, répondis-je, ce qui semblait très léger par rapport à ce qu'il avait fait pour nous.

Nous faire venir à Paris et nous offrir l'hôtel était bien sûr une dépense démesurée.

Il ne me lâcha pas la main et son regard était réservé, mais amical.

— J'espère qu'il n'y aura pas de malaise entre nous.

— Pourquoi y en aurait-il ? demandai-je.

Je l'avais pris de court, je le voyais bien. Il haussa les sourcils de surprise.

— Dieu du Ciel, mon chat, je ne sais pas si tu es sarcastique ou parfaitement sincère.

Je ne lui en voulais pas. Après tout, il épousait mon ex et avait couché avec mon petit ami actuel.

— Ce n'était pas du sarcasme, lui promis-je. Je ne t'en veux ni pour Jon ni pour Angelo.

Il pencha un peu la tête, de façon à ce que ses cheveux lui cachent les yeux. Cela me rappela Angelo, toutefois lorsqu'il le faisait, c'était accidentel. Chez Cole, c'était calculé.

— Tu ne crains pas que cela recommence, j'espère ?

Je ne pus retenir un sourire.

— Tu franchiras la ligne de Jon bien avant qu'Angelo ne franchisse la mienne.

— Tu en as l'air bien certain.

— Je le suis.

Il dégagea ses cheveux et me jaugea du regard.

— Tu n'es pas comme je m'y attendais. Jonny a dit que tu es était plutôt détendu, mais coincé comme il est, cela pouvait simplement dire que tu sais à quoi sert le bouton Snooze.

J'aurais dû rire, mais je n'y arrivai pas tout à fait.

— J'ai peur de ce que Jon t'a dit.

Il secoua la tête.

— Il n'a pas dit grand-chose. Enfin, il a signalé que tu préférerais te crever les yeux plutôt que le revoir.

— Il ne se trompait pas vraiment.

— Vous étiez si mal, ensemble ?

— Non, dis-je en secouant la tête.

En réalité, nous avions passé beaucoup de bons moments. Mais lorsque j'y repensais, j'avais du mal à me les rappeler, cachés derrière les mensonges et les disputes de nos derniers mois.

— Ça ne s'est pas bien fini, c'est tout.

— Au point que tu aurais préféré ne pas venir ?

— Oui.

— Alors pourquoi es-tu là ?

Sa question n'était pas malveillante. Il voulait vraiment savoir.

— Pour Angelo.

C'était le bon moment pour lui faire part de ma gratitude.

— Je veux te remercier de lui offrir cette chance. Je veux que tu saches ce que cela signifie pour lui. Il ne se sera jamais capable de te le dire en personne. Le nombre de fois où il a quitté le Colorado se compte sur les doigts d'une main, et maintenant, pouvoir venir ici signifie plus pour lui que je peux l'exprimer.

— Tu l'aimes énormément.

Cette affirmation me prit de court, mais je répondis :

— Bien sûr.

— Jonny a dit que tu ne viendrais que pour Angelo.

Il me sourit d'un air complice.

— Je ne le lui dirai peut-être pas, toutefois. J'ai horreur qu'il ait raison.

— Je ne t'en veux pas. Il est insupportable, quand il jubile, dis-je et il se mit à rire. Il a dû bien changer. Il avait horreur qu'on l'appelle Jonny.

— Chéri, dit-il avec un clin d'œil. Je t'assure qu'il déteste toujours autant !

Cette fois, je ris. Toute tension due à cette rencontre s'envola. Je vis soudain en quoi il était parfait pour Jon. Contrairement à moi, il était assez fort pour rester lui-même, quoi qu'il arrive. Il me sourit et j'eus l'impression étrange que vous avions conclu un pacte. Il me pressa la main.

— Tu me plais, Zach, dit-il en me lâchant enfin. Ce qui pourrait agacer Jonny suffisamment pour nous amuser tous les deux.

Il regarda par-dessus mon épaule et son sourire passa de sincère à quelque chose de trop lumineux.

— Oh, *hello*, mon bouton d'or ! dit-il, et je me retourner pour trouver Matt se tenant derrière moi, l'air un peu amusé.

Et un peu agacé.

— Écoute, Vanderbilt…

— Je croyais que c'était Davenport, dis-je.

— Je préfère Fenton, en fait, déclara Cole.

Matt lui adressa un sourire carnassier.

— Peu importe.

— Oh, chéri, appelle-moi simplement Cole.

— Tant que tu m'appelles « Matt ».

Cole mit la main sur la hanche. Il dégagea les cheveux de ses yeux et ramena la tête en arrière. Matt faisait au moins dix centimètres de plus que lui, mais Cole arrivait à donner l'impression qu'il le regardait de haut.

— À ta guise, bouton d'or.

Matt leva les yeux au ciel, mais ne réagit pas plus. Il se retourna vers la femme derrière l'accueil afin de récupérer sa clé.

Jared et Angelo entrèrent, alors Cole se précipita vers Jared qu'il étreignit de toutes ses forces. Jared l'enlaça à son tour en riant. Ils restèrent comme ça une seconde, puis Cole s'écarta suffisamment pour regarder Jared dans les yeux. Il avait les mains sur ses joues et lui parlait très sérieusement. Puis il l'embrassa. Au coin de la bouche, comme s'il était incapable de choisir entre ses lèvres et sa joue et qu'il avait coupé la poire en deux. C'était un baiser doux et amical et même si Cole s'éternisa plus que je ne m'y attendais, ce n'était pas du tout sexuel. Néanmoins, j'entendis Matt, à côté de moi, émettre ce qui ressemblait furieusement à un grondement.

— Couché, Brutus, dis-je.

Cela ne le fit pas rire.

— J'aurais beaucoup moins de mal s'il arrêtait de le toucher tout le temps comme ça !

Cole agissait de façon très familière avec Jared, mais je savais aussi que ce dernier était entièrement dévoué à Matt.

— Qu'est-ce qui t'inquiète ? Tu ne crois quand même pas que Jared te tromperait.

Il détourna difficilement les yeux de son partenaire et soupira. Il me regarda d'un air embarrassé.

— Bien sûr que non, reconnut-il à contrecœur. Mais ça me rend dingue qu'ils aient été ensemble.

— Parfois, coucher ne veut rien dire de plus.

Je regrettai tout de suite mes paroles. Cela l'agaçait visiblement. Il était peut-être même fâché.

— Et savoir que je suis le seul à ne pas voir les choses comme ça, ça doit me réconforter ?

Angelo regarda dans notre direction. À l'expression de Matt, il dut comprendre ce qui se passait, parce qu'il se mit à rire et s'interposa entre Jared et Cole.

Cole ne fut pas aussi familier avec Ang' qu'il l'avait avec Jared – il ne l'embrassa pas, du moins. Mais il se tint très près de lui. Il passa un bras autour de la taille d'Angelo et lui murmura à l'oreille quelque chose qui le fit rire.

— Comment cela ne te rend-il pas fou ? me demanda Matt, les dents serrées.

Mais cela n'avait rien à voir avec la première fois que Cole et Angelo s'étaient rencontrés chez Matt et Jared, plus de deux ans auparavant. À l'époque, la tension sexuelle entre eux avait été forte. J'avais presque eu l'impression de la voir crépiter entre eux. Toute la pièce en était chargée et tout le monde autour d'eux avait semblé tendu, même si personne ne comprenait pourquoi.

Mais aujourd'hui, cela avait complètement disparu. Oui, Cole flirtait avec Angelo qui ne l'en dissuadait pas. Mais je voyais bien qu'il ne ressentait rien d'autre pour Cole qu'une curiosité amicale. À son regard et la façon dont il touchait Cole sans se pencher vers lui, je savais qu'il ne le désirait plus.

— Allez viens, dis-je en prenant Matt par le bras. Allons nous installer.

Nous récupérâmes Jared et Ang' et nous nous dirigeâmes vers nos chambres, tandis que Cole nous lançait que nous mourions probablement de faim (et il avait raison) et de redescendre dans une heure, afin qu'il nous emmène tous déjeuner.

Il régnait un silence de mort dans l'ascenseur. Matt foudroyait Jared du regard sans un mot et Jared lui souriait malicieusement. Je ne doutais pas un instant qu'ils se disputeraient ou baiseraient dans les cinq minutes. J'espérais pour eux que ce serait le deuxième choix.

MATT...

J'ESSAYAIS DE retenir ma colère en vain.

J'avais fait l'effort, ces dernières semaines, de surmonter mes doutes au sujet de ce voyage. Oui, je raterais le Super Bowl. Oui, j'assisterais au mariage de deux personnes que je supportais à peine. Mais c'était un séjour gratuit à Paris avec mon partenaire et mon meilleur ami. Cole ne me menaçait en rien. Je n'avais pas cessé de me le répéter. J'avais essayé d'être raisonnable au lieu de succomber à mes émotions.

Mais voir Cole et Jared dans le hall avait détruit toutes mes bonnes résolutions. J'étais fou furieux. Jared souriait comme si c'était un jeu, ce qui n'aidait pas. Sans oublier que de l'autre côté de l'ascenseur, Zach et Angelo faisaient comme s'ils ne savaient pas ce qui se passait.

Ils me prenaient tous pour un idiot et, quelque part, je savais qu'ils avaient raison. Mais ça ne changeait pas le fait que je ne supportais pas de voir Cole avec Jared. Je détestais penser à toutes les fois où ils avaient été ensemble. Et j'avais horreur qu'ils se touchent.

La chambre de Zach et Angelo était à l'opposé de la nôtre, alors nous nous séparâmes à la sortie de l'ascenseur. J'ai suivi Jared jusqu'à notre suite. Elle était bien trop décorée et sophistiquée, ce qui ne faisait que souligner mon sentiment de ne pas être à ma place.

Le groom avait déjà monté les bagages. J'avais l'impression de porter les mêmes vêtements depuis la nuit des temps et je mourrais d'envie de me doucher. D'un autre côté, Jared devait penser la même chose. Je me dis que je le laisserais y aller en premier, car je n'avais pas du tout envie de partager.

— Tu sais, me dit-il par-dessus son épaule en se déshabillant, si tu fais la tête comme ça toute la semaine, tu vas te donner la migraine.

— Je suis ravi que tu trouves ça drôle.

— Allez, Matt. Nous sommes censés passer un bon moment.

— Regarder Cole te peloter ne m'amuse pas vraiment.

En boxer, il se rapprocha de moi et se mit à déboutonner mon pantalon avec un grand sourire.

— Tu vas être jaloux comme ça toute la semaine ?

— Peut-être.

Il glissa la main dans mon pantalon. Je fis de mon mieux pour ne pas réagir. Je n'y réussis pas complètement, mais j'étais encore furieux et j'étais déterminé à ne pas me laisser distraire.

— Je connais Cole depuis longtemps…

— Je sais !

— Alors qu'est-ce qui te fait croire que maintenant, après toutes ses années, nous allons devenir plus que des amis ? Il se marie, Matt.

Il continuait à me caresser et j'avais beau vouloir m'accrocher à ma colère, certaines parties de moi n'avaient pas ma volonté.

— C'est toi que j'aime. Pas lui. Tu crois vraiment que ça va changer d'un coup ?

Non, pas vraiment. Ce n'était pas l'idée que Jared me préfère Cole. C'était que Cole avait déjà eu Jared. C'était leur passé qui me rendait dingue. Les dents serrées, je dus me forcer à dire :

— Je ne peux rien te donner que tu n'aies déjà vécu avec lui.

Cela le surprit tellement qu'il cessa de bouger les mains. Il me regarda d'un air étonné.

— C'est ce qui te trotte dans la tête ?

— C'est toi qui n'arrêtes pas de dire que vous vous connaissez depuis longtemps ! Ça me rend dingue de me dire que tout ce que nous faisons, tu l'as déjà fait avec lui !

Il garda un silence contemplatif. Puis je vis une étincelle de malice illuminer son regard. Un sourire joueur naquit sur ses lèvres.

— Pas tout, dit-il en m'embrassant.

Il retira mon tee-shirt et descendit mon pantalon.

— Il y a beaucoup de choses que je n'ai pas faites avec lui. Laisse-moi te faire la liste. Je n'ai jamais fait de randonnée en montagne avec lui. Nous n'avons jamais partagé de sac de couchage.

Tout en parlant, il continuait à me déshabiller, ses mains étant partout, ses lèvres me trouvant entre deux phrases.

— Je n'ai jamais campé avec lui. Je n'ai jamais fait de géocaching.

Il me mordilla le lobe de l'oreille et ramena les mains vers mon aine.

— Nous n'avons jamais vécu ensemble. Nous avons peut-être couché ensemble, mais nous n'étions pas amants. Je ne me suis jamais endormi dans ses bras. Il ne m'a jamais réveillé d'un baiser sur la nuque ou en me tirant les cheveux.

Ma détermination à rester fâché s'envolait. C'était en partie à cause de lui, de son corps mince et dur contre le mien, de ses mains qui bougeaient

131

exactement comme il fallait. C'était ses lèvres sur les miennes, sa façon de me mordiller quand il devenait agressif. C'était l'odeur de ses boucles et le bruit sourd qu'il émit lorsque je me mis enfin à le toucher en retour.

Mais plus que ça, c'était ses paroles. Il me rappelait en quoi nous formions un bon couple, toutes ces raisons pour lesquels nous avions été amis avant d'être amants, toutes les raisons pour lesquelles son amitié avec Cole n'avait jamais évolué comme la nôtre.

— Je ne suis jamais allé à un match de foot américain avec lui... dit-il en m'entraînant vers le lit.

Il se mit à rire en songeant à ce qu'il venait de dire.

— En fait, je n'ai même jamais regardé de match avec lui. Il trouve ça « vulgaire, brutal et terriblement ennuyeux, chéri ».

Même moi, ça me fit rire. Il me poussa sur le lit et sortit du lubrifiant de la valise. Il retira son boxer et grimpa sur moi. Il passa la main sur mon membre, me couvrant de gel. Depuis notre voyage à Las Vegas, nous avions un peu plus de relations sexuelles anales, mais je ne le prenais que comme ça, sur le dos, lui à califourchon sur moi. Il appelait ça « l'actif passif » et ça l'amusait.

Il plongea son regard bleu vif dans le mien.

— Tu sais ce que je n'ai pas fait d'autre ?

— Quoi ?

— Ça.

Il s'empala sur moi. Il était étroit, chaud, je gémis lorsqu'il commença à bouger. Il se pencha et me murmura à l'oreille :

— Il ne m'a jamais pris. Pas une seule fois.

Sa voix était taquine, mais essoufflée aussi.

— Ça compte, que j'aie toujours été au-dessus ?

Que cet argument soit rationnel ou pas, je ne pouvais pas en juger à cet instant. Mais ses paroles me touchèrent. Oui, ça comptait.

— Il ne prend jamais, dit-il. Réfléchis, Matt. Il est plus petit que moi. Il ne m'a jamais jeté sur le lit, ne m'a jamais vraiment baisé.

Il me mordilla le cou. Ses mains me parcouraient de partout. Sa voix essoufflée était à mon oreille, son corps bougeait au-dessus de moi.

— Est-ce que ça change quelque chose ? Est-ce que ça t'aide, de savoir qu'il ne m'a jamais baisé comme ça ? Qu'il ne m'a jamais baisé tout court ?

— Oui, reconnus-je, aussi essoufflé que lui.

— Tu veux me faire quelque chose qu'il ne m'a jamais fait ?

— Oui.

— Alors, sois agressif.

Cette seule idée me fit gémir.

— Prends le contrôle.

— Oh mon Di…

— Fais ce qu'il ne fait pas.

J'en avais envie. J'en avais très envie.

— Baise-moi !

Il enfonça les doigts dans mes épaules.

— Jared…

— *Baise-moi* !

Ces mots déclenchèrent quelque chose en moi. Il avait raison. Je ne voulais pas rester là, sous lui, à lui laisser les rênes. Pas cette fois.

Je l'attrapai et le renversai sous moi. Il gémit. Il ferma les yeux et se cambra lorsque je le pénétrai. J'avais oublié tous les avantages de cette position. Je voyais son visage. Je pouvais le caresser d'une main tout en le baisant. Et comme il l'avait dit, je pouvais être vraiment agressif. Pourquoi j'étais d'habitude si réticent à le laisser se soumettre m'échappait toujours un peu, mais soudain, ici et maintenant, cela n'avait pas d'importance. C'était un soulagement de me lâcher. De m'enfoncer en lui plus vite, plus fort qu'auparavant.

Il repoussa ma main pour se masturber lui-même et je ne protestai pas. Je l'empalai sur moi. J'attrapai une poignée de ses cheveux et tirai plus fort que d'habitude, assez fort pour que son gémissement soit partiellement de douleur. J'attaquai sa gorge en le baisant encore plus violemment. Je ne savais pas si me servir de ma colère et de ma jalousie était acceptable, mais je le fis quand même. Il avait dit qu'il m'appartenait et, dans la partie rationnelle de mon cerveau, je savais que c'était vrai. Mais je voulais le prouver. Je voulais le marquer. Je voulais le posséder d'une façon complètement primaire.

Il enfonça ses doigts dans mon dos, ses dents dans mon épaule. Il lâcha un cri rauque à mon oreille et je le sentis jouir sous moi, ce qui me fit succomber. L'étreignant, je me libérai en lui aussi profondément que possible et je ne songeai qu'à une chose : il m'appartenait et personne ne me le prendrait.

Après, alors que je le serrai contre moi et que nous reprenions notre souffle, il me dit :

— Matt, c'est de ça dont tu dois te souvenir. Chaque fois que tu es jaloux, chaque quoi que tu veux lui mettre ton poing dans la figure, je veux que tu repenses à ça. Et lorsque nous reviendrons dans la chambre, tu peux me jeter sur le lit et tout recommencer si tu veux. Tant que ça t'aide à te rappeler que c'est toi que j'aime.

Je soupirai et l'étreignis plus fort. Je ne voulais pas reconnaître que ma colère s'était envolée, et pourtant. Ma jalousie perdait toute force face à la satisfaction de notre plaisir. Je l'embrassai dans le cou.

— Tu n'es qu'un sale manipulateur, dis-je.

Il se mit à rire.

— J'ai eu un bon professeur.

Il se retourna et s'assit sur moi à califourchon, tout sourire.

— Tu es toujours fâché ?

— Non.

— Tant mieux. Parce que c'était bien.

— Je t'ai fait mal ?

— Oui, répondit-il, mais comme il souriait d'une oreille à l'autre, je savais que ce n'était pas un reproche.

J'attrapai ses cheveux et il me laissa le tirer vers moi pour l'embrasser.

— J'espère soudain que tu me rendras très jaloux, pendant ce voyage.

Je n'avais jamais rien vu de plus sexy que son sourire à cet instant.

— Tu lis dans mes pensées.

ZACH...

ANGELO EST complètement dingue de notre suite. Il n'avait jamais été dans un lieu aussi luxueux. Il semblait craindre à moitié de toucher quoi que ce soit de peur de le casser. Dans le salon, il y avait un canapé, plusieurs fauteuils et un bureau. Le plafond était haut. On avait l'impression qu'il y avait des rideaux partout, du velours d'un rouge profond qui ne couvrait pas que les fenêtres, mais séparaient les pièces et se drapaient sur le lit. Dans la chambre, ledit lit était de taille king size, surmonté d'un chandelier doré. Bizarrement c'était ça plus que tout qui semblait absurde : un chandelier dans notre chambre. L'écran plasma au mur faisait complètement décalé.

Angelo regardait à la fenêtre.

— Je n'arrive pas à croire qu'on soit là, dit-il avec émerveillement.

Il montra l'extérieur.

— Si on descend cette rue, on arrive aux jardins des Tuileries. Ils disent dans *De A à Z* qu'ils sont l'essence de la ville. « *Grands, osés, précis et d'une élégante beauté.* »

Il me regarda avec de grands yeux fascinés.

— C'est ce qu'ils disent.

— C'est l'hiver.

Ce simple fait ne calma pas son enthousiasme.

— J'ai hâte de les voir, dit-il en regardant à nouveau par la fenêtre.

Je me fichais de ces jardins, mais j'étais ravi qu'il soit si heureux. Je me plaçai derrière lui et il s'appuya contre moi. Nous voyions une grande partie de la place, entièrement pavée. Les bâtiments étaient uniformes, à la façade plate et grise, aux fenêtres placées de façon régulière. La plupart possédaient un balcon, mais en cette période de l'année, il n'y avait aucune vie. Au milieu de la place s'élevait une haute colonne surmontée d'une statue.

Durant mes voyages aux États-Unis, j'avais trouvé que toutes les villes se ressemblaient. Mais nous n'étions vraiment pas dans l'ouest des USA.

— Qu'est-ce que c'est, cette colonne ? demandai-je.

— Napoléon l'a installée après la bataille d'Austerlitz. Afin de commémorer sa victoire. Ils ont fait fondre les canons de l'armée adverse pour faire les plaques de bronze.

— Alors c'est Napoléon, là-haut ?

— Oui. Mais ce n'est pas la statue d'origine. Ils l'ont retiré, je crois. Je ne sais pas pourquoi. Mais ils l'ont replacé ensuite.

Il me sourit.

— Sauf si quelque chose a changé depuis la publication de mon guide.

— Très drôle. Je ne poserai plus mes questions qu'à Cole, répondis-je.

Il se mit à rire.

— Qu'est-ce qu'il t'a dit ? demandai-je.

— Quand ?

— Dans le hall.

Je l'embrassai dans le cou et il frissonna.

— Il t'a murmuré quelque chose.

Je tirai sur son tee-shirt, étirant le col pour dégager son épaule. J'adorai cet endroit si doux où elle devenait le cou. J'y donnai un coup de langue. Il retint son souffle avant de me répondre.

— Il a dit qu'il était heureux que tu ne flippes pas, parce qu'il ne peut gérer qu'un petit ami jaloux à la fois.

Je ris et l'embrassai encore en glissant la main sur son ventre. Je commençai à déboutonner son pantalon.

— Tu ne le désires plus.

Il secoua la tête.

— Non.

Le rythme de sa respiration changeait. Je pris mon temps, laissai le désir monter. Je glissai la main dans son jean et le frottai à travers son boxer. Lorsqu'il fut dur, je dégageai le tissu pour révéler sa verge, sans la toucher. Je descendis la main entre ses jambes, serrant la chair où sa jambe croisait son pelvis.

— Zach, souffla-t-il. La fenêtre !

— Oui ?

Je lui mordis le cou plus fort. Je frottai les doigts sur la peau douce derrière ses bourses, reculant vers son entrée. Je ne pouvais pas l'atteindre de cet angle, mais j'allai aussi loin que possible et je le sentit retenir son souffle. J'étais dur, alors je me frottai contre lui de derrière.

— Quelqu'un pourrait nous voir, haleta-t-il.

— Peut-être.

Je remontai la main et empoignai ses bourses, les pressant doucement.

— J'espère que oui.

Sa respiration était plus rapide, la pression montait.

— J'espère qu'ils regardent bien.

Je remontai encore la main, sans le saisir, mais frôlant son membre jusqu'en haut. Il retint encore son souffle et lâcha un bruit qui aurait pu être un gémissement s'il avait été plus fort.

— J'espère que ça leur plaît.

— Zach, s'il te plaît, murmura-t-il.

Je mis les doigts sur le bout de sa verge et massai les petites gouttes autour de son gland.

— Ce soir, chuchotai-je. Après la douche, je vais t'allonger sur le lit.

Je glissai les doigts le long de son membre.

— Je vais t'écarter les jambes.

Je descendis à nouveau la main, aussi bas que possible, la malaxant, cherchant son intimité.

— Je vais te lécher jusqu'à l'anus et te sucer jusqu'à ce que tu me supplies d'arrêter.

Je remontai la main. La paume à plat contre sa verge, je me frottai contre ses fesses.

Quand il était excité à ce point, il avait du mal à parler, mais il haleta :

— C'est tout ?

— Non.

J'enroulai enfin la main autour de son sexe et le caressai.

— Ensuite, je vais te baiser à t'en faire perdre la raison.

Il rit, le souffle court, et s'appuya contre moi, la tête sur mon épaule. Je savais qu'il avait les yeux fermés, les lèvres entrouvertes. Je baissai les yeux, par-dessus son épaule, vers ma main sur lui. Il bougeait un peu les hanches pour s'enfoncer dans mon poing. Je me demandai ce que ce serait de baisser les yeux et de voir un autre homme à genoux devant nous. J'imaginai le membre d'Angelo disparaissant dans la bouche de cet homme. J'imaginai lui attraper la tête, presser Angelo plus profondément dans sa gorge alors que je pénétrai Angelo. Je gémis.

Un jour, peut-être, mais pas ici. Ce voyage n'était qu'à nous.

— Encore, Zach…

— Tout ce que tu veux.

Je me mis à genoux devant lui. Je le pris en bouche et commençai un va-et-vient, intentionnellement plus rapide que ce qu'il aimait. Au bout d'un moment, il referma les doigts dans mes cheveux pour m'arrêter, comme je m'y attendais. Puis, lentement, il se mit à bouger.

C'était comme ça qu'il aimait ses fellations, du moins la plupart du temps : lentes à mourir. Il guida ma tête d'avant en arrière, à l'opposé du mouvement de ses hanches. D'habitude, j'avais du mal à le prendre très loin – surtout qu'il était plus long que la moyenne –, mais c'était plus facile quand c'était lent. Je n'avais même pas à enrouler le poing autour de son membre pour l'empêcher d'aller trop loin, sauf au moment de jouir. Ainsi, il pouvait s'enfoncer plus loin qu'avec des mouvements plus rapides. Un jour, je lui avais demandé comment il le savait, si je me tendais ou s'il le sentait dans sa verge, mais il avait été surpris. Il ne s'en était pas rendu compte. Je ne savais pas comment ça marchait, mais c'était toujours pareil. Il allait aussi profondément que possible, puis ressortait presque entièrement, jusqu'à ce que le bas du gland soit contre mes lèvres. Je serrais alors mes lèvres autour de lui et suçais fort pour l'empêcher de s'échapper. C'était ce qu'il préférait.

Je déboutonnai mon pantalon, libérant mon érection douloureuse, et je me masturbai. Je n'allai pas au même rythme que lui. J'allai à la vitesse de sa respiration, à laquelle j'étais toujours sensible. Elle était rapide, mais pas trop. Il ne haletait pas encore. Parfois, il aimait finir vite, mais pas aujourd'hui. Du moins pas encore. Pour l'instant, il semblait vouloir prendre son temps.

Il continuait ses lents va-et-vient, et moi à me caresser. J'ouvris les yeux. Il était appuyé d'une main contre la fenêtre. Il avait la tête renversée, alors je ne voyais pas son visage, mais je savais qu'il avait les yeux fermés. Sinon, il me regarderait.

Il était si beau. Il aurait trente ans dans quelques mois, pourtant il faisait plus jeune. Il devait montrer sa carte d'identité pour acheter de l'alcool plus souvent qu'à son tour. La lumière de la fenêtre l'illuminait et l'ombre du cadre dessinait une croix sur son torse. Je regrettai de ne pas avoir retiré son tee-shirt, pour que la lumière éclaire sa peau magnifique. Je voulais voir le tatouage sur son ventre et son duvet pâle.

Il baissa soudain la tête. Je me demandai, pas pour la première fois, s'il sentait quand je le regardais. Il se figea, à moitié hors de ma bouche. Il sourit, puis sortit complètement. Il m'attrapa la main et m'entraîna vers le lit.

— Il nous reste quarante minutes avant de retrouver les autres dans le hall, lui dis-je.

Il m'adressa un sourire en coin.

— Tu as des super pouvoirs, à Paris ? Parce que dans le Colorado, quarante minutes, ça suffit largement.

Je me mis à rire et il se jeta sur moi. Nous nous embrassâmes en riant, en retirant avec empressement nos vêtements. Nous fûmes ralentis comme d'habitude par ses bottes, mais j'étais devenu doué pour les défaire d'une main en le suçant. Mon haut fut le dernier à partir, il me le retira d'un coup avant de me pousser vivement sur le lit.

Je remontai vers la tête de lit qui était bien commodément rembourrée, recouverte de velours rouge. Je m'y appuyai et il me poursuivit à quatre pattes, sans lâcher mon tee-shirt. Il m'embrassa d'abord, caressant doucement mon membre, mais lorsque je fis mine de le toucher, il s'écarta avec un sourire taquin. Il s'allongea sur le ventre entre mes jambes, coinçant mon tee-shirt sous son aine.

— Tu ne veux pas jouir sur le couvre-lit, mais sur mon tee-shirt, oui ? demandai-je.

Il me fit un grand sourire.

— Tu as plein de tee-shirts, mais je me sentirais mal de demander un nouveau couvre-lit.

— Il nous reste une demi-heure.

— Tu déconnes ? J'aurai encore le temps de me doucher.

— Tu dis que je n'ai pas d'endurance ?

Il rit.

— Je dis qu'on est efficaces.

Puis il referma les lèvres sur moi. Lui n'avait aucun problème pour me prendre en entier. Il me suça jusqu'à ce que son nez soit enfoui dans mes poils.

Je sus tout de suite qu'il avait raison, pour les trente minutes. Si je l'avais sucé en me masturbant, cela aurait duré beaucoup plus longtemps. Mais maintenant que nos positions étaient inversées, il me restait quatre minutes, grand maximum. Un instant, je fermai les yeux et savourai simplement la sensation de sa bouche chaude. J'écoutai sa respiration, qui accélérait. Je résistai à l'envie de mettre les mains sur sa tête. Cela m'arrivait, et il disait que ça ne le gênait pas, mais je craignais toujours de perdre le contrôle et de le tenir plus longtemps que je le devrais. Cela pouvait arriver.

Si quelqu'un faisait une meilleure fellation que lui, je n'avais jamais eu le plaisir de le rencontrer.

J'ouvris les yeux et le regardai, allongé sur le ventre devant moi. Il aimait jouir dans cette position. Je ne me plaignais pas. Il avait une main sur mon ventre, l'autre sous lui, probablement sur son sexe. Il était magnifique, érotique et tellement sexy. Le tatouage en étoile entre ses omoplates ressemblait à une marque, comme si le Ciel lui-même l'avait déclaré comme sien avant de l'envoyer sur Terre. Sa peau sombre avait quelque chose d'exotique contre le rouge profond du couvre-lit. Ses fesses étroites montaient et descendaient tandis qu'il se masturbait en se frottant contre le lit. C'était l'un de mes spectacles préférés, cette façon qu'il avait de prendre son plaisir sur le lit. J'imaginais toujours ce que ce serait de le regarder baiser un autre homme comme ça.

J'ai écarté les cheveux me cachant son visage. Il allait plus vite désormais, sa bouche sur ma verge et ses coups de reins. Je regardai mon membre disparaître entre ses lèvres magnifiques. Je vis ses hanches s'enfoncer plus profondément dans le lit. J'entendis l'empressement de son souffle. Puis...

Il émit un son.

C'était encore si rare que j'en fus surpris. C'était tout doux, tout bas, guttural. Peut-être un gémissement. Je ne l'entendis pas tant que je le sentis vibrer contre ma verge. Et à cet instant, sans trop m'en rendre compte, je jouis.

Angelo s'écarta tout de suite. Ce n'était pas qu'il refusait que je jouisse dans sa bouche, c'était qu'il ne pouvait avaler en retenant son souffle. Le visage contre mon aine, il se tendit, sans respirer, et je me masturbai le temps de finir pendant qu'il tremblait entre mes jambes.

Nous restâmes comme ça un moment, reprenant notre souffle. Enfin, il leva la tête vers moi avec un sourire. Sa respiration était presque normale.

— J'ai mis du sperme dans tes cheveux, dis-je.

— Pas de problème. Je t'avais dit qu'on aurait le temps de se doucher.

Lorsque j'arrivai dans le hall avec Angelo, Matt et Jared, seul Jon était là à nous attendre. Je détestai la façon dont ma gorge se serra à sa vue. Je ne voulais pas lui parler. Je ne voulais pas sourire et le féliciter. Tout ce que je voulais, c'était faire demi-tour et retourner dans notre chambre. Mais les autres le rejoignirent, lui serrèrent la main, lui dirent bonjour. Je ne pouvais pas l'éviter éternellement.

Matt et Jared furent les premiers à le saluer. Matt était à peine amical, mais Jared était sincèrement heureux. Angelo fut le suivant.

— Félicitations !

Je vis que Jon avait besoin de faire quelques efforts pour agir de façon normale avec Ang'. Je le connaissais encore assez bien pour détecter la raideur dans ses épaules et son sourire figé. Mais il le remercia. Puis ce fut mon tour. J'aurais voulu espérer qu'il n'y aurait pas de malaise entre nous, mais comment en aurait-il pu être autrement après ce que j'avais fait ?

— Zach, dit-il.

Il me regardait avec une question dans le regard, essayant de déterminer comment je me comporterais auprès de lui. Notre dernière rencontre n'avait pas été très tendre, du moins de ma part. Parler me demanda un peu d'effort, mais je réussis à dire :

— Bonjour, Jon.

Il sourit alors et s'avança vers moi, un bras tendu. Il allait m'étreindre. Ce n'était pas tant que j'y voyais une objection, mais je pensais à la jalousie qu'Angelo avait montrée deux ans plus tôt à Las Vegas. Je ne voulais pas qu'il revive ça. Alors je tendis la main à Jon, le coupant dans son élan.

Il soupira, recula et me serra la main.

— Je suis heureux que tu sois venu, dit-il.

Mais je savais, à son regard, que je l'avais blessé. Encore. Je n'aimais pas me rappeler combien de fois j'avais vu ce regard lors de notre dernière année ensemble, toujours à cause de moi. Je fis ce que j'avais toujours fait : semblant d'y être indifférent.

Cole arriva une minute plus tard et nous le suivîmes sur le trottoir. Nous nous éloignâmes de la place Vendôme. Tous les bâtiments se ressemblaient : environ quatre étages, la façade plate, de la pierre grise, blanche ou couleur crème. Il y avait des arches uniformes au rez-de-chaussée et à chaque étage, de grandes fenêtres rectangulaires séparées de quelques dizaines de centimètres, les unes au-dessus des autres. Les rues semblaient incroyablement étroites et pleines de petites voitures. Après le Colorado où tout le monde conduisait des 4x4, j'avais l'impression d'être chez les lilliputiens.

Que ce soit à cause de notre conversation, ou simplement dû à l'enthousiasme d'Angelo, Cole semblait déterminé à lui faire visiter Paris dans ses moindres détails. Ils nous précédaient. Parfois Cole passait le bras dans celui d'Angelo, ou lui prenait même la main, en l'entraînant d'un lieu à l'autre. Ils allaient vite, ils rentraient et sortaient des boutiques, regardaient par les vitrines, tandis que nous traînions derrière. On aurait dit des colibris, nous des pigeons maladroits.

— Il est toujours comme ça ? demandai-je à Jon.

Je le regrettai immédiatement. Je ne voulais pas avoir l'air d'insulter l'homme qu'il aimait.

Jon ne s'en formalisa pas. Il était entre Jared et moi, Matt derrière nous. Il regardait vers l'avant, ou Cole essayait de donner une écharpe à Angelo qui la repoussait en riant. Jon sourit d'un air attendri.

— Oui, répondit-il. Il est toujours comme ça. Il est ravi que vous soyez venus. Je devrais vous le dire maintenant, il va essayer de payer pour tout. Et vraiment tout. Nous avons ouvert des comptes à l'hôtel et dans plusieurs restaurants et boutiques du quartier. Je vous ferai la liste. Si vous y allez, vous n'aurez qu'à leur dire que c'est le compte Davenport.

— Je croyais qu'il préférait Fenton, dit Jared.

Jon lui sourit.

— C'est vrai.

C'était comme ce que Cole m'avait dit à propos d'appeler Jonathan « Jonny ». Je me demandai quelle était cette relation, où ils se provoquaient intentionnellement.

— Il va vous jeter de l'argent à la figure tout le week-end, continua Jon. Il paiera pour tout ce que vous voulez faire : le Louvre, la tour Eiffel, le tour des vignobles.

Sur ces derniers mots, il me regarda, un douloureux rappel à la lune de miel que nous avions prévue.

— Ça ne me rend pas très à l'aise, commenta Matt.

— Je sais, dit Jon. Je l'ai prévenu, mais…

— Tu ne peux pas l'en empêcher ?

Jon et Jared éclatèrent de rire et Jon secoua la tête.

— Matt, si tu découvres comment lui faire changer d'avis, dis-le-moi.

— Ouais, ajouta Jared. Bon courage.

— Sérieusement, continua Jon. Il est très riche. Et je ne dis pas ça pour me vanter. Pour lui, ce voyage est une goutte d'eau dans l'océan. Il ne sait même pas combien ça coûte et il s'en fiche de toute façon. Il aime dépenser son argent pour les gens qu'il aime.

— Il nous connaît à peine, dis-je.

Jon haussa les épaules.

— Tu es quand même sur la liste. Je sais que c'est bizarre, pour nous qui avons un compte en banque normal, mais franchement, mon conseil, c'est de simplement vous amuser tant que vous êtes là et de le laisser payer.

Ça faisait peut-être de moi un sale égoïste, mais je n'avais pas envie de protester.

Cole nous amena enfin à un restaurant où nous nous assîmes à une table ronde. Il commanda pour toute la table, en français, suite à quoi Jon et lui se disputèrent gentiment sur le vin, mais je n'entendis pas tout. Au bout du compte, ce n'était pas tant que Jon avait gagné que Cole avait simplement décidé que ça ne valait pas la peine de se battre, alors Jon commanda une bouteille de Pinot Grigio.

— Il manque encore quelqu'un ? demanda Jared.

— Oui, mais il ne sera pas là ce soir, répondit Cole. George arrive demain matin. Il est encore fâché à l'idée de rater le Super Bowl.

— Tu m'étonnes, dit Matt.

Cole sembla ne pas l'entendre.

— Zach, mon chou, tu connais George, n'est-ce pas ? Je suis certain qu'il sera ravi de connaître quelqu'un ici !

— Eh bien, dis-je en regardant Jon. Je n'étais pas vraiment dans ses petits papiers.

Parce que Jon sortait avec moi lorsqu'il a fait son coming out, j'avais toujours eu l'impression de tenir le rôle du diabolique tentateur. Carol avait été gentille, mais au bord des larmes chaque fois qu'elle me voyait et George tolérait ma présence avec une froideur polie.

— Tu n'as qu'à parler football américain avec lui et tu seras son nouveau meilleur ami, dit Cole.

Matt dressa l'oreille.

— Il a changé, me dit Jon doucement. Depuis la mort de maman.

Je m'étais demandé pourquoi personne n'avait parlé de Carol.

— Je ne savais pas.

— Elle avait un cancer. Ils ne l'ont pas détecté avant qu'il soit trop tard.

— Quand ?

— Un an après que nous…

Il se tut.

— Je suis désolé, dis-je.

Je ne savais pas si je parlais de sa mère ou de ne pas avoir été là quand il avait eu besoin de moi.

Il se remit vite, haussant les épaules.

— Tu serais surpris, Zach. Il est beaucoup plus tolérant qu'à l'époque.

À l'époque. Lorsque Jon et moi, main dans la main, avions dit à ses parents que nous nous aimions. À ce souvenir, mon cœur se serra encore plus. Je regardai de l'autre côté de moi, où se trouvait Angelo. Il nous observait, Jon et moi, d'un air réservé. Avait-il l'air accusateur ou n'était-ce que le reflet de mon sentiment de culpabilité ? Je n'en étais pas certain.

Je bus une gorgée de vin en essayant de ne pas penser à la douleur que j'avais causée à l'homme que j'aimais autrefois et à la douleur que je causais peut-être à l'homme que j'aimais aujourd'hui. Je me demandai ce qu'il fallait que je boive pour oublier.

— Vous êtes aussi à l'hôtel ? demanda Jared à Cole. Tu n'as pas un appartement ici ?

— Bien sûr que si, mon chou, mais c'est bien plus facile si nous sommes tous au même endroit. Et laissez-moi vous dire qu'il a été presque impossible de trouver un bon hôtel…

— C'est parce que tu es trop difficile, dit Jon.

Cole battit vite des cils dans sa direction, comme pour dire : « C'est vrai, mais tu m'aimes quand même ». C'était horriblement mignon et cela fit rire Jon. Cela ne dura qu'une seconde puis Cole reporta son attention sur Jared.

— Je ne voulais pas n'importe quel motel, dit-il. Je voulais que l'ambiance soit française. Cela aurait été tellement décevant que vous veniez jusqu'ici pour vous retrouver à un Holiday Inn. Et je voulais que la cérémonie se passe ici. Nous avons visité des hôtels plus anciens, mais les chambres étaient si horriblement étroites ! Je ne supporte pas d'être enfermé dans un si petit espace.

Il frissonna de façon théâtrale.

— Bien sûr, nous avons envisagé le Quatre-Saisons, mais il est tellement ostentatoire…

— Et si lui le pense, tu imagines l'horreur, dit Jon à Jared.

Jared se mit à rire.

— Si on laissait faire Jonny, nous serions dans un motel de route à Phœnix.

— J'ai proposé le Marriott, dit Jon, ce n'est pas vraiment un motel.

On sentait que ce n'était pas la première fois qu'ils avaient cette conversation et pourtant ils n'étaient pas irrités. Ils semblaient beaucoup s'amuser.

Cole jeta à Jon un regard qui semblait aussi innocent que moqueur.

— Je te crois sur parole, mon cœur.

Toute son attitude était désinvolte, son comportement était autant pour nous amuser qu'autre chose. Il était drôle et je comprenais comment Jon, qui semblait à peine en connaître la définition, avait été attiré par lui. Cole se tourna soudain vers Jared.

— Tu te souviens de cette chambre à Mazatlán ?

— Comment l'oublier ? demanda Jared avec un grand sourire.

— Mon chou, je suis certain que les réparations au Vendôme coûteraient beaucoup plus cher qu'au Mexique, alors ne casse pas de comptoir, s'il te plaît.

— Je ferai de mon mieux, répondit Jared.

Il jeta un coup d'œil à Matt et ses joues s'empourprèrent lentement. Angelo ne le remarqua pas ou s'en fichait, car il demanda :

— Qu'est-ce que tu as fait ?

À l'expression de Jared, je savais qu'il n'avait aucune envie de continuer la conversation. Ce fut Cole qui répondit.

— Et bien, ce n'était pas vraiment sa faute, dit-il avec un sourire coquin. Ou plutôt, pas seulement sa faute, mais c'était un peu embarrassant à expliquer aux gens de l'hôtel. Il faut croire que ces meubles de salle de bains ne sont pas faits pour supporter le poids d'une personne. Encore moins deux. Mais je suis certain qu'ils n'étaient déjà pas très stables avant même que nous…

Il fut interrompu par le bruit violent de Matt qui repoussait sa chaise.

— Mais c'est pas vrai !

Il regarda Jared.

— Je ne sais pas comment gérer ça.

— Gérer quoi ? demanda Cole d'un ton innocent.

— Toi ! s'exclama Matt, exaspéré.

Cole se tourna vers Jared d'un air sincèrement perdu. Jared avait l'air légèrement amusé. Il mit la main sur le bras de Matt. Il le regarda dans les yeux et je ne sais pas ce qu'il avait dans son regard, mais Matt se détendit. Il rougit même un peu et décocha un sourire provocant à Jared.

Non, ils ne s'étaient vraiment pas disputés, dans leur chambre.

— Mon chou, dit Cole à Jared, devons-nous prétendre que nous ne nous connaissons pas depuis presque quinze ans ?

— Non, répondit Jared en se tournant vers lui. Mais il vaut mieux ne pas parler de Mazatlán.

— Ce n'est pas comme si c'était la seule fois que…

Jon bougea soudain dans sa chaise et Cole sursauta.

Il se tourna vers Jon qui avait dû lui donner un coup de pied, mais cessa de parler. Il foudroya Jon du regard pendant une seconde, mais lorsqu'il se retourna vers Matt, son visage passa instantanément de l'agacement à l'inquiétude.

— Mon bouton d'or, dis-moi comment je dois agir.

Matt ramena sa chaise devant la table. Ce qui s'était passé entre Jared et lui avait changé les choses. Il n'était plus fâché. Agacé, peut-être, et embarrassée. Mais pas fâché.

— Je ne sais pas, dit-il. Vraiment pas. Tout le monde a couché avec bien trop de personnes à cette table, et pourtant, apparemment je suis le seul que ça dérange.

— Tu trouves étrange qu'on puisse coucher et rester ami ?

— Oui. D'après mon expérience, lorsqu'on arrête de coucher avec quelqu'un, on arrête de le voir. On ne…

Il indiqua à la table, comme si les mots lui échappaient.

— … fait pas ça !

Angelo avait l'air perdu. Jared amusé. Jon satisfait. J'avais le sentiment qu'il avait prévenu Cole que cela pourrait arriver.

— Tu dis ça comme si on avait tous couché les uns avec les autres, dit Angelo.

— Ou presque, déclara Matt, un sourcil haussé à l'adresse de Jared.

— Tu exagères, protesta Jared. Je n'ai couché qu'avec deux personnes : toi et Cole.

— Oui, ajouta Angelo. Deux pour moi aussi.

Il me regarda.

— Et deux pour Zach.

— Et deux pour moi, renchérit Jon.

Il se tourna vers Cole.

— Et deux pour toi ?

Jared toussota. Cole fit retomber ses cheveux devant ses yeux et battit des cils à l'intention de Jon.

— Deux. Trois. Quelle différence ? La bonne nouvelle, c'est que comme Matt n'est qu'à un, la moyenne reste de deux par personne. N'est-ce pas parfait ?

Jon eut l'air stupéfait. Il jeta un regard à Jared, puis moi, puis Angelo qui le croisa sans hésiter. Jon soupira, baissa les yeux vers la table et secoua la tête.

— J'aurais dû m'en douter.

— Oh, Jonny, c'était avant notre rencontre !

Cole agita la main vers Jon.

— Maintenant tu sais ce que je ressens, dit Matt à Jon.

Jon hocha la tête. Je soupçonnais qu'il éprouvait désormais vraiment plus de sympathie pour Matt.

— Pas de quoi en faire un plat, dit Angelo à Jon.

— Exactement ! s'exclama Cole. Qu'est-ce qu'une petite coucherie entre amis, n'est-ce pas, mon amour ?

— Coucherie entre amis ? demanda Matt. Tu as couché avec plus de la moitié des gens à cette table !

Cole cligna des yeux, l'air d'y réfléchir, puis cédant soudain, il soupira et leva les mains.

— Tu as absolument raison, mon bouton d'or, dit-il. C'est terriblement indécent. D'ailleurs, il vaudrait mieux que nous passions le reste de la semaine qu'avec les gens avec qui nous n'avons pas couché. Angelo, tu es avec Jon et Jared.

Il sourit d'un air malicieux.

— Ne fais rien que je ne ferais pas, mon beau.

Angelo se mit à rire et Jared demanda :

— Il y a quelque chose que tu ne ferais pas ?

— Allons, mon chou, tu sais bien qu'il y a au moins une chose.

Il se tourna vers Matt.

— Et donc, mon bouton d'or, tu te retrouves avec Zach et moi. Nous apprendrons à mieux nous connaître. Ce sera bien, non ?

Il battit des cils d'un air innocent.

Partagé entre l'amusement et l'embarras, Matt secoua la tête. Il rit à contrecœur.

Angelo lui donna un coup de coude moqueur.

— Peut-être que le problème, ce n'est pas que Cole a eu trop de partenaires, mais que toi tu n'en as pas eu assez !

— C'est bien vu, dis-je. Après tout, si nous avons chacun une moyenne de deux…

— Excellente remarque, commenta Cole. Il n'y a qu'une solution. Il faut que quelqu'un ici couche avec Matt.

Jared éclata de rire. Les clients des tables alentour se tournèrent vers nous.

Angelo hocha la tête et sourit d'un air taquin à Matt.

— C'est logique.

— Jared, continua Cole, tu es bien sûr disqualifié. Et j'imagine que moi aussi, puisque c'est ma promiscuité qui nous a mis dans un tel embarras.

Avec une solennité théâtrale qui manqua me faire perdre mon sérieux, il déclara :

— Je propose que vous tiriez à la courte paille.

Matt avait l'air déconcerté, ne comprenant pas comment il était soudain devenu le prix à gagner. Il rougissait lentement. Jared fit de son mieux pour retenir son rire. Jon regarda Cole en haussant les sourcils.

Angelo leva les mains en riant.

— Je déclare forfait. Ne m'en veux pas, dit-il à Matt, mais tu n'es pas mon genre.

Matt s'empourpra encore plus. Cole se tourna vers Angelo d'un air très sérieux.

— Et si c'est Zach qui gagne ?

Angelo sourit d'un air malicieux.

— Jared et moi on peut trouver de quoi s'occuper.

— Attends un peu ! gronda Matt.

— Ce n'est que justice, commenta Cole.

— Après tout, déclara Angelo à Matt, c'est pour toi qu'on le fait. Tu devrais me remercier. Pas vrai, Jared ?

— Absolument !

Matt se tourna vers Jared avec un regard qui aurait pu le désintégrer, mais il ne fit qu'en rire.

Angelo se tourna vers Cole.

— Il y a un problème dans ton plan, si ton objectif c'est que nous soyons tous égaux.

L'espièglerie grandissante dans les yeux d'Angelo se reflétait dans ceux de Cole. Ils s'amusaient bien trop.

— Tu as raison, mon beau ! Jonny, il va falloir que tu couches aussi avec Matt.

— Exactement, renchérit Angelo.

— Et pourquoi ça ? demanda Jon.

La conversation ne l'amusait pas autant que Jared, Cole et Angelo, mais elle ne le dérangeait pas non plus.

— C'est la seule solution, mon cœur.

— Tout à fait, ajouta Angelo. On sera alors tous à trois.

Il se tourna vers Matt, écarlate et silencieux à ses côtés.

— Tu te sentiras mieux une fois que nous serons tous égaux ?

Nous avions complètement perdu Jared, qui se tenait le ventre en riant aux larmes. Matt se tourna vers lui et cingla :

— Ce n'est pas drôle !

Jared ne fit que rire encore plus.

— Est-ce que vous êtes flexibles ? demanda Angelo. Parce que sinon vous allez tout foutre en l'air.

— Littéralement, ajouta Cole.

— Et il faudra tout recommencer.

Angelo se tourna vers Matt.

— Si tu as une préférence entre actif ou passif, il faut le dire maintenant.

— Tout mettre à plat, continua Cole.

— Sur la table, ajouta Angelo.

— Devant tout le monde.

— C'est vrai que Zach aime regarder, commenta Angelo avec un clin d'œil.

Je fus soulagé que vu le ton la conversation, personne ne le prit au sérieux.

— Alors c'est décidé ! s'exclama Cole. Qui commence ? Zach, au garde-à-vous !

Il me fit un clin d'œil.

— Je savais que je n'aurais pas dû venir, gémit Matt, la tête baissée.

— Ne t'inquiète donc pas, dit Cole. Zach pourra sûrement te faire venir une deuxième fois.

Jared rit si fort que je fus surpris qu'il ne tombe pas de sa chaise.

LE DÉJEUNER dura à peu près trois heures, ce qui d'après Jon était normal à Paris. Lorsque nous sortîmes dans la rue, il faisait plus froid que plus tôt. Notre haleine se changeait en nuage. Le ciel était bas et blanc et l'air semblait presque scintiller d'une façon que je reconnaissais : la neige menaçait.

Cole nous emmena jusqu'à une station de métro.

— Nous pourrions aller à l'Arc de Triomphe aujourd'hui, dit-il. Ce ne sera pas aussi long que la tour Eiffel et j'imagine que vous êtes tous

149

épuisés après ce voyage. À l'heure du dîner, vous aurez certainement envie de dormir.

Après notre énorme déjeuner et un peu trop de vin – j'avais perdu le compte du nombre de fois où Jon avait rempli mon verre – j'aurais été heureux de rentrer à l'hôtel et d'aller directement au lit, mais Cole nous promit que le mieux à faire était de tenir tout l'après-midi, de dîner tôt – c'est-à-dire à l'heure américaine normale et non à vingt ou vingt et une heures comme les Français – puis de se coucher tôt.

J'étais reconnaissant que Cole sache où aller et quoi faire. La carte du métro m'aurait déconcerté même sans la fatigue et le vin. Angelo ouvrait grand les yeux, comme à Las Vegas, pour tout voir à la fois. Il arrêta tout notre groupe dans la station de métro pour écouter une chanteuse des rues jouer de la guitare. Ses vêtements étaient sales et ses yeux cernés, mais elle avait la voix rauque, sexy, inquiétante. Angelo était fasciné.

— Qu'est-ce qu'elle chante ? demanda-t-il à Cole.

Cole écouta un instant.

— On dirait que ça parle d'une cage vide, dit-il d'une voix intriguée. Un oiseau qui s'est envolé.

Cela eut l'air de faire bizarrement peur à Angelo.

— Elle est triste ?

Cole écouta un peu plus longtemps avant de répondre :

— Pas tout à fait. C'est plus une histoire de liberté.

Angelo se tourna vers moi, comme si ça pouvait me parler, mais non. Je haussai les épaules. Il se détourna à nouveau et sortit de sa poche quelques billets français. Il en jeta un dans l'étui de la guitare.

— Ne le laisse pas utiliser son argent, chuchota que Cole a Jon.

Il fit mine de sortir son portefeuille, mais Jon l'arrêta en secouant la tête. Cole ne comprit pas, mais j'étais heureux que Jon oui. Cela n'aurait pas eu de sens pour Angelo si cela n'avait pas été son propre argent. Les autres avancèrent alors, mais Angelo continua à écouter cette chanson qu'il ne comprenait pas jusqu'à ce que le métro arrive et que je doive lui tirer la main afin qu'il nous suive.

Arrivés à l'Arc de Triomphe, nous restâmes un peu en bas, à admirer les gravures, puis nous traînâmes dans le hall des visiteurs. Enfin, nous commençâmes la montée. L'escalier en colimaçon était étroit et raide, mais la vue en valait la peine.

La nuit tombait et les lampadaires s'allumaient. Une douzaine de rues partait de l'Arc comme les barreaux d'une roue. Elles menaient toutes à un rond-point dont l'Arc de Triomphe était le centre.

— Les bouchons sont dingues, dis-je. Pas étonnant qu'ils prennent le métro.

Angelo me regarda d'un air incrédule.

— Nous sommes à Paris et toi tu regardes la circulation ?

Il secoua la tête.

— Tu es trop bizarre.

— Qu'est-ce que je devrais regarder ?

— Tout !

Il indiqua le paysage.

— D'après *De À à Z*, la vue d'ici est encore plus belle que celle de la Tour Eiffel.

— Ah bon ?

— Peut-être parce que tu la vois, dit-il en montrant la tour Eiffel au sud-est.

Elle était allumée, brillante et majestueuse au-dessus de la ville.

Debout derrière lui, je passai le bras autour de son cou.

— C'est plutôt joli, dis-je.

Il rit à ce qu'il prenait certainement pour un gros euphémisme. Il s'appuya contre moi. Son poids était confortable et familier.

— Merci, Zach.

— Je ne vois pas pourquoi tu me remercies. C'est Cole qui nous a amenés ici.

— Je sais, dit-il. Mais je sais aussi que tu ne serais pas venu si ce n'était pas pour moi.

Je l'embrassai sur la tête.

— Il n'y a rien que je ne ferais pas pour toi, mon ange.

Et à part le fait de devoir affronter mon ex, une semaine à Paris n'était pas vraiment un sacrifice.

— C'est dommage que tout soit mort, dit Cole, coupant court à notre moment de calme.

Jon et lui se tenaient à quelques pas, dans la même position qu'Angelo et moi, Cole devant Jon, bien qu'ils ne se touchent pas.

— C'est bien plus joli au printemps.

— Pourquoi tu as choisi février ? demanda Jared.

151

Cole regarda Jon par-dessus son épaule, puis détourna les yeux de nous, comme s'il était embarrassé.

Jon sourit. Il l'enlaça et déposa un baiser sur sa nuque.

— Nous étions trop impatients, dit-il.

Il se mit à rire lorsque Cole le repoussa d'un geste joueur.

Après être partis de l'Arc de Triomphe, nous nous promenâmes le long de l'avenue des Champs Élysées, nous arrêtant parfois pour visiter les boutiques et les galeries. Cole et Angelo ne semblaient jamais prendre le temps de souffler, alors que Jared, Matt et moi oui. Jon finit par le remarquer et murmura quelque chose à l'oreille de Cole. Celui-ci regarda en arrière avec surprise, comme s'il avait oublié que nous étions là. Ensuite, nous retournâmes au métro. Nous fîmes un dernier arrêt pour dîner rapidement dans un café avant de retourner au confort de notre chambre.

Angelo s'était douché ce matin-là, mais moi non. Je restai longtemps sous l'eau chaude, m'endormant presque, avant de me traîner jusqu'au lit.

— Désolé, je ne te baiserai pas comme un fou ce soir, dis-je à Angelo.

Il ne m'entendit même pas. Il était déjà profondément endormi.

IL SE réveilla tôt le lendemain matin et nous fîmes l'amour comme souvent. À d'autres moments, nous étions brutaux ou rapides, sans finesse. Mais le matin, c'était toujours lent et tendre. Je l'embrassai dans le cou, sur les épaules, sur ses poignets et ses paumes. Sa peau douce et sombre me fascinait toujours. Même après deux ans et demi, il inspirait en moi une adoration qui me coupait le souffle. J'espérai que ça ne changerait jamais.

D'habitude, après avoir fait l'amour, il sortait du lit et moi je dormais une heure ou deux. Mais le voyage nous avait tous les deux suffisamment déréglés pour que nous nous réveillions à la même heure. Nous nous habillâmes et nous descendîmes retrouver le reste du groupe dans le restaurant.

— Tu te réveilles tard, dit Matt à Angelo.

Angelo lui fit un grand sourire.

— C'est ce que tu crois.

Matt eut besoin d'une seconde pour comprendre, puis il me jeta un regard furtif avant de détourner rapidement les yeux en rougissant. Jared et Cole se mirent à rire, mais je remarquai que Jon avait l'air très mal à l'aise. Au moins je n'étais pas le seul.

Angelo s'assit à côté de Matt et je me retrouvai à nouveau à côté de Jon.

— Tu cours toujours le matin ? me demanda-t-il en me servant du café.

— En général.

— Moi aussi. Tu devrais m'accompagner.

Je ne savais pas que penser. Autrefois, courir ensemble avait été la routine, pour nous.

Après Jon, je n'avais plus couru avec personne avant Coda, où Matt me rejoignait une à deux fois par semaine. Toutefois, je courais seul la plupart du temps. Je regardai Angelo qui observait Jon d'un air méfiant. J'étais sûr qu'il voulait que je dise non.

— Oh, mon chou, Zach n'a pas envie de courir alors qu'il est en vacances ! dit Cole en venant à ma rescousse. Et si l'on en croit aujourd'hui, Angelo l'occupera un peu trop le matin de toute façon.

Il adressa un sourire à Angelo, qui le lui rendit. Ils se ressemblaient vraiment trop.

— Je vais avec toi, dit Matt à Jon.

Ma surprise se refléta sur le visage de Jon. Mais il avait aussi l'air heureux.

— Parfait ! C'est moins pénible quand j'ai de la compagnie.

Nous avions à moitié fini de manger lorsque George arriva. J'étais presque aussi nerveux à l'idée de le voir qu'à l'idée de voir Jon. Il s'assit entre Matt et Angelo tandis que Cole appelait le serveur. Je le reconnu à peine et pourtant, à première vue, il n'avait pas tant changé. Il avait un peu grossi et ses cheveux étaient un peu plus gris. Mais c'était superficiel. Il y avait quelque chose d'autre de très différent que je n'arrivais pas à identifier. Puis il se tourna vers moi.

— Zach ! s'exclama-t-il, avec un sourire. Qu'est-ce que tu fais ici ?

C'est là que je compris. Il souriait. C'était peut-être la première fois que je le voyais sourire.

— Je ne sais pas trop, pour être franc, répondis-je.

Il rit.

— Zach et Jared sont amis, expliqua Jon. Et Cole et Jared se connaissent depuis l'université, c'est comme ça que j'ai rencontré Cole.

George avait l'air d'essayer de comprendre tout ça lorsque Matt dit :

— George, vous êtes fans des Cardinals ?

George se tourna vers lui avec surprise. Je me demandai comment Matt le savait. Je mis une seconde à comprendre que le petit logo sur le polo de George était une tête d'oiseau rouge.

— Mais oui !

— Vous n'avez pas eu de bol avec le tirage au sort.

— Tout le monde sait que les Rams trichent, déclara George, apparemment ravi de pouvoir se plaindre à quelqu'un. Et maintenant ils sont au Super Bowl.

Il haussa les sourcils.

— Vous n'êtes pas fans des Rams, n'est-ce pas ?

— Non, Monsieur. Je suis fan des Chiefs.

— Moi aussi, cette semaine, dit George en souriant.

Jared intervint alors, avec un commentaire sur une histoire de passe qui me passa justement au-dessus de la tête et tous les trois se mirent très vite à ne parler que football américain.

— Moi qui m'inquiétais qu'il ne puisse parler à personne, marmonna Jon.

Ce jour-là, nous visitâmes le Sacré-Cœur. Il se trouvait sur Montmartre, le point le plus haut de la ville. C'était un gros bâtiment blanc, monstrueusement élaboré. Il y avait un dôme géant, trop long pour être de la forme d'un oignon, mais trop arrondi pour dire qu'il était conique, et de plus petits dômes de chaque côté. Il y en avait encore d'autres au sommet de flèches qui l'entouraient et des fenêtres en arche absolument partout. À l'intérieur se trouvaient encore plus d'arches que je ne pouvais les compter et une peinture au plafond très élaboré qui montrait le Christ entouré d'une véritable armée d'anges.

— Le type qui a écrit De A à Z n'aimait pas cet endroit, dit Angelo. La seule chose qui lui plaît, c'est la vue.

— Et toi, tu en penses quoi ? lui demandai-je.

Empli d'excitation, il se tourna vers moi.

— Je le trouve extraordinaire.

— Moi, je le trouve vulgaire, lui dit Cole. Demain, je t'emmène à la Sainte-Chapelle.

— C'est vrai ? demanda Angelo avec son enthousiasme habituel. C'est un des endroits que j'ai repérés dans le guide. Ils disent que la Sainte-Chapelle a les plus beaux vitraux de Paris. Peut-être de toute l'Europe.

— C'est vrai, mon tout beau. Une fois à l'intérieur, tu te demandes comment elle tient seulement debout.

Ensuite, nous déambulâmes dans les rues de Montmartre. Nous vîmes le Moulin Rouge et le Chat Noir et visitâmes les vignes de la rue Saint-Vincent. Angelo s'émerveillait de tout, mais pour moi, tout avait l'air pareil. Des immeubles blancs, des trottoirs gris et des rues étroites. C'était comme un labyrinthe. Je ne savais jamais dans quel sens aller et je trouvais cela terriblement déconcertant.

Cole nous emmena dans un autre restaurant fabuleux pour le déjeuner, qui dura encore une fois trois heures et me laissa bien pompette.

— Cole, dit Matt alors que nous terminions de manger, tu crois qu'on pourrait trouver un endroit où regarder le Super Bowl dimanche soir ?

Jared, George et lui en avaient de toute évidence discuté toute la matinée parce qu'ils se penchèrent au-dessus de la table et regardèrent Cole d'un air attentif.

— Je n'en sais rien, mon bouton d'or.

Le sourire de Matt était un peu trop figé pour être sincère.

— Tu sais peut-être quand même où le tenter, ce qui est déjà plus que nous. *Vanderbilt.*

— Ce n'est pas mon nom.

Le sourire de Matt se fit un peu plus malicieux.

— Je sais. Mais puisque tu n'appelles personne par son nom…

— Ce n'est pas vrai, j'appelle George par son nom.

— Et Zach, intervint Angelo.

Tout le monde se tourna vers lui. Angelo sembla un peu mal à l'aise sous tous ces regards.

— Quoi ? C'est vrai.

Désormais, c'était Cole que tout le monde regardait. Celui-ci souriait à Angelo comme s'il venait de découvrir un sombre secret. Je ne m'étais pas rendu compte que Cole m'appelait par mon nom, alors que tous les autres avaient des surnoms. Apparemment, Jon non plus.

— Angelo a raison. Même moi, tu ne m'appelles pas par mon nom la moitié du temps. Pourquoi Zach a droit à un traitement de faveur ?

Cole se tourna vers Jon avec de grands yeux innocents.

— Je ne sais pas, mon cœur, dit-il. Ça te dérange ?

Jon accusa le coup. Je crus qu'il allait se mettre en colère, mais il soupira et secoua la tête, exaspéré. Jared le regardait avec compassion.

— Tu es un saint ou un masochiste, dit-il.

Jon se mit à rire.

— La différence est parfois subtile.

Cole ne réagit pas du tout, mais lorsque tout le monde retourna à son repas et sa conversation, je le vis se tourner vers Jon. Il mit la main sur sa cuisse. Il lui jeta un coup d'œil entre ses mèches et sourit. Jon fondit complètement. Il posa la main sur celle de Cole. Il se pencha pour l'embrasser. Cole détourna la tête dernier moment et son baiser atterrit sur sa tempe. Jon n'avait pas l'air dérangé. Je me dis que ce pincement au cœur n'était pas de la jalousie.

Lorsque nous eûmes terminé de manger, Cole nous emmena à la Tour Eiffel. Nous déambulâmes longtemps devant l'exposition et dans les boutiques du premier étage avant de monter au sommet. C'était facile de se souvenir où nous étions, surtout que c'était un vieux quartier de la ville, mais du haut de la tour, la magie disparaissait. Surtout lorsque nous regardions au sud, où le brouillard de la pollution flottait et où des gratte-ciel modernes s'élevaient.

— C'est incroyable, non ? dit Angelo.

— Je trouve que ça ressemble à n'importe quelle autre ville, répondis-je.

— Zach ! Tu plaisantes ? Tu te rends compte de l'âge de certains de ces bâtiments ? Plus vieux que tout ce qu'il y a aux États-Unis. Pense à où nous sommes à cet instant. Cette tour a été construite il y a plus de 100 ans. Pense à tous les gens qui sont venus ici. Les parents et leurs enfants, d'autres couples d'amoureux.

Il me prit la main et leva vers moi un regard excité.

— Tu n'as pas l'impression d'appartenir à quelque chose de grand, de magique qui remonte dans le temps ? De faire partie de l'histoire ?

— J'ai juste l'impression d'être un touriste.

C'était vrai, mais je regrettai tout de suite mes paroles, car son sourire se fit moins lumineux. Il secoua la tête.

— Tu n'as aucun romantisme.

Après avoir passé presque une heure au sommet, nous redescendîmes sur le Champ de Mars pour voir la tour s'illuminer. C'était joli. Mais pour moi, même la tour Eiffel ne tenait pas la comparaison face à la beauté et l'émerveillement du visage d'Angelo.

LE LENDEMAIN matin, Cole arriva dans notre chambre tôt afin d'emmener Angelo à la Sainte-Chapelle, après quoi ils avaient prévu de visiter plusieurs des petits musées d'art – petits dans le sens où ce n'était pas le Louvre. J'étais invité aussi bien sûr, mais j'avais décidé de faire la grasse matinée.

En bas, je retrouvai George assis dans le restaurant.

— Zach ! s'exclama-t-il en me faisant signe. Assieds-toi à côté de moi. Ne me laisse pas manger seul.

Alors que j'avais été stressé à l'idée de le revoir, j'avais découvert la veille combien il était facile de s'entendre avec lui. J'étais heureux de m'asseoir à côté de quelqu'un.

— Je ne savais pas que Jon et toi vous étiez restés en contact toutes ces années, dit-il une fois notre commande passée.

— Ce n'est pas le cas. Mais il y a deux ans, Angelo et moi étions à Las Vegas avec Matt et Jared et nous nous sommes croisés. C'est là qu'il a rencontré Jared qui lui a donné le numéro de Cole.

Peut-être qu'il avait donné le numéro de Jon à Cole. C'était sans importance.

George réfléchit une seconde, les yeux dans le vague, puis un lent sourire naquit sur ses lèvres.

— Je me souviens de ce voyage. Qui l'a frappé ?

— Angelo.

Il hocha la tête avec un petit rire.

— J'aurais dû m'en douter.

— Pourquoi ?

— Je parie que Jon a essayé de te récupérer.

Cela ne semblait pas appeler de réponse. Je n'avais aucune envie d'en parler. Je demandai plutôt :

— Vous êtes content qu'il se marie ?

— Absolument. Je suis heureux pour Jon.

— Cole vous plaît ?

— Je suis heureux que Jon l'ait trouvé, dit-il. Ne te méprends pas, c'est une vraie grande folle, mais en fait je l'aime beaucoup.

Il me sourit.

— Mais ne lui rapporte pas que j'ai dit ça. Je le nierais.

— Promis, dis-je en riant. Votre secret est bien gardé.

— En fait, il fait du bien à Jonny. Et il le rend heureux.

Je trouvais amusant que George l'appelle Jonny aussi.

— S'il est heureux, moi aussi.

Il me jeta un regard réservé.

— Je suis désolé de ne pas en avoir pensé autant lorsque c'était toi.

157

Je haussai les épaules, essayant de chasser ce poids sur ma poitrine, de ne pas penser au fait que si son père avait été plus tolérant à l'époque, peut-être que Jon n'aurait pas ressenti le besoin de prouver sa valeur. De me pousser à être plus ambitieux. Nous serions peut-être restés heureux à tout jamais.

— Ça n'a plus d'importance maintenant, dis-je autant pour moi que pour George.

Heureusement, nos plats arrivèrent alors, ce qui me permit de me taire.

— Tu sais, Zach, Jon a eu quelques relations sérieuses entre Cole et toi.

Qu'étais-je censé dire ?

— Je ne savais pas, répondis-je, bien que je m'en étais douté.

Après tout, il s'était écoulé dix ans.

— Personne n'a tenu la comparaison avec toi.

Alors ça, je ne m'y attendais vraiment pas.

— Comment est-ce possible ? Moi, je n'étais déjà pas assez bien. C'est pour ça qu'il m'a quitté.

— Mais c'est bien ça, Zach. Tu n'étais pas assez bien et pourtant, c'est à toi qu'il comparait tous les autres hommes. Et personne ne t'arrivait à la cheville.

— Ça n'a pas de sens.

— Si, quand on y réfléchit. Jusqu'à Cole, ses relations se sont toujours terminées pour la même raison : parce qu'il ne les voulait pas vraiment pour eux-mêmes. Il les voulait pour ce qu'il croyait qu'ils pouvaient être.

Je ne savais pas pour les autres, mais dans mon cas, oui.

— Et Cole ? demandai-je.

— Cole était différent. Il était si frivole que Jon ne le prenait pas du tout au sérieux. Il ne considérait pas leur relation comme réelle. Mais Cole l'a pris par surprise et quand les choses sont devenues sérieuses, Jon a fait ce qu'il fait toujours et s'est attendu à ce que Cole change. Alors Cole lui a dit très clairement où il pouvait se mettre ses attentes.

Je ne pus retenir un rire.

— J'imagine.

— Pour la première fois, Jon a cessé de vouloir faire de son partenaire un homme meilleur et s'est regardé en face. Il s'est rendu compte alors que le meilleur moyen de se rendre heureux, c'était de rendre Cole heureux d'abord. C'est pour ça que Cole lui convient si bien.

Il me regarda avec une question dans les yeux.

— Je crois que c'est aussi pour ça que ton Angelo te convient si bien.

J'étais surpris qu'il en sache déjà tant.

— Vous avez sûrement raison.

— C'est ce que j'ai dit à Jonny aussi, mais il n'a pas compris. Il n'a jamais eu autant de respect pour mon génie qu'il le devrait.

Il leva les yeux vers la porte et sourit.

— Quand on parle du loup.

— On discute de moi, papa ? demanda Jon en s'asseyant.

Il parlait d'un ton à moitié plaisantin, mais son regard était sérieux.

— Effectivement, mais maintenant que tu es là, nous allons arrêter, dit George sans aucun embarras. Où sont-ils tous aujourd'hui ?

— Cole et Angelo sont déjà partis, dis-je.

— Matt et Jared aussi, ajouta Jon.

— C'est vrai ?

J'étais surpris et un peu déçu. Cela m'apprendrait à faire la grasse matinée.

— Matt et moi sommes allés courir ce matin tôt, il a dit qu'ils allaient passer la journée à Versailles.

— Oh.

J'espérais que mon malaise à l'idée d'être seul avec Jon n'était pas trop évident.

— Qu'allez-vous faire, George ?

— Je ne sais pas encore, mais je suis là pour trois semaines, alors ne t'inquiète pas pour moi. Je vais peut-être passer la journée à rattraper ma nuit.

Je réfléchis aux différentes possibilités : essayer de ne pas me perdre dans Paris, rester assis tout seul dans ma chambre toute la journée ou la passer avec Jon. Peut-être pouvais-je aller dans un bar et me soûler. Mais en fait, la décision avait été prise pour moi.

— Zach, je nous ai inscrits à une visite de vignobles, dit Jon.

Je me demandai si ce sentiment dans ma poitrine était de la joie ou de la peur.

— Je sais que c'était un peu présomptueux, mais tu dormais, il n'y avait pas beaucoup de temps. C'est une visite privée de trois vignobles bourguignons. Il part dans environ une heure, nous serons de retour juste avant dîner.

J'avais soudain un peu de mal à digérer mon petit-déjeuner, mais je fis de mon mieux pour sourire.

— C'est une bonne idée.

Au moins, j'aurais une très bonne excuse pour me saouler.

LA VISITE fut à la fois meilleure et pire que je m'y j'attendais.

Jon et moi avions toujours eu la conversation facile. Alors lorsque je réussis à me détendre un peu, nous parlâmes sans difficulté. Il me posa des questions sur ma famille et sur Coda. Il me parla de la mort de sa mère et de sa relation avec George qui s'était améliorée. Nous ne parlâmes pas d'Angelo. Ni de Cole.

À la moitié de la visite du premier vignoble, j'avais l'impression que nous étions presque de retour à la normale. Quoi que cela veuille dire. C'était étrangement facile de retrouver nos habitudes et, pourtant, il y avait des changements subtils qui soulignaient bien que les choses étaient différentes. Il m'ouvrait toujours la porte, mais je ne sentais plus sa main dans le creux de mon dos lorsqu'il entrait derrière moi. Il se penchait toujours vers moi lorsque nous parlions et pourtant il restait un peu trop loin. Et lorsqu'il voulait obtenir mon attention, il semblait toujours tendre la main vers moi, mais il s'arrêtait toujours avant de me toucher. Le pire, c'était que cela me manquait. J'avais toujours aimé qu'il me touche en public, tant que c'était de façon naturelle. J'avais toujours aimé la façon dont il se penchait vers moi, ce qui rendait chaque conversation plus intime.

Au deuxième vignoble, on nous servit un déjeuner léger, mais qui ne suffit pas à contrer tous les vins que nous avions goûtés. L'alcool faisait disparaître les frontières. Il floutait le présent et le passé. J'avais envie de franchir ce gouffre qui s'était ouvert entre nous. Je voulais me rapprocher. Je me surpris à vouloir le toucher. Je dus lutter contre ce que je faisais à l'époque, comme mettre la main sur son poignet posé sur la table entre nous, ou toucher son genou avec le mien lorsqu'il s'asseyait à côté de moi au bar. Et parfois je perdais.

Au troisième vignoble, j'avais l'impression d'être au bord du désastre. Nous étions assis au bar où l'on goûtait les vins. Nous étions seuls, sans compter la jeune femme qui nous servait. Dehors, il faisait froid, gris et pluvieux, mais à l'intérieur, il faisait chaud et agréable. La pièce était petite et intime. Il y avait une cheminée dans un coin, où le feu crépitait, et nous avions retiré nos manteaux et nos écharpes.

160

Jon s'appuya au comptoir à côté de moi.

— Le Chardonnay est surfait, dit-il. Qu'est-ce que tu en penses ?

Je savais que j'étais trop près. Que je le regardais un peu trop. Je savais quelque part que c'était mal, mais j'aimais son air appréciateur. Même après toutes ces années, je cherchais son approbation. Je voulais le rendre heureux.

— Je crois que je suis tellement soûl que je ne vois pas la différence.

Il rit. Lorsque je levai les yeux, il me regardait d'un air attentif. Cette fois, il se rapprocha. Il mit la main dans le creux de mon dos et se pencha bien trop près.

— Merci d'être venu ici avec moi, Zach.

Mon cœur battait soudain la chamade. Je me sentais étourdi.

— C'était une bonne idée.

— C'est quelque chose que nous étions destinés à faire.

Sa main remonta plus haut dans mon dos. M'étais-je penché plus près de lui où était-ce seulement le vin ?

— Nous parlions beaucoup de faire le tour des vignobles de Californie, dit-il.

— Je regrette que nous ne l'ayons pas fait.

Et à cet instant, j'étais sincère. Je ne souhaitais pas que nous soyons encore ensemble. Je regrettais simplement de ne pas avoir plus de bons souvenirs que mauvais. Il me regardait dans les yeux. Cela aurait été si facile de l'embrasser. Cela aurait été facile de me perdre en lui à nouveau. Pas parce que je l'aimais encore, mais parce que soudain je me rappelais clairement combien c'était bon, alors.

Puis je songeai à Angelo. Je me sentis tout de suite coupable. J'aimais Angelo plus que tout. La dernière chose que je voulais, c'était le blesser. Et lorsque je regardai Jon, j'y vis le reflet de mon propre sentiment de culpabilité. Je ne doutai pas un seul instant qu'il pensait à Cole. Nous baissâmes tous les deux les yeux, comme si nous pouvions voir le gouffre des années perdues qui nous séparaient. Puis nous fîmes tous les deux un pas en arrière.

MATT...

JARED ET moi fûmes les premiers à descendre dîner. Angelo arriva quelques minutes plus tard. Il se tortillait comme un enfant sur cette chaise, ça se voyait qu'il mourrait d'envie de parler.

— Qu'est-ce que tu as ? lui demandai-je.

Son immense sourire confirma que j'avais raison. Il y avait quelque chose qu'il mourrait d'envie de dire à quelqu'un, mais il secoua la tête.

— Je t'en parlerai plus tard, dit-il. Je dois d'abord en parler à Zach.

— Où es-tu allé, aujourd'hui ? lui demanda Jared.

Apparemment, ça il pouvait en parler, car il se mit à décrire immédiatement et avec enthousiasme les églises et les musées que Cole et lui avaient visités ce jour-là.

Puis Zach arriva. Même moi je voyais qu'il avait un comportement étrange et pas seulement parce qu'il était à moitié soûl. Il avait l'air nerveux, embarrassé par quelque chose et il n'arrivait pas à croiser le regard d'Angelo, même s'il se pencha pour l'embrasser.

— Tu t'es bien amusé ? lui demanda Zach.

Angelo avait les yeux qui brillaient, mais il répondit seulement :

— Oui. Et toi ? Qu'est-ce que tu as fait ?

Zach s'empourpra légèrement. Il joua avec ses couverts pour ne pas regarder Angelo dans les yeux.

— Jon et moi avons visité des vignobles.

Angelo perdit son sourire. Il fronça un peu les sourcils.

— Juste tous les deux ?

Zach leva enfin les yeux vers lui. Je n'aurais su dire si son expression montrait de la colère ou de la culpabilité, mais il était sur la défensive lorsqu'il répondit :

— Jared et Matt ont passé la journée à Versailles et toi tu es parti avec Cole. Qu'est-ce que j'aurais dû faire ? Rester seul dans ma chambre ?

Angelo détourna les yeux sans répondre. Jared et moi nous concentrâmes sur nos menus, alors qu'ils étaient en français et que ni lui ni moi ne savions ce qu'il y avait écrit. J'aurais voulu que George ou Cole arrive pour alléger l'atmosphère. Malheureusement, la personne suivante fut Jon. La tension se fit soudain très pesante.

— Cole descend dans une minute, annonça-t-il à la ronde.

Puis il se tourna vers Angelo.

— Je peux te parler en privé ?

Tout le monde fut surpris, Angelo plus que quiconque. Il regarda Zach et je me demandai s'il y avait une accusation dans ses yeux, ou si je l'imaginais. Zach haussa les épaules. Angelo soupira et se tourna vers Jon.

— OK, dit-il.

Il suivit Jon à l'autre bout de la pièce. Tous curieux, nous les regardâmes comme s'ils étaient le spectacle de la soirée. Ce fut surtout Jon qui parla. Angelo fut d'abord stupéfait, puis fâché, puis embarrassé. J'étais terriblement intrigué. Enfin, il croisa les bras sur sa poitrine et secoua la tête avec emphase. Jon soupira. Il dit autre chose et donna quelque chose à Angelo – une carte de visite ? – puis ils revinrent s'asseoir à table. Aucun d'eux ne parla. Ils ne nous regardaient même pas. Malaise.

— Ton père descend dîner ? demandai-je enfin à Jon, ne serait-ce que pour briser le silence tendu.

— Pas ce soir, dit Jon. Le voyage l'a épuisé.

— C'est dommage.

J'étais sincère, car à cet instant, j'aurais préféré parler à George plutôt qu'à Cole, Jon ou Zach.

Cole arriva, joyeux et volubile, aussi agaçant que d'habitude. Il me posait toujours un sacré problème, mais même moi je devais admettre que toute la table sembla lâcher un soupir de soulagement lorsqu'il s'assit. Il allégeait l'ambiance.

Il appela le serveur et commanda pour nous ce qui devait être la moitié du menu, à la suite de quoi Jared et lui se mirent à discuter de ce qu'il était advenu de leurs connaissances de fac. J'essayai d'engager la conversation avec Angelo, mais ne reçut que des réponses monosyllabiques. Il avait l'air perdu dans ses pensées. Je finis par le laisser tranquille. Je me retrouvai alors à observer Jon et Zach.

Je m'étais déjà fait la réflexion qu'ils me rappelaient des aimants. Un instant, on les voyait s'attirer et juste après, ils se repoussaient, comme s'ils n'auraient jamais pu faire un pas de plus l'un vers l'autre même en essayant. À les regarder ce soir, cela semblait encore plus vrai. Parfois, j'aurais juré qu'ils étaient à nouveau amants. À d'autres moments, on aurait dit qu'ils supportaient à peine de se regarder. Mais dans tous les cas, il y avait une chose qu'on ne pouvait pas nier : il y avait une énergie entre eux.

Je les regardai se pencher l'un vers l'autre, puis s'écarter. Presque se toucher, puis se tourner vers leurs partenaires, comme s'ils espéraient être sauvés. Je me demandais si Cole était aussi aveugle qu'il le semblait, ou s'il faisait juste bonne figure. Angelo contemplait son assiette. J'avais presque envie de lui donner un coup de pied. Je voulais lui dire de se réveiller. Normalement, il aurait remarqué. Normalement, il aurait été aussi soupçonneux que moi. Mais apparemment, il était trop excité pour se rendre compte que Zach n'était pas lui-même. Je ne pus m'empêcher de penser que ce dernier s'en sortait bien facilement, mais je le vis alors regarder Angelo comme s'il voulait plus que tout monter avec lui dans leur chambre, loin de Jon.

Un rire éclata à côté de moi. Cole et Jared étaient toujours en pleine conversation.

— Oh, mon chou, comment aurais-tu pu savoir qu'il était allergique aux cacahouètes ? De toute façon, après ce qu'il a fait à Terry, il l'a bien mérité.

— Terry ? répéta Jared en riant. Non, c'est Terry qui a eu exactement ce qu'il méritait.

— Mon doux, tu dis ça à cause du coup de la sauce barbecue.

— Non, ça, j'aurais pu le pardonner, mais le ballon à eau, c'était trop.

Cole se mit à rire. Il prit le bras de Jared, le tirant vers lui. Il lui dit quelque chose à l'oreille. Jared éclata de rire à nouveau. Fasciné sans trop savoir pourquoi, je les observai. Ils se comportaient avec l'assurance d'amis de longue date ou de deux frères. Oui, Cole touchait beaucoup Jared, mais je commençais à comprendre qu'il ne le faisait pas exprès. C'était tout simplement dans sa nature. Il était suffisamment à l'aise avec Jared pour agir sans aucune affectation. Jared était très animé quand il était avec Cole. Ils riaient beaucoup lorsqu'ils parlaient, mais Jared ne le touchait jamais en retour. Ni ne se rendait compte quand Cole le touchait. Ils buvaient, riaient, s'amusaient simplement, en toute insouciance. Je les comparai à Zach et Jon à l'autre bout de la table, qui continuaient leur étrange danse magnétique. À cet instant, la réalité me frappa si fort que j'en fus un peu assommé : Cole n'était vraiment pas une menace.

Bien sûr, je l'avais toujours su dans la part raisonnable de mon cerveau. Mais bizarrement, j'avais quand même été jaloux. J'avais été si certain que chaque fois que Jared était avec Cole, il pensait à toutes les fois où ils avaient été au lit. Je m'étais inquiété que leurs parties de jambes en l'air lui manquent. À les regarder maintenant, je voyais qu'il n'y avait rien d'autre que de l'amitié. Contrairement à Zach et Jon, qui semblaient toujours conscients de l'autre, qui ne cessaient de se tourner autour, de croiser le regard de l'autre avant de détourner les yeux, Jared et Cole agissaient d'une façon qui était, à défaut d'autres mots, complètement informelle. Il n'y avait aucune tension entre eux. Jared se comportait avec Cole comme avec Zach ou moi avec Angelo : complètement à l'aise.

— Jared, dis-je lorsqu'il y eut un silence dans sa conversation avec Cole.

Il se tourna vers moi. Son sourire fut soudain remplacé par la culpabilité. Il avait oublié que j'étais là et maintenant il se sentait mal. Ce n'était pas ce que je voulais.

— Je vais me coucher.

— Je suis désolé… commença-t-il à dire.

Je l'interrompis.

— Ne t'inquiète pas. Je suis fatigué, c'est tout.

Fatigué était un euphémisme, en fait. Épuisé aurait été plus juste.

— En plus, tu t'amuses.

— Je monte dans deux minutes.

— Ne te presse pas, lui dis-je. Tu ne le vois pas très souvent. Tu devrais passer autant de temps que tu peux avec lui.

Il jeta un regard de côté à Cole qui faisait bien attention à ne pas écouter notre conversation, puis revint vers moi. Son expression était un mélange de soulagement et d'incrédulité.

— Tu es fâché ?

— Absolument pas.

Comme il avait encore le regard incertain, je tirai sur l'une de ses boucles, parce que je savais que ça le ferait sourire.

— Tu es sûr ? demanda-t-il.

— Certain.

Je déposai un baiser sur sa joue.

— Tout va bien, lui murmurai-je à l'oreille. C'est promis.

ZACH...

ANGELO RESTA étrangement distant pendant tout le dîner. Je ne réussis pas plus à lui parler que Jon à engager la conversation avec Cole. Jon et moi nous retrouvâmes dans notre petit monde, alors que nous avions hâte tous les deux d'en sortir. Matt ne cessait de nous observer d'un air soupçonneux. J'aurais préféré qu'il recommence à être jaloux de Cole. Ce fut un soulagement lorsqu'il quitta la table. Je suivis Angelo dans le hall et l'ascenseur. Chaque pas qui m'éloignait de Jon était comme un poids en moins sur ma poitrine. J'arrivais enfin à respirer pour la première fois de la journée. Je ne l'aimais pas, ou plus, du moins, et je savais aussi bien qu'il ne m'aimait pas. C'était Cole qu'il aimait. Il le vénérait presque, autant que je vénérais Angelo, et ce qui s'était passé pendant la visite des vignobles n'avait été que les conséquences de l'alcool et de la nostalgie, rien de plus. Je ne voulais pas passer une journée de plus avec lui. Je n'avais qu'une envie, c'était quitter Paris, retourner avec Angelo à notre vie habituelle dans le Colorado.

Angelo et moi étions seuls dans l'ascenseur. Dès que les portes se fermèrent, je l'étreignis. J'enfouis le visage dans ses cheveux. Je soulevai son tee-shirt et passai la main sur la peau lisse de son dos. Je savourai la sensation familière de son corps mince contre le mien.

— Je t'aime tellement, lui dis-je.

Je ressentis cette vérité au fond de moi. J'étais furieux que voir Jon m'avait fait oublier combien j'aimais Angelo, même pour un instant.

— Ça va, Zach ? demanda-t-il, la voix étouffée contre ma poitrine. Tu es bizarre.

Je ris et l'étreignis plus fort.

— Toi aussi.

Avant qu'il réponde, l'ascenseur annonça notre arrivée à l'étage. Je le lâchai alors. Je le suivis jusqu'à notre chambre, en pensant à combien je voulais le serrer dans mes bras, l'embrasser et lui faire l'amour. Je voulais me perdre dans cette vénération que j'éprouvais pour lui et oublier tout ce qui s'était passé ce matin-là. Mais lorsque nous revînmes dans la chambre, il résista à tous mes efforts pour l'enlacer.

— Pas encore, Zach, dit-il en faisant un pas de côté.

Il traversa la chambre et se tourna vers moi avec des yeux effrayés.

— Il faut d'abord que je te parle de quelque chose.

Je soupirai et tentai d'être beau joueur et d'attendre avant de lui arracher ses vêtements

— Tu vas me dire pourquoi Jon et toi vous vous disputiez ?

— On ne se disputait pas. Pas vraiment…

Il hésita un instant. Je voyais qu'il choisissait ses mots. Il se décida pour :

— J'ai quelque chose à te dire.

— D'accord.

La phrase d'après sembla lui demander beaucoup d'efforts.

— Il s'est passé quelque chose aujourd'hui. Quelque chose d'important.

— Avec Cole ?

Je me demandai s'ils s'étaient retrouvés au lit tous les deux, mais Jon avait eu l'air simplement décontenancé et surpris lorsque je l'avais vu avec Angelo, et non pas furieux comme si Cole l'avait trompé.

— Non, pas avec Cole. À l'église.

— Tu as trouvé Dieu ? demandai-je en souriant.

Il ne me rendit pas mon sourire.

— Je ne sais pas si c'était Dieu, mais j'ai trouvé quelque chose.

Je ne m'étais pas rendu compte avant cet instant combien il était sérieux. Angelo avait du mal à s'ouvrir aux autres, même à moi. Ces efforts signifiaient que c'était vraiment important. Je cessai de penser à le déshabiller. Je m'assis.

— Je t'écoute.

— La Sainte-Chapelle était fantastique, Zach.

— C'est ce qu'il paraît.

— On l'appelle la boîte à bijoux. Tu le savais ?

— Non.

Le regard dans le vague, perdu dans ses souvenirs, il hocha la tête.

— C'est exactement ça, Zach. C'est comme être dans une boîte à bijoux. Dans un château magique.

S'empourprant, il me jeta un coup d'œil rapide pour voir si je me moquais de lui. Comme ce n'était pas le cas, il continua, l'air plus sûr de lui.

167

— Ça ne se voit pas de l'extérieur, mais à l'intérieur, c'est incroyable. Comme s'il n'y avait pas de murs. Seulement des vitraux partout. On dirait de la dentelle.

— Cole a dit que quand on la voyait, on se demandait comment elle tient debout.

Il hocha la tête.

— Il a raison. Je n'arrive pas à croire que des gens l'ont construite.

— Alors que s'est-il passé ?

— J'admirais tous ces vitraux. Cole parlait au mec qui nous faisait la visite. Il n'y avait pas beaucoup de monde encore. J'avais l'impression d'être tout seul.

Il s'interrompit et me regarda avec des yeux brillants d'excitation et d'émerveillement.

— Tout seul, Zach.

Ça paraissait important et pourtant, je ne comprenais pas.

— Je ne te suis pas, dis-je.

— Il n'y avait que moi dans la boîte à bijoux.

Je fus surpris d'entendre sa voix trembler. Pas parce qu'il ne pleurait jamais. Au contraire, il pleurait très facilement devant moi et cela l'embarrassait chaque fois. Il voyait ça comme une faiblesse. Il avait passé toute sa vie à retenir ses émotions, à ne jamais laisser personne les voir. Son premier réflexe était d'attaquer, de plaisanter ou simplement de s'en aller. Si quelqu'un d'autre avait été dans la pièce, il n'aurait eu aucun problème à contrôler ses émotions. Mais cela faisait longtemps qu'il avait baissé ses défenses avec moi, sans le vouloir et, à tort ou à raison, il n'avait jamais réussi à les reconstruire. Quand nous n'étions que tous les deux, il ne pouvait pas empêcher ces émotions de s'engouffrer par cette brèche. Cela me permit de comprendre que ce qui s'était passé à la Sainte-Chapelle l'avait touché profondément.

— Continue, dis-je.

— Je sais que je ne t'ai pas rendu la vie facile, Zach.

Ce changement de sujet brusque me prit de court.

— Qu'est-ce que tu veux dire ?

— Je ne suis pas assez bien pour toi. Je ne l'ai jamais été.

— Bien sûr que si.

— Non. Je l'ai toujours su. Depuis le premier jour. Vivre avec moi a été un enfer. Et je t'ai gardé à distance pendant longtemps.

— Ce n'est plus vraiment le cas. Et j'ai toujours compris.

— Ce n'est pas juste pour toi, Zach, dit-il en baissant les yeux. Et il faut que ça s'arrête.

S'arrête ? Mon cœur se mit à battre la chamade.

— Qu'est-ce que tu veux dire ?

— Il faut que j'arrête de faire semblant.

J'étais heureux d'être déjà assis, car mes jambes n'auraient pu me tenir. Tous mes doutes sur ce qu'il faisait sur Internet me revinrent, me noyèrent, m'empêchèrent de respirer.

— Angelo, dis-je d'une voix rauque, tu me fais très peur.

— Je dois arrêter de te faire subir tout ça.

J'avais les mains tremblantes. J'arrivais à peine à parler.

— Tu me quittes ? demandai-je enfin, même terrifié de la réponse.

Il redressa brusquement la tête, les yeux écarquillés et pleins de surprise.

— Non !

En un clin d'œil, la vague de panique recula et je pus à nouveau respirer. Je pris une grande inspiration et tentai de calmer mon cœur battant.

— Pourquoi tu penserais une chose pareille, Zach ?

— Tu as dit qu'il fallait en finir, dis-je en riant presque de soulagement.

— Je ne parlais pas de nous !

— Bon sang, Ang', tu as failli me donner crise cardiaque !

Il me regardait d'un air inquiet. J'agitai la main.

— Vas-y. Je suis certain que la panique redescendra dans une minute.

J'essayais de plaisanter, mais cela tomba à plat. Il avait toujours l'air troublé. Il lui fallut une seconde pour reprendre.

— Et bien, dit-il enfin, ce que je veux dire, c'est que depuis Las Vegas, j'ai peur de ne pas être celui que tu mérites.

— Angelo, bien sûr que…

— Zach ! cingla-t-il. Laisse-moi terminer !

Ne pas protester me demanda un effort phénoménal, mais je pris une profonde inspiration et réussis à dire :

— Pardon. Vas-y.

Son agacement s'envola. Il avait l'air à nouveau intimidé et incertain.

— Ce que je veux te dire, c'est que la seule façon pour moi d'arrêter de me demander quand tu rencontreras le type que tu mérites, c'est de le devenir.

— Tu l'es déjà.

— Non, Zach, déclara-t-il en secouant la tête. Je suis seulement celui que tu aimes.

Je ne comprenais pas vraiment où il voulait en venir, mais cela m'était égal. J'étais toujours si soulagé de savoir qu'il ne me quittait pas que le reste était sans importance. Je me rapprochai de lui et posai les mains sur ses joues. Je dus écarter les cheveux devant ses yeux pour le regarder en face.

— Tu as au moins raison sur ce point : c'est toi que j'aime.

— Quand on rentre, je vais commencer à être les deux.

— J'espère que tu sais que tu n'as besoin de rien changer pour moi.

Je le sentis trembler. Il demanda d'une voix vacillante :

— Et si je voulais changer pour moi ?

— Alors je t'aiderai comme je peux.

— Je sais que tu te demandes ce que je fais en ligne.

Alors que je croyais suivre la conversation, voilà qu'il changeait le sujet. Cela me surprit, comme toujours.

— Je me suis posé la question.

— J'avais peur que tu te moques de moi.

— J'essaierai de ne pas le faire.

Il eut besoin d'une seconde et une profonde inspiration avant d'avoir le courage de dire :

— Je veux reprendre mes études.

Je faillis rire, effectivement, mais pas pour la raison pour laquelle il le croyait. Après tout ce que j'avais imaginé, toutes mes craintes qu'il avait rencontré quelqu'un d'autre ou qu'il cherchait un autre travail, ou un autre endroit où vivre, découvrir que c'était quelque chose d'aussi innocent que de vouloir un diplôme était un énorme soulagement.

— Pourquoi tu ne l'as pas dit, Ang' ?

— Parce qu'une fois que je t'en aurais parlé, il faudrait que je me lance. Et si je ne me lançais jamais, je ne pouvais pas échouer.

C'était si simple. Et pourtant, combien de personnes auraient-elles été capables de se l'avouer et encore plus à quelqu'un d'autre ? C'était d'une impressionnante perspicacité. Je fus à nouveau frappé par son intelligence. Il n'avait pas confiance en lui à cause de son passé et il le cachait sous ses airs bravaches. Mais au-delà de tout ça, il était vraiment intelligent. Probablement plus que nous tous.

— Tu ne vas pas échouer, dis-je. Pas si c'est quelque chose que tu veux.

— Je peux aller à Front Range, à Longmont, où il y a des cours préparatoires pour le diplôme d'équivalence du lycée. C'est là que je devrais passer le test. Mais ensuite, je peux prendre plein de cours en ligne. Et si ça marche, Zach...

Il hésita encore, les joues écarlates.

— Je veux aller à une vraie université.

— Comme Colorado University ?

Il se replia un peu sur lui-même.

— Pas si grande. Je pensais plutôt à l'université de Northern Colorado.

— Tu veux qu'on déménage à Greenley ?

Il semblait moins sûr de lui.

— Peut-être.

Je ne savais pas ce que j'en pensais, je n'avais jamais été fan de cette ville, mais cela faisait quinze ans que je n'y avais pas mis les pieds. Comme la plupart des villes de ce coin, elle s'était étendue et elle avait beaucoup changé. En plus, Angelo parlait de quelque chose qui n'arriverait pas avant deux ou trois ans. Ce qui était de toute façon le temps que durerait encore le vidéo club à Coda, à mon avis. Nous avions le temps de trouver une solution.

— Qu'est-ce que tu veux étudier ?

— Je ne sais pas, répondit-il en haussant les épaules. Ce n'est pas comme si je voulais être un comptable comme Jon. Je veux juste...

L'air à nouveau embarrassé, il s'interrompit.

— Je veux juste apprendre.

— Il n'y a pas de mal à ça, lui assurai-je.

Il eut l'air soulagé.

— Tu ne m'as toujours pas dit ce qui s'est passé avec Jon.

— Ça fait un moment que je songe à reprendre mes études. Mais je ne savais pas si j'y arriverai et j'avais peur d'essayer. Alors aujourd'hui, on était à l'église. Cole et moi. Et j'étais dans la boîte à bijoux. Et c'était comme... une révélation, je crois. Parce qu'à cet instant, j'ai su que je pouvais le faire, Zach. Et j'étais si enthousiaste, je voulais te le dire, mais tu n'étais pas là. Alors j'en ai parlé à Cole.

L'air inquiet, il s'interrompit.

— Tu es fâché ?

— Pourquoi ça ?

— Parce que j'en ai parlé à Cole avant toi.

— Mais non.

171

Ce n'était pas parce qu'il avait plus confiance en Cole. Seulement parce que Cole avait été là avec lui et moi non.

— Mais je ne comprends toujours pas ce que ça a à voir avec Jon.

— Quand on est rentré, Cole a dû lui en parler. Jon est son comptable, tu sais.

Non, je ne savais pas, mais c'était logique.

— Alors Jon est venu me voir. Cole lui a dit qu'il voulait me payer mes études. Me créer un compte.

— Oh putain !

— J'ai refusé.

— *Oh putain* !

— Jon a dit qu'il comprenait pourquoi, même si Cole avait les moyens de m'envoyer à la fac dix fois sans sourciller. Mais il a dit qu'il pouvait me faire un prêt et je le rembourserais. Que si ça pouvait me faire me sentir mieux, il prendrait même des intérêts.

— C'est incroyable !

— Je ne suis toujours pas certain de le vouloir, Zach. Ça me met mal à l'aise, même si c'est un prêt.

Refuser cet argent semblait honorable. Je ne sais pas si je l'aurais été à sa place.

— Jon a dit qu'il y avait d'autres prêts et qu'il pouvait m'aider à les demander. Il m'a dit de réfléchir et de l'appeler quand j'aurais décidé.

— C'est super.

— Je ne sais pas encore si je veux essayer par moi-même ou si c'est juste idiot.

— Une chose après l'autre, lui dis-je. On peut déjà s'occuper de tes équivalences. Ça nous donne deux ou trois ans pour nous décider.

Je l'enlaçai et déposai un baiser sur sa tête.

— On trouvera une solution.

C'était clairement ce qu'il avait besoin d'entendre. Il ouvrit de grands yeux lumineux et me sourit d'un air soulagé.

— Je t'aime, dit-il.

Je le savais, mais il n'arrivait pas toujours à le dire. Et cette fois, il n'avait jamais eu l'air aussi sûr de lui.

— Tu es mon nord, lui dis-je.

Il rit.

— Zach ?

— Oui ?

— Tais-toi et embrasse-moi.

Il n'eut pas besoin de me le répéter.

LE LENDEMAIN, nous allâmes au Louvre. Angelo était incroyablement excité. Il avait une liste de choses à voir. Si j'arrivais à suivre, j'aurais de la chance. Cet endroit était complètement dingue. Il était bien plus grand qu'un musée devrait l'être. La première chose que nous fîmes, ce fut de vérifier que nous avions tous les numéros de téléphone des autres, car nous ne pourrions certainement pas rester ensemble. Puis nous choisîmes un café où nous retrouver. Et c'était parti.

Matt, Jared et George allèrent d'un côté. Cole, bien sûr, traînait Angelo par la main pour lui montrer quelque chose – je ne savais pas quoi. Je découvris, à ma grande consternation, que j'étais seul avec Jonathan.

Nous suivîmes Angelo et Cole dans un silence embarrassé. Ils avançaient vite, ne restaient jamais longtemps devant une œuvre d'art. Ils étaient tous les deux beaux, mais de façon différente, et ils appréciaient la compagnie de l'autre. Angelo me regardait de temps en temps et je vis Jon et Cole échanger des coups d'œil amoureux, mais ils n'avaient pas envie de ralentir. Et de toute façon, ni Jon ni moi n'étions aussi enthousiastes devant les œuvres d'art.

— Ils se ressemblent beaucoup, non ? dit enfin Jon, rompant le silence.

C'était exactement ce que je pensais.

— Oui.

— Et pourtant, ajouta-t-il, déconcerté, ils ne se ressemblent pas du tout.

Et, bien sûr, je comprenais ce qu'il voulait dire. Angelo n'avait pas du tout le côté féminin et extraverti de Cole. Et j'étais certain que Cole n'avait jamais possédé de bottes militaires.

— Jared m'a dit que le père de Cole est mort et qu'il ne s'entend pas avec sa mère ?

— Elle lui parle à peine.

— Parce qu'il est gay ?

Il secoua la tête.

— Non. Parce que c'est une sale égoïste. Il l'a invitée au mariage, bien sûr. Si ça avait été un gros événement, où elle aurait été vue, elle serait sûrement venue. Mais pas à quelque chose de si discret. Elle a prétendu être occupée. Trop occupé pour aller au mariage de son seul fils.

Il me jeta un coup d'œil.

— Je ne l'ai même pas encore rencontrée. Mais je ne sais pas si je pourrais être poli avec elle.

— Angelo n'a jamais connu son père. Il est parti avant sa naissance. Sa mère l'a quitté aussi, quand il était petit. Il a grandi en famille d'accueil.

Je me demandai si j'avais le droit de lui dire ça, mais cela expliquait en partie pourquoi Angelo et Cole s'entendaient si bien. Et cela me changeait les idées.

— Elle a repris contact avec lui il y a deux ans. Il fait des efforts, mais il ne lui a pas encore pardonné.

Lizzie avait invité Neta à Noël l'année précédente sans en parler à Angelo. Elle avait probablement imaginé des réconciliations larmoyantes devant le sapin. Ce n'était pas arrivé. Bien qu'Angelo ait géré l'incident mieux que je ne m'y attendais, il n'était visiblement pas prêt à pardonner vingt ans d'abandon. Et il en voulait aussi à Lizzie.

Jon regarda Cole et Angelo devant nous, côte à côte, tête penchée l'un vers l'autre alors qu'ils discutaient de la peinture devant laquelle ils se trouvaient.

— Tu trouves ça bizarre, que nous nous retrouvions avec des hommes qui se ressemblent tant ? me demanda Jon en se tournant vers moi.

Je m'étais aussi posé la question, mais j'étais surpris qu'il en parle. Le sujet se rapprochait dangereusement de ce vide en nous, ce vide qui avait été nous.

— Je crois, dit-il avec hésitation, que ça explique beaucoup de choses.

Son regard anxieux semblait me supplier de lui donner une explication. Je me détournai sans répondre. Ce n'était pas que je n'avais rien à dire. Simplement que j'étais trop lâche.

Au bout de quelques heures, j'étais perdu et complètement submergé. Tous se mélangeaient, les peintures se mélangeaient dans ma tête. Même la Joconde fut un peu décevante. Je fus soulagé à la fin de la journée.

Ce soir-là, le dîner fut très agréable. Contrairement aux restaurants de chez nous, les serveurs ne se précipitaient pas pour nous apporter nos boissons et nos plats. En fait, ils prenaient leur temps pour tout. Ils ne nous mirent pas non plus l'addition sous le nez à l'instant où ils nous apportèrent le dessert. Ils semblaient s'attendre à ce que nous traînions à table pendant des heures, ce que nous fîmes.

174

Cole trouvait plus facile de commander pour nous. Il y avait des plats plein la table. Nous bûmes du vin rouge et du vin blanc.

— Zach, j'ai choisi pour toi un Gran Reserva espagnol, dit Cole. Je sais que Jonny aime le chianti, mais il fera avec.

Je trouvais bizarre qu'il connaisse mon vin préféré. Quand je regardais Jon, je vis que cela l'embarrassait. Mais cela ne m'empêcha pas de boire le vin.

— C'est absolument délicieux, dit Matt.

Tout le monde fut d'accord. Sauf Jon.

— Ce n'est rien du tout, commenta-t-il en souriant à Cole. Un soir, on devrait faire cuisiner Cole. Il fait encore mieux.

Cole lui décocha un grand sourire.

— Tu dis ça chaque fois.

Mais ça se voyait qu'il appréciait le compliment. Matt me surprit en buvant plus que d'habitude. D'ordinaire, il était si réservé, si contrôlé, mais quand il était soûl, il était plus détendu. Il riait plus. Et il touchait Jared plus souvent. Un instant, il parlait football américain avec George, l'autre il empoignait les cheveux de Jared et lui murmurait quelque chose à l'oreille. À côté de lui, George avait l'air stupéfait. Il regarda Jon avec surprise.

— Tu as passé toute la journée avec eux, dit Jon, amusé. Et tu ne t'en es pas rendu compte.

— Je croyais qu'ils étaient amis.

— Nous sommes amis, répondit Jared. Des amis qui passent beaucoup de temps nus ensemble.

Matt se mit à rire. Il avait toujours les lèvres dans le cou de Jared. Il remonta la main sur sa cuisse. Il tira plus fort sur ses cheveux et lui murmura quelque chose. Jared ferma même les yeux et s'empourpra.

— Doux Jésus, mon beau, s'étonna Cole, tu le fais rougir !

Matt s'écarta de Jared. Il rougit un peu, mais il croisa le regard de Cole avec un sourire moqueur.

— C'est à moi que tu parles ? demanda-t-il en imitant parfaitement Robert de Niro.

— À qui d'autre parlerais-je ?

— Angelo.

Angelo leva les yeux de surprise, tout comme Cole.

— Ce n'est pas Angelo qui monte sur les genoux de Jared à la table du dîner.

— Je sais, répondit Matt, mais tu as dit « mon beau », ça, c'est Angelo.

Il sourit à Cole d'un air malicieux.

— Moi, c'est bouton-d'or, tu te souviens ?

Un instant, Cole fut bouche bée, ce qui, je le soupçonnais, n'arrivait pas souvent. Il ne semblait pas savoir quoi répondre. Puis son expression s'éclaira, comme si le masque qu'il portait était tombé et révélait quelque chose de lumineux et de ravi. Puis il rit. C'était un rire léger, mélodieux et féminin, mais tout à fait sincère.

— Mais tu as vraiment le sens de l'humour ! Dire que tout ce temps, je croyais que Jared me mentait !

— Je te l'avais dit, commenta Jared.

Il avait les joues encore un peu rouges. À la façon dont il regardait Matt, je devinais qu'il aurait voulu qu'il continue à lui murmurer des choses à l'oreille.

— Matt est cool, dit Angelo à Cole, tout en faisant un clin d'œil à Matt. C'est juste que tu l'énerves plus que personne d'autre sur la planète.

— Et tout ce temps-là, je croyais que tu étais grognon avec tout le monde. *Bouton d'or*.

— Non, non, répondit Matt. Seulement avec toi.

C'était bizarre de les voir en discuter de façon aussi factuelle. Le sourire carnassier de Matt soulignait encore plus cette étrangeté. Cole sembla y réfléchir un instant. Puis il se leva de table. Il en fit le tour jusqu'à Matt.

— Excuse-moi, mon chou, dit-il en poussant Jared de sa chaise, puis la chaise de son chemin.

Et…

Il s'assit sur les genoux de Matt. Celui-ci fut clairement pris de court, mais il n'allait pas laisser Cole gagner, alors il se figea. Cole passa les bras autour de son cou. Leurs nez se touchaient presque. J'étais certain que Cole allait l'embrasser.

— Oh, mon bouton d'or, tu ne savais donc pas que je te soutenais depuis le début ?

Matt resta complètement immobile, l'air stupéfait, tout comme Cole quelques instants auparavant. Puis soudain, il renversa la tête en arrière et éclata de rire. Contrairement au rire de Cole, le sien était profond et bruyant, quelque chose qui venait du fond de sa poitrine. Tous les autres clients nous regardèrent. Et cela fit sourire Cole. Il murmura quelque chose à l'oreille de Matt et l'embrassa sur la joue. Matt continua à rire. Puis, en un clin d'œil, Cole se leva, tapota le bras de Jared, remit la chaise en place et appela le serveur en français afin de commander quelque chose – encore du vin, soupçonnai-je.

— Tu te rends compte ? me demanda Angelo, assez bas pour que je sois le seul à l'entendre. Je n'aurais jamais cru que Matt pourrait lâcher l'affaire et se lier d'amitié avec Cole.

— C'est vrai que c'est surprenant.

— Surprenant ? C'est dingue ! C'est comme s'il y avait quelque chose à Paris qui donnait envie aux gens de se pardonner. Et d'être amoureux. Et de se marier !

— Tu es soûl.

Il rit.

— Peut-être. Mais toi, tu n'es toujours pas romantique.

Il se détourna alors de moi pour poser une question à George. Tout le monde parlait à nouveau et riait. Moi, j'observais Matt et Jared. Ce dernier agrippa le bras de Matt. Il lui jeta un regard de soulagement et de gratitude. Et d'amour. Celui que Matt lui rendit donnait l'impression qu'il avait beaucoup de mal à ne pas sauter sur Jared. J'étais certain qu'ils ne se disputeraient pas ce soir non plus. Peut-être qu'Angelo avait raison, peut-être qu'il y avait quelque chose.

Je soupçonnais quand même le vin.

LE LENDEMAIN, c'était dimanche. C'était le jour de la cérémonie et du Super Bowl. On frappa à notre porte vers huit heures. Angelo était sous la douche, alors je me tirai du lit pour répondre. C'était Jon, en survêtement.

— Matt a la gueule de bois, dit-il. Ça te dit d'aller courir ?

Et c'est comme ça que je me retrouvai à faire du jogging avec mon ex le long de la Seine le matin de son mariage. C'était vraiment trop bizarre.

Le ciel était bleu et l'air vif. Des arbres longeaient l'étroit chemin de briques d'un côté, de l'autre le fleuve scintillait. Nous passions parfois sous les ponts de pierre. De majestueux bâtiments blancs s'élevaient sur la rive opposée. Je me demandais ce que c'était. Angelo l'aurait su. Jon aussi, mais je n'avais pas envie de lui poser la question.

Même dans un lieu aussi étranger, courir avec lui était familier. Le rythme de nos pieds sur le trottoir, notre souffle visible dans l'air froid, la largeur de ses épaules et de son dos devant moi. Il avait toujours été un ou deux pas avant moi.

— Tu es plus lent, dit-il en plaisantant après le premier kilomètre.

— J'ai toujours été lent, lui rappelai-je. Tu n'as jamais aimé m'attendre.

Je regrettai tout de suite mes paroles. Encore une fois, c'était comme si nous nous étions trop rapprochés de ce morceau de nous que nous ne pouvions affronter. Nous gardâmes le silence pendant plus d'un kilomètre.

Alors que nous étions presque de retour à l'hôtel, il s'arrêta à un café pour acheter une bouteille d'eau. Je ne pus m'empêcher de le regarder la boire. Je le trouvais toujours attirant, mais pas de la façon purement exotique d'Angelo. Jon était plus du genre classique, avec ses cheveux bien coupés et ses vêtements toujours parfaits. Même dans l'air froid du matin, il suait à cause de notre course et ses cheveux bruns collaient à son front. Je repensais à tous ces matins où nous revenions après notre jogging et où nous jetions sur le lit, brûlants, suants, et si fous l'un de l'autre que nous ne nous déshabillions pas assez vite. Nous couchions toujours ensemble après.

De la sueur coula dans son cou pendant qu'il buvait. Je me souvins de la sensation de mes lèvres sur sa gorge, de sa pomme d'Adam sous ma langue. Je me souvins du goût de sa peau et de la façon dont sa main m'agrippait toujours la cuisse lorsqu'il s'enfonçait en moi. Je sentis mon corps s'éveiller à cette pensée et je me sentis tout de suite coupable.

— Zach, dit-il, coupant court à mes pensées.

Il me tendait une bouteille d'eau. Me sentant rougir, je la pris. Son regard était incroyablement intense. J'avais le sentiment désagréable qu'il savait à quoi je pensais. Pire, alors que je buvais, je sentais ses yeux sur moi. Je me demandai quel souvenir l'avait envahi. Était-ce la façon dont je l'avais embrassé ou mes gémissements lorsque nous faisions l'amour ? Ou était-ce la façon dont je me détournais lorsqu'il me demandait avec qui j'avais passé la nuit précédente ?

Je l'avais tellement aimé.

Je m'étranglai et je dus lutter contre ma gorge serrée.

— Tout va bien ? demanda-t-il.

Je fermai les yeux et pris une profonde inspiration. Lorsque je le regardai à nouveau, il n'y avait aucun désir dans ses yeux. Je n'y vis pas de reproche non plus. Seulement de la compassion.

— Zach, dit-il en me prenant la main. Cette situation n'est pas forcée de durer.

Et à cet instant, je mourus d'envie de l'embrasser. Je voulais retourner à l'hôtel, le déshabiller encore une fois et oublier les douze années que nous

178

avions perdues. Mais tout de suite arriva la culpabilité. Je fermai les yeux, reculai et manquai renverser une pauvre vieille dame qui passait.

Je me détestais. Je lui avais déjà fait assez de mal. Comment pouvais-je imaginer revenir en arrière ? Il était sur le point d'épouser Cole. Et j'avais Angelo. Angelo, que j'aimais plus que tout. Qui m'aimait plus que tout. J'aurais fait n'importe quoi pour lui. Et pourtant, un instant, je l'avais complètement oublié. Je l'avais trahi. Et qu'il n'ait jamais à le savoir ne changeait rien.

— Zach ? appela Jon.

Mais je me détournai. Je m'éloignai et le laissai seul. Je fus soulagé qu'il me laisse partir.

JE NE pouvais pas retourner à l'hôtel. Je ne pouvais pas faire face Angelo. J'étais certain qu'un coup d'œil lui suffirait et qu'il saurait ce que j'avais fait. Il me regarderait dans les yeux et verrait le désir que j'avais ressenti pour un autre homme. Et pas n'importe quel homme, mais Jonathan, celui dont il avait toujours été jaloux.

C'était absurde. Je ne voulais pas revenir avec Jon. Pas vraiment. Il était bien trop tard pour rattraper ce que nous aurions pu vivre et rien ne me ferait abandonner Angelo. Mais je ne pouvais pas m'empêcher de me demander combien ma vie aurait été différente si seulement j'avais parlé à Jonathan au lieu de le repousser.

J'errai sans but jusqu'à ce que j'aie trop froid. Je ne portais que mon survêtement et bien qu'il m'ait gardé au chaud pendant la course, maintenant que je marchais, il ne suffisait plus. Et j'avais faim. Je cessai de marcher et regardai autour de moi. J'avais déambulé, perdu dans le passé, et maintenant j'étais perdu.

Les immeubles autour de moi ne furent d'aucune aide. Tous se ressemblaient. J'allai au carrefour suivant, cherchant un repère, quelque chose qui me serait familier. Je voyais les Tuileries un pâté de maisons ou deux devant moi, et le soleil qui se reflétait sur la Seine de l'autre côté. Cela voulait dire que l'hôtel était derrière moi, mais je ne savais pas si je devais aller vers l'est ou l'ouest. Je lus le nom des rues, sans savoir pourquoi. Connaître le nom de la rue où je me trouvais ne m'aidait en rien. Je me maudis de ne jamais avoir fait attention quand nous nous promenions. J'avais suivi Cole aveuglément, sans chercher à me repérer dans la ville.

J'errai pendant encore une heure avant de retrouver l'hôtel, suite à quoi j'étais furieux, amer et frigorifié. Et comme si ça ne suffisait pas, j'étais aussi affamé.

— Où étais-tu ? demanda Angelo lorsque je revins dans la chambre.

Il ne semblait pas tant fâché que troublé, mais cela m'agaça quand même.

— Je me suis perdu, cinglai-je.

— Jon n'était pas avec toi ?

Merde. J'aurais dû savoir que ce serait sa prochaine question. Je ne savais pas quoi répondre. Je ne voulais pas raconter Angelo ce qui s'était passé, mais je ne savais pas mentir comme ça. Je ne trouvais aucune bonne raison à lui donner pour laquelle je me serais promené seul dans Paris. J'essayai de cacher mon malaise en disant :

— J'ai besoin d'une douche.

Je me dirigeai vers la chambre, mais il me suivit.

— Qu'est-ce qui s'est passé, Zach ?

— Rien.

— Je sais que tu mens.

Bien sûr que oui.

— Je ne veux pas en parler.

— Vous êtes disputés ?

— Non.

Si seulement cela avait été aussi simple.

— Alors dis-moi ce qui s'est passé.

Mon comportement évasif éveillait ses soupçons et il était blessé que je ne lui fasse pas confiance et probablement un peu fâché aussi.

— J'ai dit que je ne voulais pas en parler.

— Zach, gronda-t-il d'une voix basse et furieuse.

Je savais qu'il était sur le point de me poser une autre question, mais il fut interrompu lorsqu'on frappa à la porte. J'espérais qu'il ne voyait pas combien j'étais soulagé.

Angelo alla ouvrir. C'était Jonathan. Il avait l'air embarrassé. Il me regarda à peine et Angelo encore moins. Les yeux baissés vers le sol, il dit :

— J'aimerais parler à Zach.

Angelo me foudroya du regard. S'il avait eu des soupçons avant, ils avaient redoublé. Les secondes s'égrainèrent lentement pendant qu'il réfléchissait. Il avait une main sur la poignée et je n'aurais pas été surpris qu'il claque la porte au nez de Jon. Mon cœur battait la chamade. Quelque part, je me demandais ce que Jon voulait. Quelque part, j'avais peur de le savoir.

Angelo me regardait toujours d'un air accusateur.

— Zach ? demanda-t-il, s'attendant certainement à ce que je dise oui ou non.

Je ne supportais pas cette situation. Je n'avais la force d'affronter ni l'un ni l'autre à cet instant et tous les deux me regardaient, tous les deux attendaient que je réponde. L'un était plein d'espoir, l'autre furieux. L'un voulait que je dise oui, l'autre exigeait que je réponde non.

Je ne savais pas du tout quoi faire. Au bout du compte, à la manière d'Angelo, je répondis simplement :

— Rien à foutre.

La colère brilla dans le regard d'Angelo, il serra les dents, mais il ouvrit la porte à Jon. Il alla dans la chambre sans me regarder et je savais qu'il faudrait que je calme le jeu après le départ de Jon. J'espérais que j'en serais capable.

Jon ferma la porte derrière lui, sans vraiment me regarder. Je m'assis sur le dossier du canapé en attendant qu'il parle. Il semblait chercher le courage de dire ce qu'il avait en tête. Cela me donna le temps de me calmer un peu. J'inspirai profondément et me forçai à me détendre. Les battements de mon cœur reprirent un rythme normal et ma colère s'envola. Je me retrouvai légèrement nauséeux. Et épuisé. Et avec un terrible sentiment de culpabilité. Finalement, ce fut moi qui rompis le silence.

— Je suis très heureux pour Cole et toi, dis-je.

Je fus moi-même surpris de ma sincérité. Je remarquai aussi que le simple fait d'entendre le nom de Cole le fit sourire.

— Merci, répondit-il. Je suis heureux pour toi aussi. Pas quand on s'est vu à Las Vegas. Mais aujourd'hui, oui.

— Tu crois que nous sommes enfin arrivés où nous devrions être ?

— Oui. Et nous sommes bien tous les deux.

Il avait raison. J'avais su dès l'instant où j'avais vu Angelo nettoyer les pinceaux dans l'arrière-salle du vidéo club qu'il deviendrait toute ma vie. Et je n'avais aucun regret.

— Je suis heureux que tu sois venu. Je sais que tu n'étais pas enthousiaste. Au sujet de me revoir. Mais je ne veux pas qu'il y ait de malaise entre nous.

— Je sais.

Il me regarda. Il avait l'air blessé et perdu. J'essayai de ne pas penser à toutes les fois où j'avais vu cette expression. Et chaque fois, par ma faute.

— J'espérais qu'on arriverait à oublier le passé, dit-il. Ce n'est pas ce que tu veux ?

— Si.

Je soupirai. Plus que tout, c'était ce que je voulais. Je voulais le regarder sans me sentir coupable.

— Je veux que nous soyons amis.

La tension dans sa voix me surprit. Il luttait contre les larmes. Je le connaissais encore assez bien pour le savoir.

— Je veux qu'on arrive à se voir sans souffrir autant.

— Moi aussi, répondis-je. Mais on dirait que j'ai plus de mal que toi.

Il hocha la tête. Le silence régna un instant. J'hésitai, me demandant quoi révéler. C'était difficile, mais c'était l'occasion de faire amende honorable. Si je laissais s'échapper cette chance, je le regretterais.

— Je ne sais pas comment tu ne me détestes pas, lui dis-je enfin.

— Je ne t'ai jamais détesté, répondit-il en secouant la tête. Ça aurait été plus facile. J'ai longtemps regretté que les choses ne soient pas différentes.

— Je me sens horriblement mal quand je pense à la façon dont ça s'est terminé. Et à tout ce que j'ai fait.

Il agita la main d'un geste indifférent, quoique la douleur dans son regard le trahissait.

— C'était il y a douze ans.

— Ce n'est pas une excuse.

Il soupira profondément.

— Je sais. Ce n'est pas ce que je dis. Mais j'ai passé beaucoup de temps à m'accrocher au passé. Vraiment longtemps.

— J'en suis désolé.

— Ce n'est pas la peine. C'est en partie ce qui m'a amené à mon mariage aujourd'hui.

— Je ne suis pas certain que ce soit une excuse non plus.

Il réfléchit un instant, puis il se rapprocha. Nous faisions presque la même taille, mais comme j'étais assis sur le dossier du canapé, je dus lever les yeux vers lui.

— Tu sais, cette citation de Robert Frost, « *le meilleur moyen de s'en sortir est de toujours avancer* » ? Je comprends enfin ce que ça veut dire, Zach. S'accrocher au passé ne t'amène nulle part. Pour la première fois en douze ans, je regarde vers l'avant. Et j'aime ce que je vois.

— Me pardonneras-tu un jour ?

Il mit la main sur ma nuque, ses doigts dans mes cheveux, son pouce caressant ma joue. Même au bout de douze ans, c'était un geste qui m'était toujours d'une familiarité à m'en briser le cœur.

— C'est déjà fait.

Il s'interrompit, hésita, comme moi auparavant. Comme s'il réfléchissait à quoi dire. Et comme moi, il décida que nous n'aurions pas de meilleure occasion.

— Nous nous sommes beaucoup aimés, Zach, dit-il doucement. Parfois, je ne sais toujours pas comment nous avons pu tout gâcher.

— C'était ma faute…

— Non.

Il secoua la tête.

— Pas seulement la tienne, en tout cas.

— Si seulement je t'avais parlé…

— Si seulement je t'avais laissé vivre ta vie comme tu la voulais, tu n'aurais pas éprouvé le besoin de me repousser.

Je le reçus en plein cœur, le fait qu'il sache ce que j'avais fait. Peut-être qu'à l'époque, il ne s'en était pas rendu compte, mais aujourd'hui oui. Ma gorge se serra. Je dis d'une voix tremblante :

— Je voulais tellement être assez bien pour toi.

— Tu l'étais, répondit-il tout bas. Je suis désolé de ne pas m'en être rendu compte.

— Jonathan…

Les larmes étouffaient ma voix. Je luttai pour les empêcher de couler. J'avais l'impression que si je me laissais pleurer, je n'arrêterais plus jamais.

— Je suis dés…

— Chut, dit-il.

Il passa le pouce sur mes lèvres.

— Plus d'excuses. Ça n'a plus d'importance. J'ai ce que je veux et tu as ce que tu veux. Arrête de regarder ce que nous avons perdu. Je ne m'y accroche enfin plus, Zach, il est temps que toi non plus.

Le nœud dans ma gorge menaçait de m'étrangler. Je n'arrivais pas du tout à parler. Je ne pus que hocher la tête.

— Prend soin d'Angelo, dit-il, et laisse-le prendre soin de toi.

Son regard se posa sur mes lèvres. Je compris ce qu'il allait faire une seconde avant que cela arrive. Je fermai les yeux. Je ne l'en empêchai pas.

Ce ne fut ni érotique ni romantique. Mais ce baiser léger, sa main sur ma nuque, la douceur encore familière de ses lèvres et le tremblement de son souffle sur les miennes, fut l'un des moments les plus marquants de ma vie.

Je tournais enfin la page.

Je ne m'étais pas rendu compte avant cet instant combien j'en avais eu besoin. Il me lâcha et je restai là, les yeux fermés, tremblant, jusqu'à entendre la porte de la suite se fermer. Lorsque je les rouvris, Angelo était là.

Je ne pouvais pas le regarder en face. Je savais qu'il serait blessé ou jaloux. Je savais quelque part que je devais me dépêcher de le rassurer. Mais je n'en avais pas la force. Je mis la tête dans mes mains et demandai :

— Qu'est-ce que tu as vu ?

Je luttais pour ne pas craquer.

— L'essentiel, répondit-il.

Mais il n'y avait pas de colère dans sa voix. Pas d'accusation. Je l'entendis traverser la pièce jusqu'à moi. J'avais peur de le regarder dans les yeux. J'avais peur de ce que j'y verrais. Il mit la main sur mon épaule. Un simple contact, si léger et pourtant si compréhensif. Toujours assis sur le dossier du canapé, je levai lentement les yeux. Je ne vis que de la compassion.

— Je suis vraiment désolé, Ang'. Je ne voulais pas…

— La ferme, Zach.

Ces mots étaient durs, mais sa voix douce. Il m'enlaça, me serra fort et je me sentis perdre tout contrôle. Des émotions contre lesquelles je luttais depuis notre arrivée à Paris, peut-être même plus longtemps, grandirent dans ma poitrine, menacèrent de m'étouffer. La honte de ne pas avoir été assez fort pour rendre Jonathan heureux, la culpabilité de l'avoir tant blessé et la douleur de l'avoir perdu alors que je l'avais tant aimé. La voix d'Angelo ne fut qu'un murmure à mon oreille :

— Ne résiste pas.

Et l'instant d'après, je sanglotai dans ses bras. Je ne pouvais pas m'arrêter. J'agrippai son tee-shirt, cachai mon visage contre son torse et libérai mon chagrin. J'en avais le corps qui tremblait, il ne fit que m'étreindre plus fort. Je l'avais souvent réconforté, désormais c'était l'inverse. Pour la première fois, c'était moi qui étais brisé et lui qui murmurait des mots réconfortants à mon oreille.

— Je sais combien tu l'as aimé, Zach, dit-il tout bas. Je sais combien ça fait mal.

Et mon adorable Angelo, qui jusqu'à il y a deux ans ne pouvait même pas supporter d'entendre le nom de Jon, me consola alors que je faisais enfin le deuil de ce que j'avais perdu douze ans plus tôt

HEUREUSEMENT QU'APRÈS ça, j'avais quelques heures pour reprendre mon sang-froid. Angelo finit par me conduire au lit et au début, je ne pensais pas pouvoir dormir après ce qui s'était passé, et pourtant. Il me réveilla doucement une heure plus tard.

— Va te doucher, Zach. J'ai commandé à déjeuner. Ce sera là dans dix minutes.

La douche et la nourriture m'aidèrent beaucoup. Après avoir mangé, je m'allongeai sur le canapé, la tête sur ses genoux. J'avais toujours du mal à le regarder dans les yeux. Il passa doucement les doigts dans mes cheveux. C'était agréable.

— Dis-moi ce qui s'est passé.

— Rien.

— Ne mens pas !

— Angelo, je ne peux pas…

— Vous êtes vraiment allés courir ?

— Oui.

— Tu es monté dans sa chambre ?

— Non !

— Il t'a embrassé ?

— Non.

J'avais hésité un peu trop longtemps.

— Tu l'as embrassé ?

— Non, répondis-je, mais ce n'était qu'un murmure.

— Zach ? insista-t-il.

Ce fut difficile, mais je le fis. Je pris une profonde inspiration et avouai :

— J'en ai eu envie.

Je me préparai à ce qu'il me repousse. Mais non.

— Tu l'aimes encore ?

— Non.

C'était la vérité.

185

— Tu veux qu'il te revienne, Zach ? Tu veux aller dans sa chambre et le supplier de quitter Cole pour toi ?

— Non !

— Alors c'était un moment ou deux ? Pas tout le voyage ?

— Pas tout le voyage.

Un second silence, puis d'une voix plus réservée, il demanda :

— Tu m'aimes toujours ?

— Plus que tout.

Il continuait à me caresser les cheveux, doux et rassurant.

— Alors tout va bien, dit-il tout bas. Tout est parfait.

Sa gentillesse me fit monter les larmes aux yeux, encore. Je les essuyai avec rage. Je me forçai à m'asseoir et à lui faire face.

— Pourquoi tu n'es pas furieux ?

Il haussa les épaules.

— Je ne sais pas, Zach. Je n'ai pas d'ex-petit ami, alors je ne sais pas ce qui est normal et ce qui ne l'est pas. Mais j'ai l'impression que jusqu'ici, tu n'avais que de mauvais souvenirs de Jon. Et pourtant, vous avez été ensemble trois ans. Je sais que tu l'aimais. Tu as dû passer de bons moments aussi. C'est différent quand on est à la maison et lui en Arizona. Tu peux faire comme si ce n'est jamais arrivé. Là, ça fait cinq jours que nous sommes avec lui, maintenant. Ça fait beaucoup de temps. Et le fait que, à un moment ou deux, tu te sois enfin rappelé quelque chose de bien ? Ou que, peut-être, tu te sois demandé ce qui aurait pu être ? Ça ne me ravit pas vraiment. Mais je ne peux pas t'en vouloir non plus. Ça fait de toi un être humain.

C'était un tel soulagement. J'avais l'impression que le poids que je portais depuis que nous avions appris pour le voyage s'était enfin envolé. À cet instant, je l'aimais encore plus, alors que je ne l'aurais pas cru possible. Je lui pris la main. Je déposai un baiser sur sa paume.

— Tu m'émerveilles, lui dis-je. Jour après jour.

La main sur ma joue, il me força à le regarder en face et, pour la première fois depuis je ne savais combien de temps, je vis un éclair de peur dans ses yeux. C'était arrivé souvent pendant les premiers mois que nous avions passés ensemble. De moins en moins depuis Las Vegas. Je ne savais pas quand ça s'était arrêté complètement, mais suffisamment longtemps pour que j'en sois surpris. Ce fut furtif, l'ombre de ce que c'était autrefois, mais bien là.

— Dis-le-moi encore, Zach, exigea-t-il d'une voix un peu tremblante. Dis-moi que tu m'aimes. Dis-moi que c'est toujours moi que tu désires.

Je l'enlaçai.

— Mon ange, tu es ma vie, mon nord, mon tout. Je t'aime aujourd'hui plus que jamais.

— Dis-moi que tout va bien entre nous.

— Tout est parfait.

Il passa les bras autour de mon cou. Je le serrai contre moi et l'embrassai. Son corps se moula parfaitement au mien. Sa bouche s'ouvrit sous la mienne exactement de la bonne façon. Je passai la main dans son dos. J'adorais qu'il frissonne encore quand je le faisais. Que quand j'arrivais à sa nuque, il soupirait et approfondissait le baiser. Et comme je le déshabillais, passant les doigts et les lèvres partout sur sa peau douce et mate, je pensais à combien il me surprenait. À Las Vegas, ce qui venait de se passer avec Jon l'aurait détruit. Mais ici et maintenant, il avait mieux géré que moi. Il était tellement plus fort qu'avant, beaucoup plus fort que je m'en étais rendu compte. C'était mon ange, et alors que moi j'avais les deux pieds sur terre, il me laissait le toucher, l'étreindre et lui faire l'amour. J'en faisais un acte d'adoration, comme si à travers lui je touchais les Cieux. Ça ne m'aurait pas surpris. Ce fut long, lent, complètement divin. Je lui donnai autant de plaisir que je pus et, si même à force de retenir son souffle il ne s'évanouit pas tout à fait, je fus heureux qu'il mette autant de temps à réguler sa respiration.

LA CÉRÉMONIE fut simple. Jon portait un costume simple et sombre, aussi classique aujourd'hui qu'il l'avait toujours été. Seule sa cravate était inattendue. Elle était plus colorée que je l'aurais jamais imaginé de sa part. Le costume de Cole était bien moins traditionnel et beaucoup plus à la mode. On aurait dit qu'il descendait d'un podium de défilé de grands couturiers. Leurs vœux furent intimes et très courts.

Jon dit seulement :

— Je promets de te suivre où que tu me mènes.

La douce réponse de Cole fut :

— Et je promets de t'apprendre à voler.

Jon sourit. Je me demandai ce que ces mots pouvaient bien signifier pour eux. Ils s'embrassèrent, un baiser tendre qui s'éternisa. J'étais mal à l'aise d'y assister, alors je détournai les yeux. Je regardai mes genoux. Je sentis la main d'Angelo sur la mienne. Il entremêla ses longs doigts fins aux miens. J'admirai son visage souriant. Les ombres de mon cœur s'envolèrent face à sa glorieuse lumière.

— Je t'aime, murmurai-je.

— Je sais.

À la place d'une réception, Cole nous emmena tous dîner. La cuisine était délicieuse et le vin très cher, les desserts riches et nappés d'une épaisse sauce chocolat.

Après le dîner, nous prîmes le bus pour aller dans un bar qui n'était qu'à quelques pâtés de maisons de l'hôtel. Je fus surpris lorsque nous rentrâmes : c'était un bar sportif, pas le genre d'endroit où j'imaginais Cole. Il s'était clairement organisé à l'avance, parce qu'on nous attendait.

— Tu avais tout planifié depuis le début ? demanda Matt à Cole, un sourcil haussé.

— Bien sûr que oui. Je ne suis pas complètement égoïste, tu sais.

Matt éclata de rire et frappa Cole dans le dos si fort que j'eus peur qu'il le renverse. Cole grimaça.

— Doux Jésus, dit-il tout bas à Angelo lorsque Matt se détourna. Je ne lui rendrai plus jamais service. Ça fait mal.

— J'en sais quelque chose, rit Angelo.

Alors nous regardâmes le Super Bowl. Matt, George et Angelo soutenaient les Chiefs. Jared hésitait entre être dans le camp de Matt ou contre lui. Son premier réflexe était toujours de le provoquer, mais il voulait que son partenaire soit heureux. Jon, Cole et moi bûmes du vin et nous moquâmes d'eux. Les Chiefs perdirent, de justesse. Matt le prit plutôt bien. Cela aidait qu'il soit complètement soûl.

Il était plus de trois heures du matin lorsque le match se termina et nous avions tous un peu trop bu. Nous décidâmes de rentrer à pied plutôt que de prendre le bus, malgré la température glaciale. L'air était vif, nous soufflions des nuages blancs, alors nous fermâmes bien nos manteaux. La lumière des lampadaires se réfléchissait sur le trottoir humide. Quelques flocons de neige tombaient lentement par terre, ce qui donnait quelque chose de mystique au paysage. Il n'y avait personne et les immeubles semblaient se rapprocher dans la rue étroite. Cela donnait une sensation d'intimité et d'éternité.

Derrière nous, Matt, Jared et George marchaient ensemble, parlaient et riaient comme s'ils se connaissaient depuis toujours. Jon et Cole nous précédaient de quelques mètres. Je ne les entendais pas, et même de loin, je devinai que Cole parlait sans cesse et que Jon riait de lui. Ou plutôt avec lui. Cela semblait toujours la même chose avec eux. Cole cherchait à irriter Jon qui prenait un grand plaisir à le voir échouer. Cole était tel un papillon, qui ne se souciait en rien des choses de la vie ordinaire comme le loyer ou les remboursements d'emprunts, et Jon le ramenait sur terre.

Je fus à nouveau frappé par la façon dont Angelo et moi leur ressemblions. Angelo était mon ange, et j'étais sur terre, les yeux levés vers lui. Ce n'était pas étonnant que Jon et moi n'avions pu fonctionner : nous cherchions tous les deux quelque chose de plus céleste. Ce n'était pas non plus étonnant que Cole et Angelo aient été attirés l'un par l'autre. Pourtant ils n'avaient fait que se frôler des ailes dans la nuit, incapable ni l'un ni l'autre d'interrompre leur vol.

Angelo se rapprocha de moi, passa un bras autour de ma taille et mit la main dans ma poche arrière, comme souvent. Moi je passai un bras par-dessus son épaule. Il s'appuya contre moi.

— Nous aussi, on devrait le faire, Zach, dit-il.

Je me tournai vers lui, les lèvres contre ses épais cheveux noirs.

— Faire quoi ?

Je regrettai qu'il n'ait plus les cheveux courts. Leur piquant contre mon visage me manquait. Je me demandai s'il les couperait si je lui en parlais.

— Nous marier.

Je ne m'étais même pas rendu compte que je m'étais figé alors qu'Angelo continuait à marcher, avant que Matt me rentre dedans par-derrière. Il se mit à rire, dit quelque chose à propos du fait que j'allais me faire renverser, mais je n'entendis pas. Les mots n'atteignirent même pas mon cerveau. Jared, George et lui nous contournèrent et continuèrent leur chemin. Angelo me dévisageait avec son sourire en coin et ses sourcils haussés.

— Ça va, Zach ? Je crois que je t'ai fait flipper.

— Tu es sérieux ?

— À quel sujet ? Que tu as l'air flippé ? Ouais, je suis sérieux.

— Non.

— Non, quoi ?

Il semblait ravi que notre façon de communiquer complètement tordue se fût encore tellement emmêlée que nous n'avancions pas.

— Non, pas ça ! À propos de se marier.

— Oui, dit-il avec un sourire. Pourquoi pas ?

Je repensai à toutes ces fois où je m'étais demandé s'il serait un jour prêt à franchir ce pas avec moi. Je n'aurais jamais rêvé que ce soit si vite.

— Je ne voulais pas te faire peur, avouai-je.

Il se mit à rire. Il me rejoignit et passa les bras autour de ma taille, les yeux levés vers moi.

— L'oiseau s'est envolé depuis longtemps, Zach.

— Que veux-tu dire ?

— Je n'ai plus peur.

Mon cœur semblait immense, il se gonflait comme un ballon fou, à la fois à l'intérieur et à l'extérieur de ma poitrine, il me portait, me faisait tourner la tête de joie.

— Oh, mon Dieu, fut tout ce que j'arrivai à dire.

Je le serrai fort contre moi, l'enlaçai et enfouis le visage dans ses cheveux.

— Je t'aime tellement.

— Je n'ai rien de valeur à t'offrir, dit-il. Il n'y a que moi.

— Je n'ai jamais voulu que toi.

Il se mit à rire, s'écarta suffisamment pour me regarder, mais avant qu'il puisse répondre, nous fûmes interrompus par Cole qui lança :

— Seigneur, il gèle, vous savez ? Allez-vous rentrer, les tourtereaux, ou faut-il que nous vous laissions seuls ici ?

— Laissez-nous seuls, dis-je.

Mais Angelo me coupa.

— On arrive.

Il s'écarta de moi, se tournant de façon à toujours garder un bras autour de ma taille, et m'entraîna à la suite de nos amis.

— Attends que nous rentrions, Zach, expliqua-t-il doucement. Cette semaine leur appartient.

Il avait raison. Mon premier réflexe était de crier ma joie, mais cela aurait égoïste. Il était tellement plus intelligent que moi. Je voulais lui dire à quel point il me rendait heureux, mais les seules paroles qui me venaient paraissaient bien pâles comparées à mes sentiments.

— Tu es mon nord, lui dis-je, avec l'impression que cela ne suffisait pas du tout.

Mais le sourire qu'il m'adressa était telle une étoile dans le ciel qui me ramenait chez moi.

Il ne répondit que :

— Je sais.

MARIE SEXTON vit dans le Colorado. Elle est fan de tout ce qui comporte des jeunes hommes musclés qui se sautent les uns sur les autres. Elle aime particulièrement les Denver Broncos et assister aux matchs avec son mari. Ses amis imaginaires les accompagnent souvent. Marie a une fille, deux chats et un chien ; tous semblent déterminés à vouloir détruire ce qui reste de sa santé mentale. Mais elle les aime quand même.

Vous pouvez trouver Marie sur Twitter, et sur Facebook : www.facebook.com/MarieSexton.author
Twitter : twitter.com/MarieSexton

Marie Sexton

JE TE LE JURE

Coda, numéro hors série

Jared Thomas a vécu toute sa vie dans la petite ville montagnarde de Coda, dans le Colorado. Il ne s'imagine vivre nulle part ailleurs. Malheureusement, l'unique autre homme gay en ville a deux fois son âge et a été son professeur, alors Jared s'est résigné à passer sa vie tout seul.

Jusqu'à ce que Matt Richards débarque dans sa vie. Matt vient d'être embauché par le commissariat de la ville de Coda et Jared et lui sont aussitôt devenu amis. Matt prétend qu'il est hétéro, mais pour Jared, avoir un ami sexy comme Matt est beaucoup trop tentant. Face à la liaison de Matt avec une femme de la région, la désapprobation de sa famille, le harcèlement des collègues de Matt, Jared craint qu'ils ne trouvent jamais le moyen d'être ensemble… s'il arrive déjà à convaincre Matt d'essayer.

www.dreamspinner-fr.com

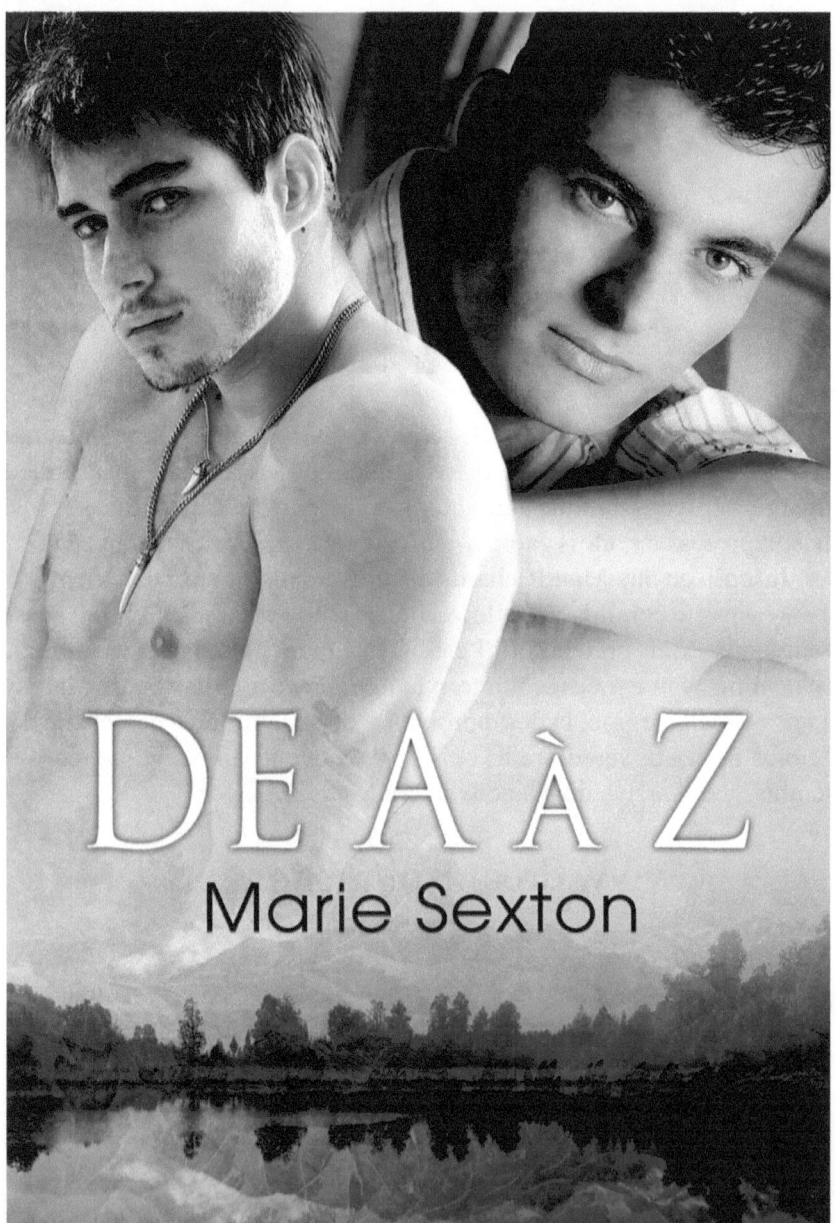

DE A à Z

Marie Sexton

Coda, numéro hors série

Zach Mitchell est enlisé dans sa routine. Ça fait dix ans que son petit ami de fac l'a quitté, pourtant Zach vit toujours dans le même appartement, conduit la même voiture et continue à nourrir la chatte ingrate de son ex. Son vidéo club de Denver, De A à Z, est en difficulté. Il a des clients ennuyeux, des voisins excentriques et vit une romance inintéressante avec son propriétaire, Tom.

Angelo Green, un insolent en bottes de combat, a grandi dans des familles d'accueil et se débrouille seul depuis qu'il a seize ans. Il n'a jamais appris à faire confiance ou à aimer. Il refuse aussi les relations sérieuses, alors quand il commence à travailler à De A à Z, il décide que Zach lui est strictement interdit.

Malgré leurs différences, Zach et Angelo se lient rapidement d'amitié. Quand la rupture de Zach et Tom met le vidéo club en péril, c'est Angelo qui trouve la solution. Avec l'aide de Jared et Matt, leurs amis de Coda dans le Colorado, Zach et Angelo trouveront le moyen de sauver De A à Z, mais pourront-ils aussi se sauver l'un l'autre ?

www.dreamspinner-fr.com

ES FRAISES
EN DESSERT

MARIE SEXTON

Coda, numéro hors série

Lorsque Jonathan Kechter accepte de rencontrer Cole Fenton, il ne s'attend à rien d'autre qu'à un dîner et une nuit sans lendemain… mais il ne s'attendait pas non plus à Cole. Cole est arrogant, extravagant et pas du tout le genre de Jon. Toutefois, lorsque Cole lui propose une relation sexuelle sans aucun engagement lorsqu'ils sont tous les deux en ville, Jon accepte immédiatement.

Cet arrangement est peut-être sans aucun engagement, mais Jonathan apprend vite qu'entre sa peur de toute intimité et sa vie de nomade, avec Cole Fenton, rien n'est facile. Jonathan se demande si leur relation n'est pas vouée à l'échec dès le départ. Mais plus Cole le repousse, plus Jonathan est déterminé à la sauver.

www.dreamspinner-fr.com

Perdu EN CHEMIN

MARIE SEXTON

Contes d'un étrange livre de cuisine, numéro hors série

Trois mois après avoir perdu ses parents dans un accident de voiture, Daniel Whitaker, météorologue à Denver, retourne à Laramie dans le Wyoming. Il lui est déjà suffisamment difficile de faire face à la mort de ses parents et à sa relation de quinze ans qui ne cesse de se dégrader, mais lorsqu'il retrouve sa maison d'enfance sens dessus dessous, il se voit complètement désemparé. Il se tourne alors vers Landon, le voisin séduisant de ses parents, et lui demande son aide afin de ranger tout le désordre. Landon Kushner est une contradiction humaine. Il fabrique des sculptures époustouflantes à partir de débris de métal et adore le plein air, mais il conduit également une Vespa vert menthe et possède un faible pour le tricot et le voyeurisme. Il a été l'ami des parents de Daniel durant de nombreuses années et est ravi de pouvoir lui prêter main-forte.

Leur plan est simple : ranger et nettoyer la maison afin que Daniel puisse la vendre et reprendre le cours de sa vie à Denver. Mais lorsqu'un étrange livre de recettes de cuisine atterrit en la possession de Landon, Daniel se met à réaliser que l'univers – et Grand-Mère B – lui a peut-être réservé un autre destin.

www.dreamspinner-fr.com

SUFFISAMMENT NORMAL

MARIE SEXTON

La guerre des moteurs, numéro hors série

Qu'est-ce qui est "normal" ?

Quand Brandon Kenner entre dans le garage de Kasey Ralston avec sa Chevelle SS 454 de 1970, Kasey est sous le choc, à la fois à cause de l'homme et de sa voiture. Mais Kasey cache un secret des plus embarrassants : son amour pour les vieilles muscle cars qui va bien au-delà de ce que l'on pourrait considérer comme normal. Cet attrait inhabituel avait conduit Kasey à rester isolé — à l'écart de sa famille, et même à distance de ses collègues de travail.

Mais quand Brandon découvre le secret du mécano, il n'est pas repoussé. En fait, il trouve même Kasey intrigant, et est bien déterminé à l'avoir pour lui tout seul.

Absolument tout chez Brandon fait ronronner le moteur de Kasey, et il est plus que motivé à se salir les mains en compagnie de cet homme des plus charmants. Les inquiétudes de Kasey viennent plus de ce qui pourrait se passer ensuite. Y a-t-il une chance pour qu'ils aient un futur ensemble ? Dans le passé, l'espoir d'une relation à long terme l'avait toujours conduit à de cruelles déceptions. Mais Kasey ne peut s'empêcher d'espérer qu'en dépit de ses penchants, Brandon sera l'exception.

www.dreamspinner-fr.com

Par MARIE SEXTON

CONTES D'UN ÉTRANGE LIVRES DE CUISINE
Par RJ Scott Le chant de la pluie
Par Amy Lane De la nourriture pour l'esprit
Perdu en chemin
Par Amber Kell Des cookies pour séduire
Par Mary Calmes De simples dessert

CODA
Je te le jure
De A à Z
La lettre Z
Des fraises en dessert
Paris de A à Z
Du côté de CODA en passant par PARIS

LA GUERRE DES MOTEURS
Par L.A. Witt : Les derniers en lice
Suffisamment normal
Par L.A. Witt : Moteurs, regrets et retours à la réalité

Publié par DREAMSPINNER PRESS
www.dreamspinner-fr.com